# あざやかな恋情

崎谷はるひ

幻冬舎ルチル文庫

C O N T E N T S ✦目次✦

あざやかな恋情



✦カバーデザイン＝小菅ひとみ（CoCo.Design）
✦ブックデザイン＝まるか工房

イラスト・蓮川愛✦

# あざやかな恋情

鰯雲《いわしぐも》がその名のとおり、群れをなす魚のようにゆったりと青い空を流れている。稜線の向こうに見る空の高さに、小山臣《こやまおみ》は制帽のつばをあげて目を細めた。

「もう秋だなあ……」

しみじみと呟《つぶや》いた臣の手に握られているのは、警邏《けいら》用の白い自転車のハンドルだ。坂道で自転車を漕《こ》いだせいで、白い顔にはうっすらと汗が浮き出す。制帽をはずして軽く額を拭《ぬぐ》うと、湿って束になった前髪がはらりとこぼれ落ちた。

紺碧《こんぺき》の空と、燃えるような赤や黄色に染めあがる木々のコントラスト。

色鮮やかなそれを映した臣の茶色い瞳《ひとみ》は大きく、髪に同じ浅い色の睫毛《まつげ》で縁取られている。息をつく唇は紅潮した頬《ほお》に同じく甘く色づいて、どこかなまめかしい。

ひととき、うつくしい秋の山に見惚《みと》れていた臣はふたたび自転車にまたがり、かしゃん、と音を立ててペダルをこいだ。

山間《やまあい》に位置するため、坂道が多いうえに道路が舗装されているところの少ない道を自転車でめぐるのはけっこうつらいが、徒歩でまわったらもっとえらいことになる。一応、有事に備えて小型警邏車、つまりいわゆるミニパトもあることはあるのだが、この町を全部めぐろうと思うと車より自転車のほうが効率がいい。つまり、道が狭いのだ。おまけに農道ではトラクターなどがたらたら走っているもので、パトカーが通る余裕はないし、なにより作業の邪魔をしたくはなかった。

(んー、いい風)

頬を撫《な》でる風は清涼で、目の前には金色に実る稲穂や野菜などの田畑がひろがる。

つい三ヶ月前まで、強盗や傷害などの事件を追いかけていたころからは想像もつかない、のどかなロケーションに臣の頬は自然とゆるんだ。

人口は約千人というこの小さな町は、『村』と言ったほうが的確な表現かもしれない。一応、国に定められた公的な住所表記では『町』と名がつくけれど、郵便物は番地の記述がなくとも届くほどに狭い。

小学校は廃校目前のものがひとつだけ、中学と高校は隣町か市内に行かねばならず、喫茶店はたったの二軒。青年団がよく集まる公民館が、カラオケと映画館とを兼任するという、本当に絵に描いたような田舎の町だ。

「日本って広いよなー……」

車で二時間も走れば市内に出る。けれどその二時間の距離の違いで、生活習慣もひとびとの認識も、時間の流れさえも、なにもかも変わるのが不思議だ。

しみじみしつつ自転車を走らせていた臣に、畑仕事をしていた老婆から声がかけられた。

「ああ、駐在さぁん！　お疲れさまだねえ。ちょっと茶でも飲んで行きねぇか？」

ほっかむりにもんぺ姿という、時代を超越した、しかし農作業にはもっとも適した衣服の老婆に、臣も大声で返す。

「大月《おおつき》のおばあちゃん、こんにちは！　まだ見回り中だから、またあとでお邪魔します！」

彼女はべつに耳が遠いわけではなく、単に畑一面ぶんを隔てたさきにいるのだ。むしろ、八十を超す年齢にしては相当に目がよく、気配に聡《さと》いといえる。

かつて、この町に医院がなく、また交通の便もよくなかった時代には産婆さんをしていたとかで、いまでもかくしゃくとした女性だ。

「そんなこと言わないで、寄っていきなって！」

「ばあちゃん、駐在さんは仕事中だって」

おいでおいでと手招く姿を隣にいた嫁がたしなめるが、いいじゃないかと彼女は言う。

「どうせ自転車でふらふらしてるだけでしょう。暇そうだから『ひまわりさん』だあねえ」

あははあ、と白い歯を見せて笑うおばあちゃんには敵《かな》わない。臣は苦笑して「そうだね」と答えるしかなかった。

「まあ、ともかく巡回中ですから。また今度にお呼ばれしますよ！」

「そしたら、あとで煮物持っていってあげるよう！　おかぼのいいのが炊けたからさあ」

「どうもありがとう！」

片手を振ると、「はいよう」と皺《しわ》深い顔で彼女は手を振った。自転車にまたがったまま、もう一度大きく手を振って、臣はまた自転車で走り出した。

(駐在さん、かあ)

そう呼ばれることにもだいぶ慣れたなと、臣の形よい唇には笑みが浮かぶ。

数年ぶりの制服も、すぐに着慣れた。毎日の警邏も形だけと言ってもいいもので、目立つ事件といえば大根泥棒や野生化した犬が畑を荒らす程度だ。

むろん、大根一本といえど盗難は盗難。臣としても犯人捜しの一環としてこの見回りをしているつもりなのだが、警邏中だというのに、町民と交わす会話もさきほどのように暢気《のんき》なものだ。おかげでいまひとつ、緊張感が持てない。

あまりになにもなさすぎて、頭がふやけそうな気がするくらい平和な町を、臣はきらいではない。むしろ自分の出番など、任期が終わる日までまったくなくてもいいと思っていた。

しかし、ここしばらくは畑荒らしが頻発しており、いささか気が重い。殺人事件に比べれば平和だろうが、町の人には深刻な話なのだ。

つい憂鬱になり、臣は気を紛らすように頭を切り換えた。

(今日はかぼちゃかあ。おばあちゃんの煮物、うまいんだよな)

まだこの地に来たときには残暑も厳しいころだった。あの当時はやたらとうりもみを勧められたものだったと、旬の野菜で知る季節の移り変わりにしみじみと臣は感じいる。

長野県でもかなりの奥地に位置する、郡部のこの町に臣が異動となったのは、この年の夏。だいぶ以前から懸案であった警部補昇進試験を受け、無事合格したため、このへんぴな場所の駐在所勤めとなった。僻地《へきち》への勤務といっても、とくに左遷等の意味はなく、一年間の駐在所勤務を経たのちに、もとの県警に戻ることになっている。

公務員にとっての人事異動は、かなり唐突に決定がくだされるものだ。そして否やは言えず、たいていの場合は本人の意向など聞いてもらえない。

この駐在所勤務についても、臣の勤める県警では何年かおきの通例である。むろん試験を受けても部署異動もなく昇進する場合も多いが、ちょうどこの駐在所勤めであった警官が定年を迎えたこともあり、臣の異動が決定したというわけだ。

田舎の駐在所暮らしを渋る家庭持ちが多いため、試験にかこつけて無理やり任命しているのではなかろうか――などと臣は推察するけれど、上の考えることはよくわからない。

(まあ、駐在所勤務になると、奥さんも強制的にそこで働く羽目になるしなあ)

ほかに仕事を持っている女性ならばやりきれまい。離婚問題に発展する可能性もかなり高いし、たしかに独り身のほうが動きは軽いだろう。

(次はどこ行かされるかなあ……一応、刑事部で希望は出してっけど)

臣のかつての同僚には、交機の白バイ乗りから昇進試験後に駐在所勤務を経て、総務にまわされたものもいる。適性を考えての話というけれど、しょせんは人間のする人事であるから、それなりの思惑や人間関係、感情論も理由になるのは知っているし、もっと単純な話で『空《あ》きがない』からべつの部署、というのもあり得るのだ。

刑事になりたくて、そしてもう少しこの仕事でがんばりたくて受けた試験ながら、その後の異動は時の運というのがなんとも皮肉だが、これも公務員の定めだろう。

なにより、いまの臣はその程度のことでは悩まないだけの余裕がある。

どこに行こうが、なにをしていようが、大事なひとが必ずそばにいるからだ。

ふわりと、もう六年のつきあいになる恋人のことを思い出した臣の唇が綻《ほころ》んだ瞬間、背後で車の音がした。

「……ん？」

クラクションの音に振り返ると、そこにはごついデザインのオフロード4WDの姿がある。車高の高いサファリから顔を出したのは秀島慈英《ひでしまじえい》だった。

「臣さん、警邏中？　お疲れさまです」

「あ……お、おう。そっちは？」

窓から腕と半身を乗り出し、にっこりと笑いかける男の声は、すこしくぐもって甘く低い。自転車を止めた臣が思わずうろたえたのは、たったいまのいま彼のことを考えていたせいだ。

あまりのタイミングに胸が弾んで、ついどもってしまう臣にかまう様子もなく、慈英は高い鼻梁《びりょう》から陽射《ひざ》しよけのサングラスをはずした。

「市内まで買い出しに行ってきたところですよ」

現れた穏やかな目にも、あちこち山歩きをするせいでさらに日焼けしてワイルドになった肌の色にも、臣はくらくらする自分を戒めるのが大変だった。

すっきりと整った顎《あご》のラインに精悍《せいかん》な印象を与えるまばらな髭《ひげ》は、もともとの端整さにくわえて大人の男の艶《つや》を際だたせるようだ。くせのある長めの髪も、穏やかそうな目と同じく真っ黒で、清潔なそれもまた彼によく似合っている。

(ああかっこいい、どうしようかっこいい)

好んで着ている黒いシャツの腕をまくった、その筋肉の形までが臣の心臓を跳ねさせる。

そんな臣の心境を知ってか知らずか、やさしい目をした恋人は、手にロゴ入りの紙袋を掲げてみせた。

「お昼は食べました？　まだなら一緒にどうですか。ひさしぶりに『あかし屋』のロールカツサンドイッチ、買ってきたけど」

「わ、マジで？　嬉《うれ》しい、サンキュー！」

まだ市内に住んでいたころ、『あかし屋』という手作りパン屋の特製サンドイッチは臣の好物だった。濃厚なソースを衣に染ませた、肉厚なフィレカツにチーズをあわせ、ふわふわのパンで巻いて、丸く形成したものを一口大にカットしてあるのだ。冷えてもやわらかいカツ、しっとりとソースに馴染《なじ》んだパン生地がまた絶妙で、口にするととろけるようにうまい。

「食べたかったんだ、これ。こっちにきていちばん飢えてたかも」

わざわざありがとう、と口元を綻ばせると、慈英もやわらかに微笑《ほほえ》む。

「よかった。じゃあさきに、駐在所に行ってます。そちらはゆっくりどうぞ」

「うん、あとでな」

軽く手を振って、サファリを見送る臣の頬は紅潮している。うっすらと瞳が潤んでいて、慈英といるといつも自分はこんなふうになる、と恥ずかしかった。

(顔、熱い)

はたはたと手のひらで顔を扇《あお》いで、臣は自分に呆《あき》れてしまう。

これでもうずいぶん長いつきあいの恋人と、ほぼ毎日顔を見ての反応なのだから、臣はたいがいいかれきっていると思う。けれど、いまだに恋人にしょっちゅう見惚れて、頭が溶けそうになるのは事実だからしかたない。

そしてまた、慈英の顔立ちやそのすらりとした姿にほれぼれとする理由は、この町に住まうのが老人や若くて中年、残るは年端《としは》もいかない子どもだけというのもたぶんにあるだろう。ともかく慈英の涼やかな姿は、この田舎町にあっては『鄙《ひな》にもまれな』という表現がそのままなのだ。

(いかんいかん、まだ仕事中)

いくらのんびりした環境とはいえ、色惚《ぼ》けている場合ではない。ぱしぱしと頬を叩《たた》いた臣だが、しかし数分後には彼と囲む昼食を楽しみにしてしまうのはやめられない。

（ああ、あかし屋のカツサンド楽しみーっ）

身長こそ警察官としての規定をクリアできる程度にある臣だが、横幅はといえばきゃしゃで顔立ちは繊細、色も白いせいかお世辞にもたくましくはなく、食も細そうに一見は映る。けれど、これでいてけっこう食い意地が張っているのだ。

たぶんあのサンドイッチにあわせて、慈英は濃いめのコーヒーを淹《い》れてくれるだろう。たっぷりのマグにミルクを落として、なにも言わずとも臣の好みの温度と味にしてくれる。

舌の上にあの美味を再現して思わずにやけていた臣だったが、次第に近づいた駐在所の周囲には、慈英と彼のサファリだけでなく数人の姿があるのに気づき、表情をあらためた。

（……あれ？）

自転車を漕ぐ足を早めると、風に乗って切れ切れの声が聞こえてくる。

「……から、もうすぐいらっしゃいますよ」

「ほんとですかあ？　センセイ、もう私、困って困って……」

なかでもよくとおる、慈英の低い声は困ったようにひずんでいた。なにがあったのやらと思いつつ臣が近づくと、自転車の音に気づいた中年女性が「あっ」と声をあげて手を振った。

「ああ、来たよぉ。駐在さん、ちょっとぉ！」

大声で臣を手招いたのは、近所に住む井村尚子《いむらなおこ》という農家の主婦だ。その周囲には、町の青年団の顔ぶれも集まっていて、妙に物々しい雰囲気だなと臣は首をかしげる。

尚子はその手に、籐《とう》カゴに大根を載せたものをかかえていて、いつものあれかと臣は苦笑を浮かべた。

（またデッサン教室かな）

彼女は趣味で絵をたしなむため、ときおり慈英に指導をあおいでいる。自分の家で取れた野菜を持ちこんでは絵を描き、礼にとそのモチーフを置いていくのが常だった。

そのため、ちょくちょくと駐在所にも顔を出すのだが、この日はどこか様子が違っている。いつもにこやかな尚子らしくもなく、眉間《みけん》のしわが深いのだ。

「……どうしたんだ？」

「それは、直接ご本人に」

まず傍《かたわ》らの慈英を振り仰ぐと、彼は軽くかぶりを振って大きな手で彼女のほうを促す。慈英の表情もいささか硬く、これはもしやと思いつつも臣はにこやかな顔を作って問いかけた。

「お待たせしました。井村さん、なにがありました？」

「まあた、うちの畑があらされたんですよ」

「ええ！　またですか」

よく見ると、彼女の抱えている大根はぽっきりと折れている。せっかく丹誠込めて育てたものが台無しだ、と日焼けした顔を歪《ゆが》めた尚子は、哀《かな》しそうに言った。

「もうなんとかなりませんかねえ。これ、ぼっこぼっこ引っこ抜かれた畑に、放り出してあったんですよ」

「そうですか、お気の毒に……」

心から告げて、臣は彼女の丸い肩を軽く叩いた。

慈英は仕事のことだと思ったのか、とくに口を挟まないままそこにじっと立っている。飛び抜けた長身ながら、細身の彼はこうして静かにすると気配さえ薄くなるのが不思議だ。

「夜警もできるだけしてるんですけど、お役に立てなくて」

臣が深々と頭を下げると、尚子はぱっと顔をあげて、あわてたように手を振った。

「とんでもない！　駐在さんはよくしてくれてますよ！　前にいたひとなんか、爺さんだからってろくに見回りもしないで、碁《ご》うちばっかでしたからあ！」

急にうろたえ、赤い頬でまくし立てた彼女に、臣は困ったように眉《まゆ》を下げる。

「いえ、それとこれはべつですし。当時はなにも問題はなかったんでしょうから、やはりわたしの力不足です。申し訳ない」

尚子の狼狽《ろうばい》が自分の優美な顔立ちに見惚れてのこととは気づかないまま、真摯《しんし》に詫《わ》びる臣に「いいから顔をあげてくれ」と彼女は告げ、ため息をついて言葉を続けた。

「ただね、畑ばっかならいいんだけど、今日は……」

「どうかしましたか。……まさか、またなにか？」

言葉を濁した尚子に、臣は親身に問いかける。すると、彼女はほとほと困った、というように肩を下げて言った。

「じつはね、昨日はうちだけじゃなくて伊沢《いざわ》さんとこが芋《いも》をやられたし、木野《きの》さんちじゃあ鶏が二羽もいなくなって」

「じゃあ、ここに来てる皆さん、もしかして……」

「やられたよ」

伊沢と木野は、青年団のメンバーでもある。こなれた農作業用の作業着姿で、尚子のうしろでむずかしい顔をしていた彼らも「困ったもんだ」と顔をしかめた。

「いままではねえ？　せいぜいが子どものいたずら程度だったんですよ。でもなあんか、変でしょう？　いくらなんでも、こんなに続いたことないんですよ」

そもそも、のんびりとしたこの町は農業主体で生活を立てている。だが大根泥棒ごときでここまでうろたえるわけもない。それこそ子どもや旅行者のいたずらが大半だからだ。

しかし臣の赴任したころから前後して、この町では頻繁に農作物の盗難が相次いでいた。いま尚子が訴えたように、大根やキュウリなどの野菜から、鶏卵、養鶏が盗まれ、それもどうも転売目的などではなく、本当に食べるためのような量らしい。

ただ、それにしては畑の荒しようがひどく、せっかく土を整えた畝《うね》を踏み荒らし、無用なぶんまで引き抜いてはうち捨てるという悪質さに、農家のひとびとは困り果てている。

「そんで、野菜だけならまだいいんだけど」

「ほかにも？」

「じつは、スーパーでもなんか変なもん盗まれて」

「えっ!? どういうことですか」

詳《くわ》しく訊《たず》ねてみると、尚子が心配そうに言ったとおり、盗難に遭《あ》っているのは野菜だけではなかった。商店街のなかにある、こぢんまりしたスーパーでは包丁にガスカセット式の簡易コンロなど、日用品の一部がこれまたワンセット、なくなっているのだそうだ。

「正面入り口のガラスぶち割って、堂々正面から入りこんでやがるんですよ。正直、ものはたいしたもんじゃないが、ガラスの修理代のほうが高くついてしまう」

農業だけでなく、そのスーパーを兼業で営んでいる伊沢は、悔しそうに歯がみする。

「それって、本当に目的はひとつしかないですよね」

野菜や鶏、卵などの食料に包丁、簡易コンロ。それらをすべてあわせて考えると、どう推察しても調理のためとしか思えない。だがいったいどこでそんなものを使用するというのだろう。

（いったい誰が……それに、どこで？）

この町はひどく狭く、よそ者が入りこめばひと目でわかってしまう。たしかに周囲は山だらけで、森や林も多いため、その奥に逃げこめば身を隠すことはできなくないが。

「やっぱたぶん、あの小屋に誰か住み着いてんじゃねえのかな」

臣が考えるそばで、太い眉をひそめて呟いたのは、青年団の団長、丸山浩三《まるやまこうぞう》だ。丸山家はこのあたり一帯の地主であり、この町でもかなりの有力者だ。彼自身の人徳も相まって、四十いくつの若さながらその発言権は町長より強いと言われてさえいるし、むろんいずれは町長にもと、皆に慕われている。

「小屋にですか？　丸山さん、それ間違いないですか」

威圧感のある偉丈夫に臣が真剣に問いかけると、彼もまた苦い顔のままうなずいた。

「ああ。『中《なか》の裏道』の丸山んちも、どうやら荒らされたようだしな」

「えっ、あちらの丸山さんもですか」

この場にはいない被害者の名前に、臣はさらに顔をしかめてしまう。だがそれに対し、団長は苦笑してこう告げた。

「……あっちも丸山、こっちも丸山でややっこしいだろ」

そもそも長野では丸山という名字はかなりメジャーで、全国区で言うところの田中、鈴木に匹敵するため、この狭い町にも複数名、丸山姓の人間が住まう。そのため、名字の前には屋号やそれぞれの住まう地名——といっても公的住所ではなく、古くからの呼び名のほうだ——をつけるのが慣例になっているのだが、慣れるまで臣はかなり混乱したものだった。

浩三が言う『中』とは、この町で唯一のメインストリート、商店街のことだ。そして『中の裏道』とはそのまま、商店街の裏手の道となる。

「駐在さん、おれのことは浩三でいいよ」

「ああ、すみません。では浩三さん、もう少し詳しくお願いできますか」

団長を任されるだけあって、町のリーダー的存在の男性でもある彼は、一見は強面《こわもて》だが気のいい男だ。楽にしろと言われ、ほっとした臣もまた笑みを返す。

「おう。で、中の裏道んちは金物屋だからさ。鍋《なべ》が倉庫からなくなってたって」

「今度は鍋ですか……まいったな、本当に。盗まれたのが鶏に野菜、調理器具ですから……煮炊きしてるということですかね」

臣が眉をひそめて唸《うな》ると、浩三も太い腕を組んでしみじみとため息をついた。彼は無愛想ではあるが、むやみに不機嫌になったりはしない、懐《ふところ》の深い男で、それだけに町に起きた異変にはかなり困っているようだった。

「それしか考えられんだろうなあ。この間、小屋の手入れに行ってみたらほれ、変な様子があったっちゅうたでしょう」

「ああ、そうでしたね」

浩三は狩猟免許を持っており、狩猟解禁の時期になると、親族や仲間と自分の山に入り猟をするのだが、その休憩などに利用する山小屋で、鶏などを始末して食べたような痕跡《こんせき》も見つかったというのだ。

「なあんか妙なにおいもしたしよ。もうおれらが行ったときには姿はなかったが、ありゃあ誰かおるんじゃないかな」

「まったく困りましたね……不法侵入に窃盗《せっとう》か。現行犯逮捕じゃないとどうにもならない」

ううむ、とうなった臣は制帽を脱いで、軽やかな色合いの髪を掻《か》きむしった。

「前々から相談されていたのに、犯人が特定できず、申し訳ないです」

毎日の見回りを欠かさないのも、そのためだった。こんな平和な町だけに、ささやかな盗難事件でも町人たちの不安は大きい。それをきちんと処理しきれていないのは臣の失態だ。

「できるだけ夜も見回ろうと思います。どうも荒らされてるのは夜中みたいですし……一応、山のほうもまわってみましょうか?」

「それは、やめといたほうがええなあ」

のそり、と前に出てきて口を挟んだのは、尚子の祖父である太志《ふとし》だった。もう八十を超える高齢ながら、いまだに畑に出て働き、狩猟解禁時期になれば猟銃を手に獣をしとめる、かくしゃくとした老爺《ろうや》だ。

「あの、やめといたほうが、ってどうしてです?」

頑固そうな彼に臣が問いかけると、日に焼けすぎて真っ黒な顔のなか、ぎょろりとした目を動かして太志は言う。

「この時期ですけえ、熊があらびって。あいつら、しゃらっつねえから、鹿もひともなんも、みーんな喰《く》らって、どこそこぶちゃるから困るだよ。まあ、おれらもそれで山に入るとき、よったかばるんだけども」

高齢の太志は、方言まみれの言葉を重々しく吐き捨てた。ふんふんとうなずいていた臣のそばで、さすがにまったく理解不能だったらしく慈英が困った声をあげた。

「あの、すみません。太志さんはなにを言ってるんですか」

「ああ……この時期は熊が暴れるんだそうだ。やつらは図々《ずうずう》しいから、鹿も人間も喰ってはそこらに捨ててる、と。だから山では集まって行動するんだそうだ」

県庁所在地でもある市内生まれの臣は、基本的に関東言語圏にいたため、ほとんど方言がない。だが奥地でもあるこの町の高齢者は、臣でさえもむずかしいような言葉を話す。

鎌倉生まれ、東京育ちの慈英では、ほとんど外国語に近い域だろう。苦笑して、老人らと相対したときに覚えた言葉で翻訳してやると、なるほど、と彼はうなずいたあと、はっとしたように問いかけてきた。

「……って、ちょっと待ってください。このへんって熊、出るんですか？」

「うんまあ、そりゃ山んなか入らなきゃ滅多にはないけど、のぼりゃあ熊、出るよ」

「出る出る。この間も小屋のそばで、こおんな樹《き》がかぎ爪でざっくり抉《えぐ》られとったよ」

慈英以外の全員がこっくりとうなずく。こおんな、と太い腕をめいっぱいに広げた浩三のアクションに、彼は「そこまでとは……」とため息をついて浩三に問いかける。

「あの、ひとも喰らって……って、そんなことはあるんですか」

「最近じゃあないよ。けど、爺ちゃんの若いころなんかは、まあ何人か、死んだそうだな」

「あ……なんか古い書類で見た覚えが……」

思い出したとうなずく臣もまた、この地に野生動物が多いことを知ってはいても、身近にその危険が迫る生活はしてこなかったため、顔がひきつる。

ここよりずっと都会な軽井沢《かるいざわ》あたりでも、じつのところ熊の被害は深刻な問題だ。しかしその遠因は森林開発などで餌場《えさば》を失った熊がうろつき、観光客や別荘客が生ゴミなどを放置したため味をしめ、人家のあるほうまで降りてくるようになってしまったせいだという。この数年は国絡みで対策を立て、ゴミの始末などもするよう厳重に注意が出されている。

このあたりではまだ山深く、野生動物もふんだんに残っているから滅多にそういう被害には遭わないが、餌の足りない時期などには鶏を襲いに来ることもないわけではないそうだ。

「えっと、樹が抉られてたのって……確実に熊なんです、か？」

さすがに恐怖心を覚えた臣がおずおずと問えば、伊沢も浩三もあっさりうなずく。

「だろうねえ。うちの犬もにおいが残ってて、興奮しとったから」

「あいつらおると、また鹿が逃げるからなあ。困るよなあ」

地元の彼らは慣れたものなのだろう。タイミングと場所さえ選べばどうということはないと、けろりとしたものだ。こういうところも、自然とともに生きるひとびとは強いなと思う。

第一次産業は、アクシデントとトラブルが隣りあわせだ。神に喩《たと》えられさえする天候や野生動物らと共存し、ときには戦うひとびとには、街中でぬくぬくと生きる人間にはない達観と、どこか突き抜けたしたたかさが備わっている。

「まあ、そんなわけで、夜回りは青年団の連中ででもすっからさ。駐在さんはいままでのとおりしといてくれりゃあいいよ」

「でもせめて、現場の検証だけでも……小屋をこれから見にいくのはどうでしょう？」

せめてなにかの物証だけでも確認できるかもしれない。そう思って臣が提案すると、伊沢はあっさりと無理だと言う。

「ああ、検証もなにも、もう片づけっちまったから」

なあ、と伊沢が振り向いたさきには、浩三団長の姿がある。重々しくうなずいた彼は、これも真っ黒な顔に白い歯を覗《のぞ》かせて言った。

「もう、うちらで掃除してしまったから、小屋のなかはなんもないよ」

「ええっ⁉　どうしてそのままにしてくれなかったんですか」

犯人の手がかりが残っていたかもしれないのにと臣が眉を吊り上げると、浩三は太い眉をひそめて、困ったように言う。

「そうは言うけど駐在さん。まだこんな盗みがどうとかってわかんねえときの話だもの」

「ま、まあそれはそうですが」

「ただの小屋荒らしなんか、ないわけじゃあないし……いままでの駐在さんなら、調べるからまんまにしとけ、なんて言われたことないもんでよ。それに……あんまり汚くて、あんまじゃ臭《にお》いついてしまうしよ」

よくよく聞けば、吐瀉物《としゃぶつ》や排泄物なども小屋の中にあったそうだ。これから狩の時期になるため、小屋の手入れに行ったという浩三としては、片づけざるを得なかっただろう。

「そうか……まあ、それならしかたないです。こちらも事情もわからず、口を出しました。ですが次回からは、できるだけそのままにしてください」

私有地である山のなかでのことは、浩三が放置と決めれば手を出せなくなる。山に入る許可自体、まずは彼に取らねばならない。そして現場には、素人《しろうと》では見落とすなんらかの手がかりがあるかもしれないのだ。

臣が頭を下げると、いやいや、と浩三は手を振ってみせた。

「おれも片づけちゃいかんとは思わなかったよ。今度はすぐにあんたを呼ぶよ」

「是非《ぜひ》、そうしてください。あと、できるだけ近いうちに、一度現場を見たいんですが」

うなずいたあと、検証の許可を求めた臣に、浩三はなぜかため息をつく。

「まあ、小屋に行くのはいいけど……こーんな細っこい駐在さんじゃあ、おれも一緒に行くほうがいいわな。顔はきれいだけど、腕っ節は無理だろ？」

制服姿の臣を上から下まで眺め、やれやれとかぶりを振る浩三に、伊沢が口を挟む。

「おいおい浩三さん、そこまではっきり言うことないわな。駐在さんだってそれなりには鍛えちゃおるだろう。警察官だぞ？　なあ？」

「はは……まあ、皆さんに比べればぜんぜん……」

からからと笑う青年団の面々は、農業に従事している男性らしく、誰も彼も陽に焼けてたくましい。ひよっこ扱いされても怒る気にもなれず、臣は苦笑してうなずいた。

「まあねえ、あんたがこの町に来たときにゃ、えらい騒ぎだったよ。女みたいなきれいな男が駐在さんって、なんの冗談だあって」

「そうそう。おまけにその前には、こーんな男前の絵描きさんが来るし。最近の若いひとらは、やっぱりみんな顔がいいんだねえ」

「はは……」

女みたいな、と言われたところで臣は気にしない。きゃしゃな臣だが、一応は警察官として犯人逮捕のための格闘劇を繰り広げるべく、しなやかな筋肉も身につけているし、柔道は段持ちの上司に鍛えられ、それなりの腕前だ。だがじっさいこのたくましい男たちに比べれば、自分などはそう見えてもしかたがないだろうと思えてくるし、そんなことをいちいち気にするほど小さなプライドは持ち合わせていない。

むしろ臣がどきりとしたのは、なにげなく続けられた伊沢の言葉にこそだ。

「まあでも、若いひと同士で仲良くしてるようだからよかったよ。話もあうんだろ？　歳《とし》も一緒っくらいだしなあ」

「え、ええまあ……」

一瞬目を泳がせた臣の動揺には気づかず、浩三はけろりと言ってのける。

「しょっちゅう一緒にメシ食ったりしてるもんなあ。男所帯でわびしいことないのかい」

「あらあ。そんなんなら、ふたりともうちに来て食べればいいのに」

「い、いえいえ。そこまでお世話になるわけにいきませんし——」

尚子の心配顔に、臣はあわてて手を振ってみせた。どう断ったものかと焦《あせ》る臣に小さく笑った男が、臣の言葉を引き取る。

「ひとりで食事作ると不経済ですから、まとめてでちょうどいいんですよ。……ねえ、駐在さん？」

「あ……ま、まあ、な」

慈英は、外で臣に話しかけるときには、町のひとに倣《なら》って『駐在さん』だ。しゃあしゃあともっともらしいことを言う慈英を臣は軽く横目に睨《にら》むけれども、案外と厚顔な男はしらっとした笑みを返してくる。そんなやりとりに気づかぬまま、浩三は明るくその場をまとめた。

「まあまあ、おれらみたいな中年と年寄り相手じゃあ、駐在さんもセンセイもいやだろさ」

「いえ、そんなことはないんですけど……」

にこやかな彼らの言葉に、内心少しだけうしろめたく思いながらも臣は苦笑するしかない。

おおらかでひとを疑わない町民たちは、『東京から来た絵描きのセンセイ』と、『市内から来たきれいな駐在さん』がそもそもの知りあいで、しかも男同士で恋仲だなどと考えもつかないらしかった。

ちらりと横目で慈英を見ると、四つ年下の恋人は動じた様子もないまま笑っている。穏やかに見えて肝の太い彼に、呆れるような頼もしいような気持ちになった。

（まあ、ばれなきゃばれないのがいちばんだけどな）

慈英とはもう、六年のつきあいになる。もともと、東京で若い画家の卵であった彼が長野に旅行に訪れ、そこで巻きこまれた、とある殺人事件をきっかけに、知りあった。

はじめは身体《からだ》だけを重ねた。勢いではじまった関係だったため、それで終わりになると臣は最初からあきらめていた。

意外だったのはその後、いったん東京に戻った慈英が思いきったようにこの地に越してきたことだ。だが、はっきりした言葉をもらえなかったせいで気持ちは行き違い、長いこと勝手な片思い状態は続いていた。

それでも、年を重ね、生活を共にして、気持ちは強く結ばれたと思う。

県内でも相当な僻地に赴任になる可能性がある昇進試験を、臣は一時期ぐずぐずと受けたがらなかった。上司にも呆れられたが、一年も慈英と離れて駐在所に勤めたり、そうでなくても異動の可能性が高くなる昇進試験など受けたくはなくて迷っていた臣に、しかし慈英は言ったのだ。

――あなたのいるところが、俺のいるところです。

気持ちを信じきれない臣に、信じるまでずっとそばにいると誓うその言葉だけでも、嬉しかった。そしていざ現実となった臣の異動に際し、慈英はかつての宣言どおり、この田舎町へと本当に移り住んでしまったのだ。

しかも同時期に引っ越しをすると変に勘ぐられるかもしれないからと、臣の転勤数ヶ月前には家を借りていた。しかもどういうツテを使ったのか、駐在所の近所にだ。

市内にいるころには、とくに必要がないと持っていなかった車まで購入し、サファリで日本のあちこちをめぐっているとふれこみ、定期的に顔を出しては『放浪癖のある画家』として周囲にその存在を馴染ませてしまっていた。

臣が赴任するころには『絵描きのセンセイ』は町の人気者で、数ヶ月後にやってきた『きれいな駐在さん』と仲良くするにも、なんら問題はなかった。

臣の住まう駐在所は、かつては交番だったものを改造したらしい。二階部分は住居となってはいるがかなりそっけない造りで、冷暖房のききも悪く、あまり住むには適していない。

おかげで徒歩数分という近所である慈英の家に入り浸っても、寒い、暑いで通ってしまうし、若い人間の少ない町では、同世代のふたりが親しくしてもなんら不思議な顔もされない。

そのじつは、ほとんど通い婚状態でいるわけなのだが、それはともかく。

「久々に若いひとが来てくれて、わしら喜んでるけどな。たまにはふたりとも飲みにつきあいなさいて」

「それはまあ……そのうちに」

「はは。皆さんにつきあうと、潰《つぶ》されてしまいますからね」

ほがらかに受け答えをする慈英に内心舌を巻きつつ、臣は大根を抱えたままの尚子に向き直った。

「さて、とりあえず形式的なものですが、調書だけ作ってしまいますね。早く犯人が捕まるように、俺もがんばりますから」

「お願いしますよう、駐在さん」

こちらに来てくださいと、駐在所の事務椅子を勧める。ふだんは四方山《よもやま》話のためにしか訪れない交番のなかで、尚子の表情はにわかに緊張を帯びた。

「はい、じゃあここに住所書いてくださいね、あともう一度、なにを盗まれたか確認のため、順番にお話ください」

「はい、ええとじゃあ、うちのから……」

まずは尚子が、さきほどの大根を手に説明をはじめる。臣は調書用紙を広げ、鉛筆で書式どおりにその内容を書き取っていく。

「じゃあ井村さん、こちらの内容でいいかどうか、読んで確認してもらえますか？ あっているようなら、このうえから清書してください」

「は、はい」

　ボールペンを差し出し、緊張した面持《おもも》ちの尚子が臣の書き取った文字をなぞっていく。これはただ単に手間を省いているわけではない。本来、調書の正式な書面を作成する際の書きかたというものがあるのだが、一般市民にそれを説明すると却《かえ》ってややこしいため、担当警察官が話を書き取り、それを清書させたほうが間違いがないのだ。

「はい、じゃあ次。木野さんは？」

「うちは養鶏が二羽で——」

　調書を作成する臣の声は、穏やかにやわらかい。犯罪などに慣れない、平和な町のひとたちに不要な緊張を強《し》いたり、不安感を与えないようにと笑みも絶やさないままでいる。

　だがその腹の中は、犯人への憤りでいっぱいだった。

（許せねえな……）

　調書に記述される被害内容は、大根一本、数千円の調理器具に養鶏の盗難。金額にすれば微々たるもので、市内にいたころにはささやかすぎていちいち盗難届を出されることもないレベルのものばかりだ。もっとも被害の大きいのはスーパーのガラス破損だったけれど、彼らには修理できるガラス扉より、どこかへと消えた農産物のほうが痛手が大きいようだった。

「せっせと世話してさあ、やっと大きくなったんだよ。卵も産めるし、かたっぽはコンテストに出たやつの筋でさあ、買いつけもけっこうかかったんだよ」

せっかく育てたのに、と嘆く木野の肩は落ちきっていて、臣は痛ましいと眉をひそめる。

「ご苦労なさいましたね……。ええと、特徴なんかはありますか？」

「見た目じゃきっと、素人さんにはわからないよ。脚に番号札つけてあったけど……」

念のためにそのナンバーをメモに取るけれど、おそらくはもう戻ってこないと木野も臣もわかっていた。それだけに、やるせないなとも思う。

県警にいたころには、毎日、毎時間ごとに起こる殺伐とした事件に追われ、こうした気分も少しずつ薄れていたかもしれない。そしてまた、なぜ昇進前にこうした駐在所勤めが必要であるのかも、おぼろにわかる気がすると思った。

被害者がいるということは、傷ついた心がそこにあるということだ。それを目で見てたしかめられるという経験は、やはりなににも換えがたい。

「ちゅ、駐在さん。書いたよ？　これでいいのかな？」

おどおどとする尚子は、もう四十を超えた立派な主婦で、母親だ。なのに清書した書類を差し出す表情は、まるで宿題を提出する小学生のような、頼りない顔だった。

「はい、だいじょうぶですよ。じゃあ、あとはお戻りになってかまいません」

ささやかであれ、事件は事件なのだ。彼らはこの心ない行為に傷つき、途方にくれている。この善良な、心やさしいひとびとにとって、盗難はつらい異質な出来事で、それを防ぎ、護《まも》るために臣がいるのだと強く感じる。

「お願いしますよ、頼りにしてますから」

「わかりました。心配しないでくださいね。俺もがんばって犯人捕まえるから」

臣は、尚子の荒れた、働き者の手から書類を受けとり、にっこりとやさしく笑いかけた。

どこか甘いそれを、慈英はかたわらで微笑みながら、静かに見守っていた。

＊　＊　＊

全員の話を聞き、調書を作り終えると、すでに昼をまわっていた。作業のある面々は皆それぞれに家に帰ると告げ、くれぐれも頼むと言い置いていった。

作成した調書を眺め、臣は思わずため息をつく。

（まいったなあ……）

おそらく、盗難が起きたのは昨日の夜のことだったのだろう。やはり夜回りもすべきだったかと少しばかり浮かぬ顔でいた臣は、鼻先にコーヒーの香りを感じてはっとした。

「お疲れさまでした。ひと区切りつきましたか？」

カップにコーヒーを注《つ》いだ慈英の声は、鬱々《うつうつ》としていた気分をやわらげるようにやさしい。

彼のことをすっかり失念していた臣はあわてて椅子から立ちあがる。

「あ、ごめん！　おまえ、食べたか？」

「いいから座って。俺は済ませたから、どうぞ」

臣がばつが悪く頭を掻くと、目の前にコーヒーとサンドイッチがサーブされる。味気ない書類の積まれたデスクのうえ、ネルドリップで淹れたコーヒーの香りとしっとりとしたサンドイッチ。急に空腹を覚えて「いただきます」と頭を下げ、臣は昼食に手をつけた。

「ん、うまい」

「そうですか、よかった」

慈英はかたわらに立ったまま、自分のぶんのコーヒーを啜《すす》っている。少しばかり予定とは違ったけれど、恋人に見守られての食事は悪くない気分だった。

「しかし、参りましたね。食料泥棒には」

「んー……ってか、こんな町でいったいなにがしたいのか、だなあ」

ただ単に生活苦に追われて逃げこんできたような、放浪者や路上生活者のたぐいであればまだましだ。だがもし、犯罪絡みで逃亡している手合いが起こした食うに困っての犯行だった場合、このさきもっと面倒な事件が起きないとも限らない。

「俺が来る前には、こんなこと、ろくになかったらしいんだけど……」

臣もこの地に来て農業の大変さをあらためて知った。大根一本や鶏一羽を育てるのに、年単位で時間をかけ、荒れる天候や虫害、獣害に負けじと戦って、苦労の果てに収穫を得る。

そんな彼らにとって、この盗難事件は日々の努力を踏みにじられていることなのだ。

起きてしまったことも痛いが、最近では大がかりな組織による、農産物盗難が問題視されている。もしもこの事件が様子見のためのもので、転売目的のための大量盗難事件などが発生したら、こんな小さな町はどれだけ打撃を受けるだろう。

なにより、あんな不安そうな顔は、この町のひとたちには不似合いだ。自分の力なさが不甲斐《ふがい》なくて、臣は唇を嚙《か》みしめる。

「このまま続いたりしなきゃいいんだけどな。早く、すっきりさせてやりたいよ」

呟くと、慈英の大きな手が臣の頭に触れた。半日自転車で走り回ったせいでかすかに汗ばみもつれた髪を、やわらかく梳《す》いてくれる。

「なに……？」

目だけを動かして、まるで子どもをあやすような仕種《しぐさ》をする恋人を見ると、思わず赤面しそうなくらいのやさしい目で見つめられる。

「ごはんのときは、考えごとしないほうがいいです。消化に悪いですよ？」

「……ん、そうだな」

髪を撫でた手にほんの少し癒《いや》されて、臣はようやくかすかな笑みを浮かべる。

あらかたサンドイッチを食べ終わり、大きくため息をついた臣は慈英の淹れたコーヒーを啜る。やはり自分の好みどおり、香りを殺さない程度にミルクが入って、味がやわらかくなっている。

「おいしかった、ごちそうさま。……わざわざ、ありがとな」

「いいえ。臣さんが満足なら、それでいいです」

しっかりと腹を満たした臣は、どうして今日、慈英が遠出までして臣の好物を買ってきたのかなんとなく悟る。このところ頻発する盗難事件に、少しばかり気が重くなっていたのを彼は知っていたのだろう。

「うん、でも、ありがと」

少し力なく笑って彼を見あげると、目があってしまった。無意識のまま、コーヒーを飲んだ口元に目をやった臣は、慈英がちろりと唇を舐《な》めるのを見つけてしまい、小さく息を呑《の》む。

軽く机にもたれるように長い脚を組み、ただ立っているだけでさまになる慈英の姿に、しばし臣は惚《ほう》けたような目を向けてしまった。

「……どうしたんです？」

「な……なんでもない」

すぐに視線を逸《そ》らしたけれど、のんびりしているようで聡い男が気づかないわけもない。くすりと笑った慈英は、かすかに赤くなった臣の耳をじっと見ていた。

（くそ。余裕の顔しやがって）

この男は、やさしい顔をしてときどきひどく意地が悪い。立ち姿に見惚れ、唇を舐めたアクションにどきりとした臣のことなど見透かしているくせに、なにひとつ言葉にも態度にも出さずにじっと動かない。この野郎と思いつつ、うろたえた自分をごまかすように、臣は適当なことを問いかけてみた。

「きょ、今日の買い出しって、なんだったんだ？」

「画材と薬品関係をね。注文しておいたのが、入荷したそうなので」

「薬品？　なにするんだ」

「絵の防腐や防黴《ぼうばい》処理に使うもので、必要なんですよ。アセトンとかホルマリンとか」

ふうん、と臣はよくわからないまま相づちを打った。つきあいは長く、年中彼のアトリエにも入り浸っているけれど、絵についてはさっぱりわからないままだし、技法についてもなおさらだ。

ひところには、そんな門外漢の自分でいいのかと問いかけたこともあった。けれど、まるで違う世界にいる臣だからいいと、慈英は言ってくれる。

「いま、描きかけの青い絵があるでしょう。あれの処理に使うんです。かびないように」

「あ、そうなんだ？　俺、あれ好き」

慈英の言葉に、臣はぱっと顔を輝かせる。

慈英が手ずから練った顔料を使った、壁一面ほどの大きさの絵はもうすでに何度か見た。徐々に完成に近づくたび、色が深みを増していくようでとてもきれいなのだ。

「完成、楽しみだな」

無邪気な顔で臣が告げると、慈英は黙って微笑んだ。

案外とくわせものである慈英を町のひとたちは気楽に『センセイ』などと言っているが、そのじつ彼がどの程度の人物なのかはまるで知らない。穏和で男前の若い画家が町にやってきたという事実を、なんの詮索《せんさく》もせず気楽に迎え入れてしまうおおらかさがこの町にはある。

だが、じつのところ慈英はまだ三十にもならないというのに、日本の美術界では次代を担うと期待された、新進気鋭の天才画家だ。行くところに行けば本当に『偉い先生』として扱われ、その作品は、ものによっては一枚で、臣の年俸でも追いつかない程度の価格がつく。

基本的に慈英の手がける作品は抽象の油彩が多い。けれど、この町に来てからはなにか気が向いたのか、日本画や塑像《そぞう》などにも手を出しているらしい。また最近、企業などからモニュメントの依頼や、著名な小説家の上製本装丁のために装画を頼まれることもあるらしい。

正直いえば、こんな田舎に引っこんでいていいほど、慈英は暇ではないのだ。それなのに、臣が心地よくすごせるように、なんの不安もないようにと、そのために彼の生活はまわっていて、ときどきそれが申し訳なくなる。

けれど、慈英に甘やかされるのは存外気分がいいもので、臣も強くは断れないし、遠慮をされると却って傷つくと言われてからは、素直に甘えることにしている。

「タイトル、なんてつけたんだ?」

「まあ、そのままですね。『天空』……相変わらずひねりはないですが」

ここ数年、彼はある種の宗教的なものをモチーフにしているらしい。ロシア正教のイコンからイメージした作品群はことに好評で、ある美術館が是非にと申し入れて一連の作品を買いあげていったのは二年ほど前。

それ以後も、ひとが祈りを捧げるさきにある、もっと大きななにかを、慈英は追いかけているらしい。臣にはむろんその深遠なテーマのすべてを理解はできないけれど、純粋にきれいな絵だなと感動するのは本当だ。

「まんまでいいじゃん。理屈なんかあとづけだっていつも言うのおまえだろ」

「まあ、そうですけどね」

「それに、タイトルとかなんだっていいよ。いい絵だもん」

芸術的な才能や細かい知識のない臣は、すごいなあとただ感心するしかないわけだが、慈英は妙にくすぐったいことを言う。

「臣さんが気に入ってくれるなら、あの絵はたぶん思ったとおり完成しますね」

「なんだそれ。俺は関係ないだろう」

「いえ。大抵、あなたがいいと言ってくれたものは、俺のなかでもいいものになるので」

なんだそれ、ともう一度臣は小さな声で呟く。慈英はときおり、こうして臣の目を褒めてくれるけれど、臣にはそれが妙に落ち着かないのだ。

画家と六年もつきあっていたところで、臣には芸術のなんたるかなどわからないし、むずかしい言葉も理屈も理解できない。それこそ小学生でもわかるような「きれい」「すごい」という感想しか述べられないのに、慈英はそれがいいと言うのだ。

「いいんです。臣さんの素直な目で見てさえもらえればそれで」

やさしい笑顔や、澄んだ目に嘘は見受けられない。けれど希代《きだい》の天才画家と言われる男にそこまで言われても、素直には信じがたい。

「うそつけ。だいたい、おまえ昨日、これ笑ったくせに」

むすっとしたまま、臣はごそごそと模造紙を机の下から取りだした。それはこの町に赴任してから、臣が必要に迫られてちょこちょこと描いていた町の地図だった。

「あ、いえ、それは……」

「それは？」

慈英はそれを見るなり、ばつが悪そうに顔を背けるけれど、髭の浮いた顎のラインがひきつったのを臣は見逃さなかった。


昨晩のことだが、これにせっせと見回りポイントを描きこんでいた臣は、いまと同じくねぎらいのためにコーヒーを淹れてくれた慈英にぎょっとされたのだ。

「それ、なんです？」

「ん？　地図。見回りにいった場所確認して、怪しそうなやつがいるところとか、なんかチェックできないかと思って」

そして見下ろした模造紙には、まるで碁盤の目のようなまっすぐな道ばかりがある。おまけに、見た端から描いては道をつなげていっているので、法則はめちゃくちゃだ。

「あの臣さん、縮尺の基準は……」

「え、てきとう。だってべつに、俺だけわかればいいんだから、いいだろ？」

「あ、ああまあ、あなたがわかれば、いいんですが……」

会話をする合間も、せっせと臣は手を止めずに地図を作製していた。だが、コーヒーを手にちらちらとこちらをうかがっていた慈英は、なんだか耐えられなくなったらしい。

「……ここ、ゆるくカーブですよね」

とん、と長い指が置かれたところには、ラインはよれているけれどどう見ても直線道路に見える線が引かれていた。

「あ、そう見えない？」

「そう、ですね。あと、ここは山道なんだから、こんなに太くないと思うんですが……」

臣の感覚では、駐在所を起点にここからさきは右、こっちは左に、と書き足していったので、距離感も道幅もかなり適当になっていた。

「おまえ、そんなにわかんの？」

「臣さんが赴任される前まで、ちょこちょこまわっていましたからね。車で行けるところまでは行きましたし、歩いてもまわったので……あの、こっちは右に曲がって見えますが」

また地図の上をとんとんと叩かれ、そうだっけ、と臣は首をかしげる。

「だってこっから道、右に曲がるじゃん」

「あー……ここの道だけ考えればたしかに『右』なんですが、この駐在所を起点にしたとするとじつは、左のほうに寄っていく道なんです。だからここがつながらないでしょう」

「え？　あれ？　ほんとだ」

指摘されたとおり、その位置関係がおかしかったせいで地図には妙な空白があった。おまけに、べつに全体を把握して描いているわけではないせいで、端に行くと紙が足りなくなり、べつの模造紙を貼りつけているありさまだ。

「えーとこっちが……ここで右いって左いって……こうだろ？」

臣がぶつぶつと呟き、また紙を貼りつけてこちょこちょと書き足そうとすると、慈英は「ちょっといいですか」と臣のペンを取りあげた。

「え、なに？」

「だからね、地図は全体が大事ですから。まずこうなって、こっちはこう……」

そして新しい模造紙を引っ張り出すと、そのまま、さささっと手を動かし、山の稜線から高低差、道々の幅までが正確に掴《つか》めるような地図を、あっという間に書きあげてしまった。

「こういう感じだと思うんですけど……臣さん？」

ものの数分で完璧な地図を造りあげた慈英の目の前で、臣はもう隠しようもなく膨れていて、しまった、と慈英の頬がひきつる。

「なんだよ……どうせ下手《へた》だよ」

「い、いえ。あれはあれで味があっていいですよ？　のびのびしてて」

「のびのび描いて方向が間違ってちゃ地図の意味がないだろっ」

のびのび描きすぎて紙が足りなくなったとでも言いたいのか。臣は机をばしばし叩くが、慈英はますます困った顔になる。

「いや……あのほら、京都の市内地図みたいですし」

「ここらの番地は、二条下ルとかっつんじゃないんだっつの！　もういいよ！」

もともと区画整理されて作られた町が、碁盤状に道を連ねていることとくらい子どもでも知っている。そんなフォローがあるかとふてくされた臣は、その後、慈英に気分をなだめられるまで三十分以上を要したのだ。

「……おまえ笑ってるだろ、また」

「笑ってません」

嘘つくな、と昨晩のむくれた気分を思い出しつつ、がさがさと模造紙を広げる。こちらは慈英が描いた、リアルかつ実用性のある地図のほうだ。

そしてまた、天才というのはこういうものさえどこか、うつくしく造りあげてしまうものだと思う。臣とて、自分の描いたものとこれと、どちらが有用なものかくらいの判断はつくのだ。ただ、一筆何万という画家にこんなものを描かせた心苦しさはあるけれど。

「いいですよー。俺はどうせ絵心とかないもん。ちっちぇーころからそうだしさ」

今日の調書で、被害に遭ったという場所を照らし合わせ、ポイントを描きこみながら臣は呟く。とくに拗《す》ねた声でもなかったせいか、慈英が広い肩からほっと力を抜いて訊ねてきた。

「小さいころから、ですか?」

「うん。それこそさあ、遊びでお絵かきとかすると、みんなにへたくそって。……ああ、そういえば、あのひとにも笑われたなあ」

「あのひと?」

誰ですか、と慈英が手元を覗きこみながら問いかける。臣はふっと浮かんだ幼いころの思い出に、ほろ苦く唇をほころばせた。

「俺さ、お袋とふたり暮らしだったじゃん。小さいころ、金もなかったから家で遊ぶっていうと、なんかチラシ裏とかに落書きとかするしかないんだけど、へたでさ」

「……そう」

あっけらかんとした声に、ほんの少しだけ慈英は痛ましげな目をしてみせる。

臣は婚外子、つまり私生児だった。戸籍に父親の名前はなく、母親である小山明子《あきこ》も臣が中学生のときに蒸発し、現在まで行方《ゆくえ》不明のままでいる。

事情は知らないけれど、生活苦や男関係などで、当時いろいろと明子が苦労していたのはおぼろに臣も理解していた。おそらく他県へ失踪《しっそう》したと思われるけれど、行方はわからぬままで——それは彼女が捜してほしくないと、どこかで感じていたのかもしれない。

臣は、二十歳のとき、自分へのけじめのために母親の失踪宣告による死亡認定の手続きを取っている。捨てられたことについては、もはやあきらめた。そもそも、一緒に暮らしているときから、臣より恋人が大事な、女を捨てきれないひとだったから。

「うち、お袋が水商売してたんだけど、男出入り激しくてさ。何人、親父《おやじ》代わりのやつがいたのかよく覚えてないんだ。けど、そのなかでひとりだけ俺にやさしくしてくれたのがいて」

「そうですか。……ひとりだけって？」

「ほかは大抵、お袋と寝るのに邪魔で、蹴《け》り出されたり、殴《なぐ》られたりしたから」

重苦しい事実をさらっと口にする。おおかたのことを知っている慈英は驚きもしない。ただ静かな目でじっと見つめてくる。すべてを語ることのない臣の言葉の裏にある苦い真実もきっと、この恋人は摑んでいるだろうと知っていて、それでもにっこりと臣は笑ってみせる。

臣は幼いころから、暴力を転化させた男の欲望が、少年である自分に向かうことがあると知っていた。知らざるを得ない環境だった。最終的に犯されるまでにはいたらずとも、身体を触られたり、触らされたりということは幾度かあったからだ。

そもそも、そんな過去がなければ臣は生活費を求めて男と寝るような少年にはならなかったはずだ。消せない事実はいまだに心に疵《きず》を残してはいるけれど、目を逸らさずにいられるのはいまが幸せだからなのだろう。

惨めな子どもだった。だからこそ、恩人で現在の上司である堺《さかい》和宏《かずひろ》刑事に拾ってもらうこともできた。彼を慕って警察官になろうと決めたことで、投げやりだった将来のビジョンも定まり――そして、結果としては慈英と出会えたのだ。

いままでの人生に、あやまちの多い過去に、悔いがないと言ったら嘘になる。だがそれにもう縛られないと、強い視線で慈英に訴えれば、彼はただ受け入れて、やさしく笑う。

「そのやさしいひとは、どんなひとでした。お名前は？」

「うーん、それがあんまり何人もいたんで、顔とか名前とか、覚えてないんだよな。ただ、俺が腹減ってるとインスタントラーメン作ってくれたり……さっきの慈英みたいに『へただなあ』って俺の絵見て笑ったり、遊びにつきあってくれたり。そんくらいだよ」

ろくに母親が食事を与えないから、平均より小さな子どもだったと思う。あの男は肉体労働者ふうな感じではなかったが、臣からすれば充分に大きくて、頼もしかった。顔もろくに覚えてはいないけれど、髭を生やしていたことだけは、ぼんやりとした記憶にある。抱きあげられ、からかうように頬をこすりつけられ、痛いと笑って逃げた思い出があるからだ。

「やさしいおっさんだったよ。おっさんつっても、いくつくらいだったんだろうなあ、あのひと……もしかしたらいまの俺と、大差なかったのかもな」

なつかしいと語ると、慈英は慈しむような笑みを浮かべたまま、ぽつりと言った。

「臣さんにとってのお父さんは、そのひとと、堺さんなんでしょうね」

慈英は、臣にとって堺がどういう存在なのかをよく知っている。静かな声で告げられたそれに、そうかもなと臣は苦笑を浮かべた。

濁りのない、あたたかい大人の男の庇護《ひご》。それは幼い臣の情に飢えた心にひどく滲《し》みて、忘れられない記憶のひとつとしていまも胸に残っている。

「ただ、お袋って浮気性でさあ。おまけに派手好きだったから、金遣い荒いってけんかばっかりして。あのひともすぐ出てっちゃったけど……あれは、哀しかったな」

ぽつりと呟くと、なんだかしんみりしてしまって、臣は無意識に取り繕《つくろ》うような笑みを浮かべた。入れ替わりの激しかった母親の男たちのなかで、彼がいなくなったときだけ臣は寂しいと泣いた覚えがある。

臣にけっして暴力や卑猥《ひわい》な欲情を向けることはせず、ごくふつうの父親かのように、風呂にいれてくれたり、膝《ひざ》に抱えてくれたりしたのは彼だけだった。

「俺、抱っこされた記憶って、あのひとくらいしかなかったから。うん、いいひとだったよ」

その笑みがひどくはかないような、寂しげな表情に映ることも知らないままの臣に、慈英の長い指が伸ばされる。そっと頬を撫でられ、臣はあらがうことなくその手に顔を預けた。

(あったかい)

さらりと乾いた、慈英の手が好きだ。ほんの少し油彩のにおいが残っているそれが、誰より自分を愛してくれる指だと知っている。慈英の手は、もう名前も忘れてしまった、やさしい父親代わりだったあの男のそれに少し似ているようでいて、ぜんぜん違うものでもある。

さまざまなことを、この手に導かれて、ときには臣がこの手を引いて、乗り越えてきた。慈英の気持ちも、自分自身についても疑わなくなった。その変化は、さきほどのような過去の重さを、あっさり彼に預けられることにも表れている。

まだこの町に来て数ヶ月。県警にいたころに比べてあまりにものんびりとした生活を、不安感なく送ることができるのは、いつでもそばにいるという誓いをこの男が破らないと信じられるからだ。

慈英との仲も安定したとはいえ蜜月は続いたままで、どれほど画家として大成しようと変わらない彼には、日々をすごすたびに安堵《あんど》と信頼を覚える。

「……ん？」

慰撫《いぶ》するようだった手のひらが、するりと滑っていく。親指が唇を撫《な》で、どきりとしながら目を開けると、慈英はじっとあの真っ黒な目でこちらを見ていた。

「少しも焼けませんね、臣さんは。毎日自転車で走ってるのに。日焼け止め塗ってるわけでもないのに、真っ白なまんまだ」

「色が出ないだけなんだよ。赤くはなるぞ、夏場とか」

「……ここみたいに？」

すっと思わせぶりに唇をなぞられた。今度のそれは完全に愛撫《あいぶ》と呼べる触れかたで、臣はほんのりと頬を染める。

(仕事中なのに)

ためらいやうしろめたさ、また責任感もむろん胸にあるのだけれども、この指に触れられ、この目に見つめられた瞬間から、臣に勝ち目はない。ここがどこで、自分がいま仕事中であることさえも、意識から消え去ってしまう。

臣がふっと息をつくと、彼の爪が自分の湿った吐息をはじく。それが合図のように、顎を取られて唇が合わさった。お互いに軽く開いていたので、触れた瞬間に濡れた音が立つ。

「うん……っ？」

気持ちを通わせる、やさしいキスのつもりだった臣は、ぐっと後頭部を捉《とら》えられて目を瞠《みは》

る。あ、と思ったときには唇の狭間《はざま》に慈英の舌が滑りこみ、震えて逃げようとしたら椅子の背を押さえつけられてしまった。

（わ、やばい、やばいってそれ）

ぬっと舌が奥に入った。慈英の肉厚なそれは臣の小さな口のなかをスライドするように滑り、歯茎や舌の裏にたまった唾液をこそぐように動いて、のっけからいやらしい。

「んん……ん……！」

せつない声が漏れる。そんなキスはずるい、そう思って引き離そうとするのに彼のシャツを震える手で握り、臣は口腔《こうこう》を蹂躙《じゅうりん》される甘さに耐えるしかなかった。慈英のキスは腰に来る。穏やかそうに見えて獰猛《どうもう》で、臣の性感を一気に引きずり出す、そんなことができるのはこの男だけなのだ。

「おまえ……ばかっ……」

そうしてたっぷりと唇を味わわれ、ねっとりしたキスがほどかれるころには、腰の奥がじんじんと疼《うず》き、欲情に火照《ほて》った頬には薄い汗が浮いていた。瞳は潤んでとろけそうで、膝下《しっか》には妙な力が入ったせいか、小刻みに震えている。

「キスで感じちゃったんですか。いけないお巡りさんだ」

「や……だって」

舌を入れるキスがどれくらいぶりだと思っているのかと、臣は涙目で睨みつける。おまけに、臣のどこが感じるかわかっていてしつこくしたくせに、慈英は自分だけ平然としているのが悔しい。

「この間、あんなにしたくせに？」

「う、うるさいよっ」

臣はこの町に来てはじめて、なぜ郊外の道路にあれほどラブホテルが多いのかという理由を悟った。田舎と呼ばれる地に実際住んでしみじみ思うが、とにかくプライバシーという概念がないのだ。ことに臣のような仕事の人間は昼夜問わずにひとが訪ねてくるため、おちおち家の中でもくつろげない。

——駐在さあん、ちょっと飲まないかね？

ひとなつこい町民たちは、若い臣がめずらしいようで、にこにこと親切にかまってくれる。おかげで慈英といざベッドへ、となっても、なかなかことに至れない。

結局、あまりの欲求不満にぶち切れた臣は先月、非番の日に慈英に車で県道あたりのラブホテルへと連れていってもらったのだった。

安っぽいホテルの内装は、いかにもどぎつい赤。そんな部屋のなかに、慈英の姿があまりに似合わなくて申し訳ないのに、その罪悪感が快楽に拍車をかけて、止まらなくて——部屋に入るなり立ったまま一度、そのあともベッドでさんざん睦《むつ》んで、汚れを落とすために入ったはずの風呂のなかでは、湯を跳ねあげて腰を振った。

臣は以前、セックス依存症の気《け》があった。精神的に不安定になると強烈に欲しくてたまらなくなって、少しおかしいくらいに求めてしまう。それを知っていた慈英が、あまりの乱れっぷりに途中で心配になって、平気かと問いかけてきたほどだ。

——なにかあったの、臣さん？

——なんにもない、なんにもないけど……もう、俺、我慢できない……っ。

すすり泣いた臣はいやな切迫感に追われての欲情ではないと訴え、理解してくれた慈英に身体がとろけるまで抱いてもらった。おかげで、とんでもない目に遭いもしたのだが。

「翌日、あちこち痛くて自転車に乗れなくなったのはどこの誰ですか」

「意地悪いこと言うなよ……」

下世話な言葉ですり切れるまで、などと言うけれども、本当に内腿《うちもも》が摩擦に腫《は》れてしまうまでやった事実はさすがに恥ずかしい。むろん腰の奥に至っては言うまでもない。

ただただ欲しくて、本気で泣くまで感じた。あんなにいいのは、ひさしぶりだった。そしてさっきのキスでは、あの夜を思い出させられ、身体の火照りが静まらない。

（俺、結局セックス好きなのは変わらないんだよな）

もぞり、と足先が動いた。もう少ししたらきっと、脚の間にも変化が訪れてしまう。

あんなキスをした慈英も悪いが、なによりはしたない自分が恥ずかしい。困った顔で臣が目を逸らすと、なにかを考えこんでいた慈英は口元だけで笑い、こう言った。

「臣さん、これ外にかけてきて。で、戸締まりして」

「え……あ、ああ？」

手渡されたのは、『巡回中』の不在を示すかけ札だ。警邏中はこれを外にかけて一応戸締まりすることにしているけれど、べつに食事中だからといってそこまでする必要はない。

だが、にっこりと笑んでいる慈英にはなぜか逆らえず、またキスの余韻にぼんやりしていた臣は曖昧《あいまい》にうなずいて言われるとおりの行動を取った。

「かけたけど……」

「じゃ、ちょっと奥に行って」

札をかけて入り口の扉を閉めた臣は、慈英に腕を取られて目を丸くした。

「え……嘘、なに、まさか」

いかにも、もと交番らしい、そっけない造りの部屋の奥には仮眠や休憩のための畳が敷かれたスペースがある。そこに臣を連れこんだ慈英は窓のカーテンを引き、仕切戸を閉めるなり、こう言ったのだ。

「口で、してあげますから。夜まで我慢して」

冗談だろう、と臣は目を剝《む》いて真っ赤になる。そうして動揺している間に、畳のうえに押し倒されてしまった。

「お、お、おまっ、ばか！　ここ、どこだと思ってっ」

我に返って暴れたときには遅すぎた。両腿のうえに体重をかけて臣を押さえこんだ恋人は、いたずらっぽく長い指を唇の前に立ててみせる。

「きれいな駐在さんがいるところ。……みんなあなたが大好きなんだから、静かに感じてくださいね」

「じ、慈英……？　うそだろ？　なあ？」

にっこり微笑む恋人の目が、どうしてか怖い。怒っているわけでもないだろうけれど、どうして――と混乱する間に、手早く臣の制服のファスナーが下ろされた。

「やだ、慈英、あ……っ」

慣れた手つきで、そこだけを引きずり出される。あまりのことに呆然《ぼうぜん》とする臣は抗《あらが》いそこねてしまい、やめろと言う前に口のなかにくわえられた。

馴染んだ舌の使いかた、ぬるい粘膜の温度を感じれば、そこはすぐに硬くなる。まだあのままならこらえきれたのに、音を立ててしゃぶられて、あっという間に我慢できなくされた。

「嘘だろ、な、も……っん、んあっ」

やめろと髪を引いたら、もっときつく吸われた。臣は甘く声をあげ、腰を震わせる。

「ばか、ばか、慈英……だめっ」

「臣さん、しー……」

なにが「しー」だと言ってやりたいけれど、片目を瞑《つぶ》った茶目っ気のある笑みに、結局臣は心をかき乱されてしまう。

（くそ。ずるい、そんなかわいい顔して）

逆らえるわけがないだろうと、観念して目を閉じかけた、その瞬間だ。

「あれえ、駐在さん？」

「っ！」

「いないかねえ。しょうがないねえ……」

びく、と臣の身体が跳ね、興奮がすうっと冷めかける。大月のおばあちゃんの声だった。さきほど言っていた、かぼちゃの煮物を差し入れに来てくれたのだろう。その暢気な声に気が逸れたのを責めるかのように、慈英はさらに卑猥に唇を動かした。

「ん……っ」

やめろと言うかわりに、腰に吸いついた慈英の髪を引っぱった。けれどちらりと視線だけを向けた男はむしろ楽しげに目を細め、臣の性器の先端を、ちろちろと舌で刺激する。

（ばか、ばか、それ感じるからだめなのに）

窪《くぼ》んだ、体液の滲《にじ》む場所を強く舌先に抉られ、声が出そうになる。ちらりとも触れられないままなのに乳首がぴんと立ちあがり、荒い息をこらえようと両手でふさげば、手のひらが汗と息に湿っていく。

（溶けそう……）

はじめてこれをされたときから、なんでそんなにうまいのか混乱した。

この恋人は、男を抱くのは経験がなく、臣しか知らないと言う。けれど、たぶんそれまでに相当な場数を踏んでいたのだろうなと思わされるのは、この愛撫のためらいのなさだ。広げた舌で、ねろりと敏感な粘膜をひと舐めされる。そうしてさらに過敏に硬くなったそこを、舌を添えてゆっくりと口の中に入れる。

こういうやりかたを、したことはなくてもきっと——されてきたのかな、とぼんやり想像する。そしてたぶん想像のとおりなのだろうと思う。

過去を思えば悔しくて、けれどそんなこともまた、臣を煽《あお》る材料になってしまう。少なくとも、彼のあれをくわえた誰かがいても、慈英にくわえられたのは自分だけだと知っている。

(だめ、やばい、だめだめだめ)

真っ昼間の仕事場、すぐ外では誰かが歩いているかもしれない危うい場所。制服のまま、あそこだけを恋人の口に愛撫されて、こんなに興奮する自分が恥ずかしい。

衣擦《きぬず》れに混じる、ぬめった水音と呼吸の音だけが、狭い部屋に響き渡る。臣の頭はもう朦《もう》朧《ろう》となったままで、小さく抑えた声をあげ、慈英のするままに腰を振るしかできない。

脱がされないままの服のなかで、尻の奥までじっとり湿る。濡れる身体はさらなる欲を誘って、犯されたいとそこがうねりをあげるのを知った。

「……うしろはあげない」

「や……っ、なんで」

もじもじと腰を揺すっただけで、慈英にはすぐに臣がなにを欲したか知れたのだろう。軽く嚙んだあとに口を離し、やわらかに笑んで彼は囁《ささや》くような小さな声で言った。

「まだ午後も巡回するんでしょう？　そっちはだめです。……じゃあ、そろそろいって。飲んであげるから」

「ふうっ、う！　ううー……う！」

いや、とかぶりを振って訴えたのに、慈英は聞いてはくれなかった。臣のそれをくわえたまま激しく頭を上下させ、生き物のように器用な舌を蠢《うごめ》かしたかと思えば、きゅっと長い指でくびれを縛める。根元の敏感な部分まで舐めずって、臣のだめなところを余さず刺激する。

（だめだ、いく、そんなに吸ったらいっぱい出ちゃう、ああ……いく、いくっ）

とどめに吸い出すようにきつく口をすぼめた瞬間、慈英の手が制服のズボン越しに尻をきつく摑み、縫い目のうえからぐっと、あそこを押した。

「んー……っん、っん！」

じいん、と脳の奥まで快感が走り抜け、高熱でもあるかのように臣の全身が痙攣《けいれん》する。

ついに限界が来て、小刻みに何度も震えながら臣は達した。慈英はひどいことに口を離しもせず、口腔に性器を入れたまま喉《のど》を嚥下《えんか》させて、どういうふうに飲んだかまで教えこんだあと、全体を舌でぬぐいとって服のなかにしまった。

一滴残らずこぼさずに飲み干されたせいで、ぱっと見には汚れもない。けれどじんじんする下着の中身が、湿って熱い身体が、いまの淫《みだ》らな事実を知っている。

「はいおしまい。臣さん、起きて」

「……っ、ひど……っ」

ぺろりと舌なめずりした慈英は涙目で腰砕けになった臣の腕を引き、まだ震える身体を抱きしめる。火照った頬を広い胸につけ、ひどいひどいとなじって背中を引っ掻いた。

「どうすんだよもう、俺、このあとまだ、残り半分まわるんだぞ……っ」

臣の性感は開発されきっていて、射精したからおさまるというものでもない。むしろここからが本番だと、さんざん教えこんだ張本人のくせに、慈英は涼しい顔で言ってのける。

「だから最後までしなかったでしょう。あとは、夜に」

この町に来て、慈英もまた変わったかもしれない。それとも臣がそうしたのだろうか。怒って拗ねてそれでも、慈英にしがみついて離さないから、彼はずっと機嫌がいいままだ。

「おまえねっ！　ここまでしといて、俺が満足するまでつきあわなかったら、ホントに怒るからな……っ」

「それは楽しみです。いくらでも、おつきあいしますよ」

くすくす笑って臣を抱きしめた慈英は、汗に湿って崩れた髪を長い指で梳き、整えた。ついでのように耳をくすぐって臣を震わせたのは、間違いなくわざとだろう。

「俺のきれいな駐在さん。ごはん食べたし、お仕事、午後もがんばって」

「この……」

その言葉で、こめかみに口づけた男がどうしてこんな意地悪をしたのか、ようやく臣は悟る。そして、むっと唇を尖《とが》らせ、精一杯の怖い声を出した。

「慈英、また、くっだらねーことで妬《や》いただろ」

だが、臣の不機嫌顔さえいとおしげに見つめる男には、なんの効果もなかったようだ。

「妬きました。俺以外にあなたのことを、きれいだとか言われるのは好きじゃない」

「……町のおっちゃん連中じゃんかよ」

そんなものまでいちいち妬くな。悋気《りんき》の激しい恋人に脱力しつつ、ちょっと頬が熱くなるから自分でも手に負えないと臣は思う。

「どこの誰であろうと、です。……それに」

「それに？」

「抱っこなら、俺がいくらでもしてあげますから。寂しいことは、言わないように」

自分もたいがいだが、この男もやっぱりたいがいだ。他人事《ひとごと》なら胸焼けしそうなくらいのベタ甘ぶりだと眉をひそめもするだろうけれど。

「もう、ばかだ、おまえ……」

なじる言葉もやっぱりとろけていて、臣は長い腕のなか、小さく息をつくだけだった。

＊　＊　＊

慈英の借りた家は、もともとは地主のひとりが持っていた蔵を改築したらしい。どっしりとした白塗りの壁は、いかにもかつての庄屋時代を思わせるもので、しかしいまはそこに、油彩用のテレピン油や、顔料と混ぜる膠《にかわ》のにおいがたちこめている。

汚れ防止のビニールシートを張った部屋の壁際には、M一五〇号の大きなキャンバスが立てかけてある。まだ制作途中の『天空』は青を基調とした色に彩られ、なにか巨大な力がうねるように天を刺す、そんな絵になろうとしているのが臣にもわかるけれど、慈英のなかではまだ未完成のものらしかった。

天井は高く、しかし通気性はいい。蔵そのままであればひとが住んだり、アトリエとして使うにはかなり問題ながら、あとになって天窓をいくつか作られていて、それを開閉することによって換気もできるし採光も可能だ。隣接した増築部分にキッチンと水回り関係があり、そこはいささかとってつけ感はあるものの、とくに生活のうえで困ることはない。

もともと掛けはしごで上り下りするようになっていた屋根裏部分はロフトのように使える。そこが慈英の寝室兼住居スペースとなる。

そしてその屋根裏部屋のベッドの上で、臣の宣言どおりふたりは濃厚な時間に溺《おぼ》れていた。

「んー……っ、いく、いく」

恋人の身体の上で、昼間のお返しとばかりに好き放題腰を振り、いいだけ男の硬さを貪《むさぼ》った臣は自分で胸をいじり続ける。

「いって……も、いい？　慈英、いい……っ？」

ベッドの上では、スプリングの軋《きし》む音と臣と慈英の身体をつないだ卑猥な水音が、ひっきりなしに奏でられている。そこに混じる哀訴の声は、どこまでも淫らに甘い。

「いいですよ、いっても」

「んあ！　あっやだ、強い、んーっんっ！」

律動にあわせて切れ切れになる声を発しても、外に聞こえる心配はない。さすがにもと蔵というか壁は厚く、防音はばっちりだ。おかげで心おきなく臣は乱れることができる。

「慈英、もっ、慈英もいって……っ」

甘ったれた声ですすり泣き、きゅうんとそこを締めつけると恋人が呻《うめ》いた。昼に一度、あんな方法とはいえ解放されている臣よりも、彼のほうが少し分が悪いらしい。

「臣さん、ちょっとやばい。出していい？」

「うん、や……まだ、だめ」

甘えるような声に、胸の奥が熱くなる。激しく腰を使って、微笑みながら臣は慈英を追いつめた。感じている顔を見下ろしながら絶頂に向かうのは、いつもとは違った、少しサディスティックな快感がある。

（やらしい顔）

穏やかな笑みを浮かべることの多い慈英が、眉をぎゅっと寄せている。そのくせ、かすかに歯を食いしばった口元は笑うように歪んで、臣の与える締めつけに翻弄《ほんろう》されているのがわかる。エロティックな表情、剝きだしの欲望を顔に滲ませて、それでも野卑にならない慈英。

「もっと感じて、慈英……もっと、いっぱいにしてから、いって」

「無茶言いますね……これ以上？」

熱に浮かされたような声で呟き、汗の浮いた端整な顔を指先でなぞる。慈英が、臣の煽る仕種と腰使いに息を詰め、奥に含んだその逞《たくま》しいものをぐうっと膨らませた。

「うん、もっと……もっと、ね？　俺のなか、いっぱいにして、うんと、かわいがるから」

言葉のとおりに粘膜をうねらせ、持てる限りの手管《てくだ》でもって臣は慈英を陥落させるべく身体を使った。手をついた腹筋がそのたびにひくついていて、うっとりしてしまう。

「慈英、これ好き？　な……これ」

「ちょ……あんまり、いじめないで、ください……っ」

あえぐ恋人を見下ろすと、貫かれているのが臣でも彼を抱いているような気分になる。はじめて身体をつないだ夜もそうだった、慈英は少し苦しそうに、臣の身体に溺れてくれた。

けれどはじめての夜からずっと、慈英のくれる熱は臣をとろかしてだめにする。

「ん……っ、臣、さん、もう、まずい」

「もうだめ？　いきたい？」

「意地が……悪いことを、言いますね」

慈英が小さく呻いて、なじるような目で下から見つめる。きれいなそれが潤んでいて、あ、感じているんだとわかると全身が歓喜に包まれる。眉をひそめる慈英が苦しそうで、可哀想で、ぞくぞくする。

（かわいい、慈英……）

この体位は快感は深いけれど、キスをするのに無理がある。口づけのかわりのように慈英の肉厚の唇を指で撫で、もう片方ではつながったところの根元をなぞって、臣はきゅうきゅうとそこを締めつけ、身体を揺すった。

濡れた粘膜を睦ませる、そんなことがどうして、こんなにもいいのだろう。

「いいよ、いって。ほら慈英、ここで、いって……」

「ふ……っ」

囁くと、咎《とが》めるように指を吸われて、ぞくりとする。限界が近くて、けれどもっと彼をいじめたくて臣は身体を淫らに奔放《ほんぽう》に跳ねさせる。慈英の好きな強さももう臣は知り尽くしていて、けれど追いつめたぶんだけ跳ね返ってくる快楽に、背筋を反らして感じいった。

（もう何回、したかわかんないのに）

慣れは互いの弱みを教え、そのくせ新鮮さはいつまでも失わない。こんなセックスはこの男としかできない。思いこみではない確信が臣をどんどん淫奔《いんぽん》にする。見せつけるように、自分の乳首と性器をいじりながら、臣は甘ったるくかすれた声を発した。

「ねえ、いって、俺んなかで、全部、出してっ」

「く……う！」

とどめにぐりっと腰を回して、男のそれを締めあげる。尻の下にある慈英の身体がぐっと強《こわ》ばり、そのあと耐えきれないように一度、強く突きあげられて臣も絶頂を迎えた。

「んんん――……ん！　あ、あ！」

慈英の立てた膝にうしろ手に縋《すが》り、がくがくと震えた臣の性器からはぬめった体液が溢《あふ》れ出す。同じものが奥へと激しく叩きつけられ、その衝撃でまた身体が痙攣した。

「はあっ……あっ……あん」

シーツに倒れこむと、身体がほどけた。まだ足りないと訴えるように、さっきまでつながっていた場所がひくひくと飢えた収縮を繰り返す。力の抜けきった臣を長い腕が引き寄せて、まだ熱のこもった息をつく慈英が囁いてくる。

「まったく……大暴れしてくれて。昼のお返しですか」

してやられた、と言いたげな声に、臣もまたいたずらっぽく答えてやる。

「へへ……よかった？」

「腰が抜けそうですよ。さんざん焦《じ》らされましたけど」

鼻先にある広く引き締まった胸を、汗が流れていく。その光景と、慈英のにおいだけでまた腰の奥に火が灯《とも》る。

「なあ、もっかい、しよ……」

「明日、巡回できませんよ」

まだ息の弾んだ声で告げた臣は、ふたたびの快楽をせがんで恋人の唇を舐めた。次の非番はまださきだろうと、慈英がなだめるようなキスをくれる。

「ん……いい……いいから」

いま欲しいのはそれではないとしがみつき、拗ねたように唇をすぼませる。苦笑するばかりの恋人に焦れて、結局唇に吸いついたのは臣のほうだった。

「どうせ、雨だから自転車乗れないし」

「なんでわかるんです？」

「だって、おまえの髪、跳ねてる」

湿気の強い空気に触れると、慈英のクセのある髪は襟足のあたりで跳ねる。天気に関係なくさらさらのままの臣は、その巻いた毛先がじつは好きだ。

「それ、汗かいたせいじゃないんですか？」

「違う。ベッドに入る前からだった」

それが夜の彼を連想させるせいだと、慈英はとっくに気づいているのだろう。ふだんの清潔で穏やかな姿も好ましいけれど、自分を貪るように抱くときのなまめかしい姿には、くらくらとして胸が痺《しび》れるのだ。

「なあ、したいよ……夜になったら、満足するまでって言ったじゃん」

焦れったい、と身を揉《も》むようにして臣はしどけなく脚を崩した。

「慈英のこれで、ここ、もっといっぱいにして……さっきのお返し、してもいいから」

翳《かげ》りを見せつけ、とろりと慈英の残滓《ざんし》が溢れた場所を指で開いた臣は、恋人の性器を手の中に握りしめる。まだ萎《な》えきらないそれを軽くしごきながら、無意識に唇を舐める。

「いやらしいひとだ」

「そ、だよ。だって、おまえが、これ……こんなすごいので、俺のことおかしくするから」

揶揄《やゆ》されても、慈英の目が甘く見つめてくるから臣は少しも傷つかない。むしろ、こんなにいやらしく、淫らにしたのは誰だと誇らしげに恋人へと挑む。

「もっとセックス、好きになっちゃったじゃん……」

握った性器の根元を指先でくすぐると、片頬で笑った慈英がいたずらな手を取りあげる。じゃれあうのはおしまいと、指先に口づけた彼はそこで、少し強引に脚を開かせた。

「やらしい臣さん。じゃあ、大好きなこれでもっと乱れて」

「うんっ……ああ、あう、あうん！」

くぷ、と小さな音を立てて入りこんでくるそれを、臣は胸を反らしてうっとりと受け入れた。なかで出してもらったおかげでもっと濡れていて、のっけから感じることができる。

「ん、あ……」

ひくひくと下腹部を痙攣させながら、身体の横についている長い腕に縋る。手首に嚙みついて、奥までゆっくりと忍んでくるその圧倒的な量感に酔いしれながら、声をこらえた。

「腰、もうそんなに動かして。いいの？　臣さん」

「いい……すごく、いい……」

こくこくとうなずいて、臣は素直に答えた。快感を得ているかと、この声で訊《き》かれるのが好きだ。はしたなく乱れて、淫猥に踊る腰を見られるのも好きだ。

淫乱だと軽蔑されないだろうかと怯《おび》えた時期のことが、もはや思い出せない。全部を許される心地よさと怖さを、臣は慈英に教えられた。

広く張った肩を両手で撫でさすり、汗に湿った髪を梳く。深い官能を覚えた瞬間強ばる指がびくっと震え、そのまま長い腕に反って撫で降りていく。染みついたような艶やかな仕種を見せる臣の白い指が、慈英の右の二の腕に触れた瞬間だけほんの少しせつなく疼く。

六年経《た》ってもまだ、ほんのかすかに攣《つ》れたあとを残す疵。これが自分たちのはじまりですべてだから、臣はその疵痕《あと》を丁寧《ていねい》に愛撫する。

「慈英……」

「なんです？」

ゆったりと身体を揺らしあって、少しだけだらけた時間を作るのは、終わりを引き延ばしたいからだ。唇をついばみあい、目を見交わして笑った臣が「好き」と囁くと、しっかりと身体を抱きしめた男が甘い息をついて小さく笑う。

「かわいい、臣さん」

「はは。俺、まだかわいく見える？　けっこういい歳《とし》になってきたんだけど」

こんな台詞《せりふ》も、笑って言えるようになったと自分でおかしくなる。きれいだのなんだのという形容詞を、うつくしいものを紡ぎ出す才能の持ち主に告げられることが、昔はひどく分不相応に思えて苦しかった。

だが必要以上に自分を卑下することは、結局はただの甘えで、慈英を傷つけるだけのことだといつしか自覚した臣は、彼のくれる甘い言葉も情も、もう否定しない。

「だいじょうぶ。臣さんが臣さんなら、ずっと俺にはかわいいひとだから」

「……おまえも、なんだかかわいいね」

広い背中を抱きしめて、くすくすと臣は笑う。そしてゆるりと汗に濡れた脚を絡ませ、もう少しさきへ行こうと促した。

凪《なぎ》の海のようなリズムで揺すられ、唇が乾くたびにお互いの舌で慰める。甘く馴染んだセックスはどこまでも心地よすぎて、足の先から混じりあい、もう離れられないと思わせる。

「そこが、いい……すごく、気持ちいい」

ゆったりと甘やかすような動きで、長くゆるやかに慈英は性感を刺激してくる。安心とせつなさが入り混じり、ほっと息をつくと今度は、思いも寄らない激しさに翻弄された。

「あっ……そんな、浅いの、だめっ、あう！」

「これが、好きでしょう」

「んっんっ、好き、だめ……！　いいっ、いい……！」

くびれのあるそこで入り口を引っかけるようにして、何度も浅い抜き差しをされる。敏感な粘膜を拡げてくすぐる、濡れた性器の感触と、卑猥すぎる腰の使い方に、臣はたまらず声をあげて泣きよがった。

（もっと、もっと、もっと）

焦らさないで、もっと突きあげて、かきまわされたい。無自覚なまま臣の細い脚はシーツを波打たせて腰を浮きあがらせ、慈英へと押しつける動作をくりかえした。

「やだ、奥まで来て、もっと奥……っああ！」

「んん……っ」

せがんだとたん、ずんと押し入られる。息を呑んだのもつかの間、今度はぎっちりとはめこんだ状態で腰を抱えて揺り動かされた。悲鳴と、汗と涙が止まらなくなって、臣もまた激しく腰を振り、尻の奥をひっきりなしに収縮させる。

「あ、いっちゃいそう……いっちゃいそう……っ」

「まだ、だめ。もっとでしょう」

「んむっ」

くすりと笑って、さきほどのお返しというようにあえぐ唇に指を含まされる。ぞくっとしながらその長い指に舌を絡め、蹂躙されるような強い快感に臣は酔った。

「満足するまでって言ったの、あなたなんだから。臣さんの欲しがりは、こんなもんじゃないでしょう」

慈英の指を口に含んでいると、まるで彼の性器をしゃぶっているときかのような酩酊《めいてい》感がある。きれいに整った爪、かすかに残る油彩のにおい。絶対に傷つけてはいけない画家の大事な指を、歯のさきに挟むと脳が痺れる。

(ああもう、これでいきそう)

慈英のなにより大事なものを、くわえている。無防備に魂を預けられている、そんな気さえする背徳感と危うさが、臣の興奮を誘って身体中をさらに濡らす。

それを知っている慈英は、クライマックスに近くなると必ず指を食べさせる。ひきつるように痙攣する舌を指先でくすぐり、やわらかく淫猥に微笑んでみせる。

「だから、もっと、おかしくしてあげます」

「んんー……っ、んんう!　あ、やだっ……もう……!」

口から引き抜いた指で、喉をくすぐられた。もういきたいと身体を揺すっても、だめだとはぐらかす慈英が憎たらしくていとおしい。

こうして焦らされるのは、昔は好きではなかった。けれど、もっと乱れてしまえと慈英がやさしく命令するたび、臣の身体は過敏になってとろけていく。

「じえ……っ、お願い、いかせてっ、いく！　ああ、いく！」

泣きじゃくるまで感じるのはひさしぶりで、臣は鼻を鳴らしながら広い胸に縋る。膨れあがった淫らな体感がつらすぎて、身体が破裂すると訴えると、こめかみに口づけた慈英がやっと許してくれた。

「いいですよ、いって、ほら……」

「あっ、ひっ、……ああ！」

いちばん好きなところを小刻みに刺激されて、臣はがくがくと震えながら射精した。震えた腿で恋人の腰を挟みこみ、ぎゅうっとしめつけながらの到達はたまらない恍惚《こうこつ》感がある。

「あっ……あっ!?」

抱えあげたままの膝を舐められ、激しく身体が跳ねた。いったばかりの感覚は敏感になりすぎているから、ささやかな愛撫でも過剰に反応する。それを知っているくせに、慈英は膝に舌を這《は》わせ、歯を立て、音を立ててキスをしながら膝裏のくぼみを指でくすぐる。

「やだ……慈英。それ、やめろ」

「いやです」

にこりと笑って腰を揺すられる。おさまりきらない熱に無理やり燃料を投下された臣は細い声をあげてのけぞり、自分の胸をかきむしるような仕種をした。

「俺はまだ、ですよ。臣さんだって、足りないでしょう」

「やだ、疲れた……っ」

「嘘はいい。こっちで、まだいけてないくせに」

こっちで、と言いながら挿入したもので慈英はぐるりと臣のなかを抉った。声もなくかぶりを振り、じんじんと痺れる爪先を丸めてシーツを摑んだ。

「もお、だめなのに……っもう……っ」

本当に疲れたと言ったところで、慈英は聞かなかった。笑っているけれど、さんざん焦らした臣への仕返しは、こんなものではすまないのだろう。

何度も何度も高いところに押し上げられては突き落とされ、悲鳴をあげて全身が濡れた。射精のない到達にも慣らされている。快楽が強すぎて、そのぶん疲労は激しかったけれども、いやと言いながら臣はあらがわない。

臣にとって、至高でさえあるただひとりの男に、ままならないほど縛りつけられ、意のままにされる。その快美さが、身を狂わせて頭を犯し、なにもわからなくされてしまう。

もっと抱かれたい、いじめられて、ひどいことをされてしまいたい。

ひさしぶりに貪る恋人とのセックスは、濃くて甘く、しがみついて揺らされながら、臣は長く尾を引くような官能のなかにたっぷりと浸らされたのだ。


「なんか、腹減った……」

「軽く食べます？」

事後に汗の引かない身体のまま脚を絡め、お互いのふくらはぎをすりよせて、臣がぽつりと呟くと、慈英はもつれた髪をやわらかく梳いて問いかけてくる。

「食べたいかなあ」

「なにか作ります？」

問いかけられるが、臣はぺたりと広い胸に頰を押し当て、「んー」と生返事をする。

「でも、もっとこうしてたい……」

いったいどうしたいの、と笑われて、臣もくすくすと笑った。慈英の手が咎めるように尻を軽く叩いたあと、さらりとそこを撫でる。やさしい手つきに甘い痺れをもらって、後戯の心地よさにほっと息をついた臣は、呟いた。

「もう、六年になるんだな」

肌が馴染んだ、としみじみ思う。セックスの最中にはあの激しい高揚を何度でも味わえるけれど、異様な飢餓感と不安については、すでに近ごろの臣は忘れかけているほどだ。

「ああ……そうですね。秋になったし、ちょうど六年か」

癖のある長い髪も、髭のある顎も、出会いのころからなにも変わらないようでいてやはり変わったのかなと思う。

「あっちに戻るころには、俺も三十ですからね」

「うわ。なんか自分が三十になったときよりショックかも……」

こんなことを笑って言える日が来るとは思わなかった。一年後の話を、なにも疑うことなく語り合えることができる、そんな恋人が得られるとは思わなかった。

ゆったりと答えて臣の腰を撫でる慈英の身体は、近ごろますますたくましくなったようだ。こうして抱かれていると、自分が頼りない小さな存在になったようで、安心して眠くなる。

（どんどん、かっこよくなるんだよな）

あのころ二十三歳の迷い多き青年だった慈英も、来年で三十になる。仕事においてもめきめきと頭角を現しているようで、一時期にはくだらない妨害をしかけてきた美術評論家は、いまでは逆に慈英を叩いたことで仕事を干されかけていると聞いた。

もともと、年齢のわりには破格に落ち着いた男だったけれど、いまでは容姿の端整さよりも全身に満ちた自信と気迫に目を惹《ひ》かれるような人間になった。それが眩《まぶ》しくて、臣はいつまでも慈英に恋をし続けてしまうのだろう。

追いつかないまでも、自分も年齢を重ねたそのぶんだけ、豊かな人間になれていればいいのだが。そんなふうに前向きに考えられるのも、やはり慈英の影響だろうか。

(俺のこと、ずっと好きでいてくれるといいな)

いつ厭《あ》きられるだろうと思うのではなく、気持ちが穏やかになってもそばにいられれば充分だと、そう考えられるようになった。

じんわりと胸を熱くしていた臣に、慈英が「そういえば」と声のトーンを変える。

「今日、あっちに出たついでに聞いてきたんですが、いま借りてる家、交渉しだいじゃ売ってもらえるかもしれないんですよ」

「え、そうなのか」

六年前から慈英が住んでいるあの家はいまのところ借家だが、いいかげん東京を離れて長いため、そろそろ家を買ってもいいかとは言っていた。むろん慣れたあの家がそのまま買いあげられるなら楽でいいだろうけれど、一瞬だけ臣は眉をひそめる。

「でも、……あそこでいいのか？」

本当にここに根を下ろしてもいいのか。画家としての制作作業自体はたしかにどこでもできるだろうけれど、なんだかんだと言っても活動拠点は東京に置いていたほうがいいのではないのか。目顔でそう問いかけるのに、慈英はさらりとした態度のままだ。

「かまいませんね、便利だし。借家じゃなくなったら改築もできるし……それで、臣さん」

「なに？」

ふっと声をあらためた慈英が身体を起こす。なんだろう、と思って臣も半身を起こせば、真摯な目で見つめる彼は「そろそろ」と言った。

「あっちに戻ったら、いいかげん、籍入れませんか」

「……まだ言うのかよ、それ」

また来た、と苦笑して臣は怠《だる》い身体をシーツに伏した。ここ二年ほど、慈英はこの件について何度かしつこく提案してきているが、臣は首を縦に振ったことがない。

「どうしてだめなんです？　べつに臣さんは名前を変える必要はないし、書類上のことでいいんだから、かまわないでしょう」

「うーん……」

何度も繰り返されてきた説得の言葉に、臣は曖昧に笑って言葉を濁す。

日本でまだ同性婚が認められていない以上、残る手段は養子縁組だ。年長のほうが親になる決まりと年齢差を考えると、慈英が臣の籍に入るほかない。

そして彼は画家であり、それが本名であろうが雅号であろうが関係のない世界に生きている以上、面倒はさほどないと言える。

臣の姓が変わるわけではないため、世間にも職場にもいちいち養子を迎えましたなどと触れ回る必要もないし、直接の上司である堺は臣と慈英の理解者だ。いざというときに言い訳をつけるくらいは、どうとでもなる。

また、よしんば誰かにうしろ指をさされても、慈英さえ失わずに済むのならかまわないという覚悟くらい、臣にもある。とくに出世も望まないし、平穏であればいいとも思う。だが臣は警察官だ。刑事の仕事は危険と隣りあわせで、いつ何時、どんなことが起きるものかわからない。そして、臣が渋る理由はもうひとつあった。

「……慈英、俺な。戸籍はもうずっと、ひとりぼっちなんだ」

二十歳になり、母親を失踪宣告で完全に自分から切り離したあの瞬間、臣は自動的に独立戸籍を取得することになった。続柄に誰も存在しない、ひとりきりの戸籍で十三年。

書類はただの書類でしかない。わかっていて、それでも寂しいと思うことはいくらでもあった。恋人や遊び相手の男たちは皆、身体のうえを通りすぎていって、いつでも臣はひとりだったからだ。

誰か一緒に生きてくれないかなと、ずっと思っていた。ゲイである以上、得ることがむずかしい家族というものに、遠い夢に手を伸ばす子どものように、憧《あこが》れてもいた。

恩人の堺はまるで臣を本当の息子のように扱ってくれたし、彼の家族も同様だ。かつて、いっそ堺の息子として養子縁組するかと提案さえしてくれたこともあり、けれど臣はそれを、嬉しいと思いながら受け入れられなかった。

それは、本当じゃない。自分は本物の堺の子どもじゃない。そんな、思春期じみた潔癖さにも似た感傷が、首を縦に動かさなかった。

それと同じような理由で、慈英の提案をぐずぐずと受け入れられずにいる。

「いやなわけじゃないよ。でも、そこにおまえが入ってきたら、おまえ、書類のうえでは俺の息子にされちゃうんだ」

「それは……しかたないと思うけど、でも」

言いかけた慈英を、かぶりを振って臣はとどめる。

「俺、息子の慈英はやだ。俺の恋人がいい」

「臣さん……」

「ずっと待っててくれるのとか、すごい嬉しい。おまえのこと信じてないわけじゃないし、前みたいに引け目感じてるんでもないし、いっそ、法律が変わってくんないかなって思う。……俺、ほんとに慈英と結婚とか、できるもんならしたいけど、でも」

「わかりました」

強引に顔を仰向《あおむ》けられ、無理だからという言葉を、やさしい唇がふさいだ。潤んだ目をする臣の目尻に、鼻筋に、こめかみにと唇を押しつけ、慈英はそのあとで強く抱きしめてくる。

「くだらないこと言ってごめん。でも、やなんだ……俺、慈英の恋人でいたいんだ」

誰かに勝手につけられた名前で、結ばれたくない。無理に、決められた枠に押しこめたくない。慈英とのことは、もっと純粋で、せつないくらいに本物だと想《おも》いつづけたい。

けれど、それは慈英に理解してもらえることだろうか。少し不安で、赤い目のまま恋人を見あげると、慈英の目もやはりかすかに濡れている。

「くだらなくないです。ありがとう臣さん」

ありがとうという言葉の意味がわからなくて、臣が首をかしげると、慈英は髪を撫でて微笑んでくれる。

「俺のことを、あなたと俺だけのことにしたいって、そう思ってくれたんでしょう。関係に違う名前がつくのが、書類だけのことでも、いやだったんでしょう」

「……うん」

「だから、ありがとう」

通じた、と思うと目頭が熱くなった。しっかりと抱きしめあうと、どちらからともなく安堵の息が漏れた。そして、やっぱりこの男しかいないのだと痛感する。絶対に失えないと、強く感じるまま、臣はそっと口を開いた。

「……それにさ、慈英」

「なんです？」

「おまえは、いいのか」

短い言葉で、臣は問いかける。慈英は濡れた目をじっと見つめ、なにもかもを受け入れるようなまなざしをした。

「俺はいい。誰も、親戚もなにもいないよ。けどおまえ、おうちのひととかにどう言うんだ」

「うちは、俺についてはもう、関係ないんですよ。お互い、あまり興味がないので」

関係ないとはどういう意味だろうか。以前からずっと気になっていたけれど、慈英はあまり自分のことを語らない。とくに言いたくないという気配でもないし、問えば答えるけれども、いつもその末尾につくのは同じ――『あまり興味がないので』。

（こいつも、まだいっぱい謎があるよなあ）

そういえば、この男は生家の話をあまりしたがらない。ジュエリーデザイナーをやっている、秀島照映《しょうえい》という従兄《いとこ》とはいまだに仲もいいらしいけれど、肝心の親兄弟の部分が案外と謎だ。

六年もつきあってきて、ときどきふっと慈英がわからなくなることは多い。けれどそんなものなのかもしれないと思う。

死ぬまでぴったりと寄りそったところで、相手のことを知るには足りない。そうして謎と不思議があるから、いつまでも彼に対する興味は尽きないのだろう。

「でも、覚えていてください。どんな形でも、俺は絶対に臣さんを離しませんし、あなたについてだけは、あきらめが悪いんだから」

「うん。あきらめなくていい」

あきらめないで、と広い背中に腕を回し、臣は泣き笑いのまま広い肩に唇を落とし、彼の疵に舌を這わせる。

そして祈りの形に互いの手を握りしめ、誓うようにそっと、口づけた。

＊　＊　＊

駐在所勤務の警察官とて年中無休というわけでもない。一応は休みもあり、申請して得る非番の日には、県警からの指示で交代要員が来ることになっている。

「お疲れさまです、小山警部補」

「……まだ巡査部長据え置きだっつの。お疲れさまです、嶋木《しまき》巡査」

ぴっと敬礼を交わして引き継ぎを済ませる相手は、臣と同一のブロック——所管区を近隣地区で結合した区域のことをさす——にいる交番の立ち番警官だ。まだ若く、臣と同じ高卒で警察官になった嶋木は、下っ端《ぱ》としてこうした僻地勤務の代行要員を頼まれることが多い。

「いつもお疲れ。んじゃこの三日、頼むな」

顔見知りでもある嶋木に、臣は「よろしく」と告げた。私服姿でふだんよりさらに若々しく見える臣に、まじめな嶋木は鹿爪《しかつめ》らしくうなずいてみせる。

「とりあえず引き継ぐことは？」

「うん、こっちの調書で全部書いてあるし、電話で言ったとおりだから」

「ああ……例の盗難ですか」

まだ町内や畑で繰り返される盗難に関してかんばしい結果は出ていなかったが、臣はひさしぶりにまとまった公休を取ることにした。というのも、このところの夜警や、青年団協力のもとの山巡りでかなり疲労が蓄積している臣に、町民のほうから「休め」の声があがったのだ。

——最近じゃあ、もう盗みにも入ってこないようだし。小屋にはやっぱり誰かいるようだが、悪さする気配もない。あんたもそう根をつめなくていいだろう。

町のなかでも発言力の強い浩三にそう言われてしまうと、臣としても否は言えない。そしてまた、ストレスがたまりはじめているのも事実だったので、その提案にはありがたく乗らせてもらったのだ。

「わかりました。見回りと夜警ですね。……って、こんなことやってりゃ、そりゃ疲れますよ、小山さん」

生真面目《きまじめ》そうな若い警官に臣が書類を差し出すと、ぱらぱらと眺めて彼はうなずく。だが、そのあと眉をひそめた嶋木は、まるでたしなめるような声を発した。

「連日の夜警って。そもそも日勤制なんですから、ひとりでやるのは無理でしょう」

「やー……でも、町の人も協力はしてくれてるし」

「それでも毎日でしょう。どんだけ休んでないんです？　てか、小山さん、こっち来てから公休取ったのこれでようやく二度目っすよね」

嶋木の声はあきれているように響いた。これが事件に忙殺される県警ならともかく、ある意味では楽なはずの駐在仕事で、なにを無理をしているのかと思ってでもいるのだろう。

「そんなこと言っても、やっぱ盗難が解決してないしさあ……」

「畑の大根泥棒に鶏泥棒でしょう？　ぶっちゃけ、子どもとか旅行者のいたずらの可能性だって否めないじゃないですか。それに、ここんとこ被害もないんでしょう」

まあそうなんだけど、と臣は肩をすくめる。苦笑した先輩刑事に、嶋木はやれやれとため息をついて、休養も大事だろうと告げた。

「とにかく、俺がいる間はゆっくりなさってください。ところで……このオフは、市内に行かれるんですか？」

なにげない問いにどきっとしたのは、それがひとりの行動ではないからだ。

「あ、ああ、うん。ひさびさだし、堺さんに顔見せてそれから買いものしてぶらぶら……」

答えつつ、臣はなんとなく視線を明後日《あさって》のほうに向けてしまう。

（こいつ、知らないからなー……気をつけなきゃ）

嶋木とはそもそも同じ部署になったこともないし、そう親しい間柄でもない。よって臣が市内で『友人』と家をシェアしていたことも、むろんこの地にその『友人』がいることも知られていない。それだけに、妙な緊張感を覚えてしまう。

今回の休みの最大の目的は、久々のオフ日を自由にすごすこともむろんながら、臣としてはなにより、慈英とふたりっきりの時間を満喫することなのだ。

(この間も、終わったらやっぱり帰ったしな……)

甘い夜をすごしたところで、臣は慈英とともに朝を迎えることはできない。駐在所はある意味では二十四時間勤務で、ひと晩とはいえ勤務する場所を空けるわけにはいかないのだ。

この町ではすっかり、駐在さんはセンセイの家にいるのが定番化しているため、駐在所にいなければまず慈英の家を訪ねる、というのがパターンと化しているが、それはあくまでイレギュラーのことである。

できることなら、セックスのあとの疲れた身体をずっと抱いていてほしい。けれどそれは現状ではいささかむずかしいことでもある。そうしたことも臣の疲れの要因であるのは間違いなく、場合によると、あのおっとりした風情で根回しのいい慈英が、浩三あたりになにか言い含めた可能性もあると臣は推察していた。

そしてこの引き継ぎの時間、慈英はむろん顔を見せない。彼の家の前で車をあたためて待機中だ。最近のあの男は気が回りすぎてちょっと怖い——と臣は無意識に顔をしかめたが、嶋木もなぜか妙な顔をした。

「ああ、やっぱり今日って、いろいろ予定してますよねえ……」

「ん？　なんか問題あるのか？」

歯切れの悪い声に、臣は引っかかる。なにかまずいのか、と目顔で問うと、嶋木は制帽を意味もなくいじって答える。

「いや、じつはですね……ちょっと、お出かけはすぐには無理かも」

「なんでだ？」

わざわざ代理で来て、ここにいろとは言えまい。なんなんだ、と臣が目を丸くしていると、嶋木は困った顔で頭を掻き、言いづらそうに口をまごつかせる。

「いや、なんでって言いますか」

「おい、なんかまずい事情でもあんのか？　だったらさっさと――」

焦れったくなって問いかけようとしたとき、背後からは苦笑混じりの声が聞こえてきた。

「ああ、悪い悪い。うっかり寝ちまったわ」

「堺さん!?」

のそりと公用車から小柄な身体で降り立ったのは、臣にとって意外な人物だった。

「よ。俺も来ちまったよ。……なんだ嶋木、ついたら起こしてくれりゃいいのに」

「あ、いえ。課長がよくお休みのようでしたので」

「いやいや。悪かったなあ、運転任せっちまって」

あわてて居住まいを正した嶋木に堺は「なんの」と笑いかける。相変わらずの薄い頭をつるりと撫でた上司に、臣はあんぐりと口を開けた。

「どうしたんですか、堺さ……課長。こんなところまで……」

「や、陣中見舞いってやつかな。おお、いいとこだな。最近、外にあんまり出られないからなあ」

うん、と伸びをした堺は、臣が試験を受けたのと同時期に警部へと昇進していた。彼は現場が好きで、いつも『万年警部補だ』とみずからをおおらかに笑っていたが、さすがに臣の尻を叩いた手前、自分もどうにかせざるを得なかったらしい。

また県警でも少年課時代から穏和な人格者として有名であり、それゆえに出世が下手な堺のことを、見る人間は見ていたということでもあるのだろう。

「来るなら来るって言ってくださいよ、こんな突然……」

びっくりした、と息をついた臣に、堺はにこやかに笑って肩を叩いてみせる。

「まあまあ、いいじゃないか。非番だっていうから来てやったんだし……ところで、秀島さんはどこに？」

嶋木の手前、こそりと声を落とす堺に、臣も小声で「家のほうです」と答えた。

「そうか。な、おまえ休みだろう。ちょっとこれ、やらんか」

「酒……ですか」

「ああ、九州のいいのを送ってもらってなあ。滅多に手に入らんぞ」

「……はあ」

幻と呼ばれる熊本の酒を手にした堺はにこやかに笑ったが、口元でだけ笑みを返した臣は、表情を取り繕いきれずに眉を下げた。さすがにここで、出かけるつもりだから帰れと言えるほど、臣は薄情ではないつもりだ。

「えーと……じゃあとりあえずは——」

部屋に、と告げようとして、自分の部屋はいまこの駐在所であることに気づく。

（いくらなんでも、嶋木に立ち番をさせて酒盛りはまずい……よなあ）

心構えもなにもなかったもので、この場をどうしたものかよくわからない。臣が逡巡《しゅんじゅん》していると、またべつの方向から「おおい」と声がかけられた。

「駐在さんよ。山に行くんなら今日、連れてってもいいが……あれ？」

手を振りながら近づいてきたのは浩三だった。だが臣が私服でいること、隣にべつの制服警官がいることに気づくと「ありゃあ」と頭を掻く。

「そういや、今日が休みだったか。しまったなあ」

「え……浩三さん、もしかして仕事休みにしてくれたんですか？」

「うんまあ、作業も一段落ついたからさ。場所教えてくれって言ってただろ」

その言葉に、臣は申し訳なくなった。秋のこの時季、刈り入れどきの農作業はもっとも忙しいはずだ。それでわざわざ仕事の手を止めさせておいて、こちらはオフだなどと言えたものではない。

（ど、どうしよう）

前門の虎、後門の狼。そんな気分で目をうろつかせていた臣だったが、如才ない堺がにこやかな顔で肩を叩いた。

「どちらさんだね、臣」

「あ、は、はい。申し訳ありません。あの、この町の青年団の団長さんで、丸山浩三さんです。で、あの浩三さん、こちら私の上司でして、県警の堺警部です」

簡単な紹介をすると、浩三は大柄な身体を恐縮させ、頭を掻いた。

「ありゃあ、警部さんかね。はじめまして、どうもぉ。丸山です」

「ああ、どうもどうも堺です。小山がいつもお世話になっております」

堺と浩三はいささかあらたまった態度で頭を下げる。そして、堺の手にある酒瓶を眺めた浩三が「おっ」と目を輝かせたことに、臣はますます厭な予感がした。

「そりゃもしかして、香露《こうろ》の……」

「ああ、わかりますか。大吟醸《だいぎんじょう》ですよ」

堺は酒が好きだが強くはない。その代わりだらだらと長く飲む。おまけに浩三は大の酒好きで、このふたりが名酒を前にはちあわせた。

（も、もうこりゃだめか……？）

これはどうも長丁場になりそうだ。本日の予定を中止するしかないのだろうかと臣が冷や汗をかいていると、あまりの遅さに待ちかねたのか、慈英までがそこに顔を出す。

「臣さん、どうしたんですか。いつまで経っても来ないから、心配しましたけど」

「いやあ、あの……」

せっかくの休日、恋人とふたりゆっくりしたいというささやかな願いさえ、叶《かな》えられないのだろうか。がっくりと肩を落とした臣の表情に、慈英は不思議そうに目をまたたかせた。

堺と浩三、それに臣をまじえて軽く飲むつもりが、いつの間にやら話がでかくなっていた。気づけば公民館には隣町の仕出し屋から桶《おけ》に入った宴会料理と寿司《すし》が届き、町のあちこちからひとも寄りあつまって、大月のおばあちゃんや井村尚子らは、炊き出しスタイルでせっせとつまみを作っている。

「な……なんでこんなことになったんだ？」

「まあまあ、いいじゃないの。呑んで呑んで駐在さん」

臣が目をまわしていると、その手にグラスを握らせたのは伊沢だ。

たかが上司が訪ねてきただけでこの有様《ありさま》。本当に外からの人間に飢えているのだなあと、もはや臣は苦笑しかこぼれない。

常備されているカラオケセットで唸るものもいれば、太志翁などはピッチパイプという円形のハーモニカのような楽器で音階をとっては、詩吟の練習をしている。

（ま、いいか）

要はなんでもいいから、宴会の口実が欲しかったのだろう。このところいやな出来事も多かったし、それで気晴らしになるならかまうまい。

「おおい、なんか楽しそうだねえ。おれも混ぜてくれよう」

「おお。『中の裏道』が来たな」

町の金物屋が、ひょろりとした顔をのぞかせる。来い来い、と手招く浩三はすっかり上機嫌だ。堺の顔もすでに赤く、にこにことうなずいている。

「ナカノさんとおっしゃるんですか。どうも、はじめまして」

通称を聞き違えた堺が挨拶《あいさつ》をすると、彼は違いますと手を振ってみせた。

「いいえぇ、わたしは丸山ですよ」

「え、こちらも丸山さん……？」

一瞬、堺は怪訝《けげん》そうな顔になる。そしてはっと小さな目をまたたかせ、「ああ」と声を出した。

「こちらさんとご親戚か、ご兄弟かなにかで？」

「いえいえ、それも違います」

素朴な堺の問いかけに、浩三は酒の入った赤ら顔で笑い、これまた違う違うと手を振った。

「うちのあたりはことに、丸山姓が多くてですね。丸山って名前は清和源氏武田《せいわげんじたけだ》の支流、加賀美《かがみ》の筋と言われてましてね。まあ百姓に源氏もなにもあったもんじゃなかろうとおれなんかは思うわけですが」

「おまえのうちはれっきとした源氏の筋じゃ」

浩三の苦笑混じりの声に、むっつりとした顔になるのは太志だ。

「もともとは戦《いくさ》や勢力争いに負けた武家の連中が、隠れ住んで村を作った。野にまみれても、誇りは捨てちゃあいかんのだ」

「はいはい。爺ちゃんは飲みすぎだ」

ふらふらしながら大声を出した太志に、浩三はあくまで穏やかに諭した。そのある種、微笑ましい会話を聞きつつ、臣は不思議な気分になる。

「源氏の筋かあ……すげえ話だなあ」

なんだか現実離れしていると嘆息した臣に、浩三は大きな口を開けて笑った。

「はは、すげえってことはないよ。せいぜい正月の重ね餅《もち》の色が決まってるくらいさ」

「餅？　なんですかそれ」

「正月の飾り餅だ。赤餅はいかんのだよ。うちのほうは、色重ねが白と緑でないとね」

「色重ね……？」

なんのことだと臣が問うと、浩三の家では正月餅は鏡餅のような丸餅を重ねるのではなく、ヨモギ餅と白餅を重ねるのだという。

「あんたんとこじゃ餅つきしなかったかい？　小さいとき、あったろう」

「あ、いえ……」

問われて臣は言葉につまる。正月といっても、幼いころには餅の用意などされたこともなかった。それどころか、母親が休みとなれば男を連れこみ、セックスする声を聞きたくなくて布団に丸まっていた記憶ばかりだ。

（ふつうんちは……正月とか、してたんだろうなあ）

うっすらと臣は肩身が狭い気分になる。行事らしいことをしてまともに正月を迎えたのは堺の家に行ってからのことで、おせち料理をはじめて食べたのは十四歳をすぎてからだ。

ふつうと言われることを知らない。その事実はちくり、と臣の胸を痛ませる。

（あ、やばい）

なんだかまるで、子どものころに覚えたあの違和感をいまさら目の前につきつけられたような、そんな気がして肩を竦《すく》めた臣のかわりに言葉をつないだのは、慈英だった。

「……餅つきは俺も経験がないですね」

低く穏やかな声はとくに張りあげたものでもない。だがその場の空気をすっとさらうような強い響きで、臣ははっとした。

「おや、センセイもないのかい？」

「ええ。従兄の家ではやっていたようですが、うちは臼《うす》も杵《きね》もありませんし。神社の催しなんかではあったかもしれないんですが、切り餅を買ってました。いまはどこもそうじゃないですかね？」

「あ、う、うん」

ねえ、とやわらかく臣に視線を向けられ、あわててうなずくと、今度は堺が口を挟む。

「うちじゃ、もう面倒で真空パック入りの餅ばっかりだね。日持ちするし。飾り餅なんかなおのことだ。ひどいときなんかは、ほらスーパーで売ってるプラスチックの飾りあるでしょう。みかんもはりぼての中身なし。あれだなあ」

「あっははは、いかんよ警部さん。やっぱり餅はつかないと。よかったら今度送るよ」

からからと笑う浩三に、いやな子ども時代の話をせずにすんだと臣はほっとした。そして恩人と恋人にふたりがかりで庇《かば》われたことに、ありがたさと情けなさを同時に覚えつつ、あらためて問いかけてみる。

「あの、それでどうして赤はだめなんです？」

意味がわからず首をかしげる臣に答えたのは、浩三ではなく慈英だった。

「ああ、赤は平家の色だから。菱餅《ひしもち》で、真ん中に赤を挟むのは隠れ平家と言いますね」

「え、そうなのか」

「紅白戦ってあるでしょう。あれはもともと源平合戦から来てるそうです。源氏は旗色が白、平家筋は赤という話です。ことに平家落人《おちうど》は白を嫌って禁色にしていたから、餅さえ食べないように禁じ、正月には赤飯だったという逸話も聞いたことがありますね」

つらつらと説明をする慈英に、へえ、と臣は感心するしかない。そして興味深そうに目を輝かせたのは浩三も同じだ。

「詳しいね、センセイ」

「はは。いや、聞きかじりです」

照れ笑いをする慈英を見つめつつも、臣は不思議でならなかった。日常会話のなかに、これほどナチュラルに源氏だ平家だという名前が出てくる。ルーツを重んじるというよりも、ごくあたりまえに昔から語り継がれ、ひとびとに染みついているのだろう。

(伝統っていうやつなのかなあ)

何百年と続く血。親の顔さえもはっきりしない自分には縁のない話だと臣がこっそり苦笑していれば、浩三のたしなめも聞かず太志は慈英にまで絡んでくる。

「そういや、センセイは鎌倉の出と言ってらしたよなあ。それこそ源氏じゃねえかい」

「あ……ええ。とはいえ、うちはべつに先祖代々、ってわけじゃありませんので、源氏がどうというのは知らないんです」

だがしみじみとした感慨を覚えていた臣は、困った顔をして受け答えをする慈英にふっと意識を吸い寄せられる。家の話になったとたん、誰にもわからない程度に慈英がそっと視線を下ろしたからだ。

「……従兄なら知ってるかもしれませんね。俺より年長ですから」

「従兄さんかい。そのひともやっぱり絵なんか描くのかい？」

「いえ、宝飾の工房をやってまして――」

案の定というか、親族の話になると慈英は照映のことしか言わない。おそらくは、はぐらかしたのだろうと悟り、臣は小さく胸を騒がせた。

（なんでいつも、家のこと、はぐらかすのかなあ）

臣は慈英に対し、いつもこの手のことになると、問いかけることをしなかった。

はじめは、聞くのが怖かったのもたぶんにある。彼のうしろに、あたたかく愛情深い家族らの姿を見つけてしまえば、もっと慈英に対してのうしろめたさが増すようで。

だがつきあううちに、臣はもしかして、と感じることがあった。彼の奥には、おそらく自分どころではない深く暗いなにかがある。それは要因がなにと言いきれるものではなく、ただ慈英が慈英である以上避けられないものとしか言えない。

そうと知ってからはなおのこと、あまり深く問えなくなった。もしも不用意に触れて、彼を傷つけでもしたらと思うと、たまらなかったからだ。

（あまり、触らないでおいてやりたいんだけどな）

臣がふっと考えこんでいると、気づけば慈英も無言で酒を飲んでいる。

そもそも口数が多い男ではない慈英との話題は途切れたようで、場をつなぐような世間話はそのまま、浩三と堺が主体となっていた。

黙って慈英の空いた杯に酒をつぎたすと、ありがとう、と目顔で語った。なぜだか妙に胸が痛く、臣が慈英に笑みだけを返すと、ふと視線を前に向けた慈英が呟く。

「……ああ。いい手ですね。どなたのなんでしょうか」

公民館の正面にはなぜか床の間があり、そこにある掛け軸には闊達《かったつ》な文字で『本来無一物《ほんらいむいちもつ》』と記されていた。慈英の視線を追いかけて、臣は首をかしげる。

「ん、本来……？　どういう意味だ？」

「禅の言葉ですよ。本来無一物。みな、すべて誰も、最初はなにも持ってはいない。だからなにかを失ったり、得られないことを恐れたり、哀しむことはない。そんな意味だったと思います」

「ふうん……？」

じっと、古めかしい掛け軸を眺める男の横顔が遠い気がする。妙な胸騒ぎを覚えた臣がかける言葉に惑っていると、酒に声を大きくした堺の言葉がやけに響いた。

「ところで、丸山さんは跡継ぎさんなのに、浩三さんとおっしゃるんですか」

「ああ、ははは。名前のとおり、本当は三男だったんですわ」

「あれ、そうなんですか」

どっしりと寡黙な浩三にしては酔ったせいか饒舌《じょうぜつ》で、聞き上手の話し上手である堺と、穏やかに盛りあがっていた。

「ええ、本当はうえにふたりおりましてね……長兄はだいぶ以前に、鉄砲水の出た山で、事故にあいまして亡くなりました」

「それは……失礼しました、お気の毒なことです。ところで、おふたりということは、もうひとりのお兄さんは？」

「ああ、……次兄はちょっと、おらんことになりまして」

あわてたふうに頭を下げた堺の細い目が、なぜかちかりと光る。そしてまた臣も、浩三の言葉に引っかかりを覚えていた。

（おらんことになった？　……どういう意味だろう）

妙な言い回しだとは思う。けれど複雑そうな事情を孕《はら》んでいると知れる言葉を、それ以上追及できるわけもなく、黙って低い浩三の声に耳を傾けるしかできない。

「本当は自分は、こんな狭い町は出て行きたかったのだが。年寄りふたりを残してはいけなかったもんでね……まあもう、親父もお袋もせんに亡くなりましたが」

「ああ。やはり外に出たい時期ってのはありますからねえ」

「うちの町でも、若いもんはみんな、出て行っちまいますから……」

過疎が問題とされるのは、いずれの地方でも同じことだ。この町には若者がほとんどいない。高校や大学に進学するには隣町か市内に行くしかないため、大半は下宿や寮生活を選ぶ。どこの地方でもありがちなことだが、働ける年齢になれば農業をきらってやはり市内で就職してしまうものだ。

いささか重い話になりかけたのを察したのか、堺はやんわりと話題を変えた。

「ところで浩三さんは、ご結婚は」

「はは……お恥ずかしながら、相手に恵まれませんでね。まあ、そういうのもあって、若い連中は外に行きたがるんですよ。出会いが、ないもんでね」

自分のことに触れたせいか、浩三はやや話を逸らすように早口になった。彼が四十なかばでまだ独身であるのは、仕事が忙しすぎるせいもあるのだろう。

人口の少ない町では出会いも少なく、残って家業の農業を営んでいるのは中高年と老齢者がほとんどだ。先細るばかりの現状を憂えているのだと浩三はかぶりを振った。

「なんとか青年団の連中も、町おこしなんかしようとがんばってはおるんですけどね」

苦い顔で呟く浩三の声は、重いものを含んでいた。青年団といっても、彼の年齢はもうその名称で呼ぶには厳しい。青年団に入っているなかで最年少の者ですら、三十三歳の臣より年上の男だ。

彼らはよく『これじゃ中年団だな』などといって笑っているが、さきざきを考えると若い力をもっと地元に残したいと考えるのは当然なのだろう。

しんと聞き入ってしまった周囲に気づいたのか、浩三は笑みを作って声を明るくした。

「今度ですね、きのこ狩りと山菜狩りの催しをしようと思ってるんですよ」

「おお、それはいいじゃないですか」

「グリーン・ツーリズムというのをご存じですかね？　体験民宿なんかを行うのが、町おこしの一環になっとるんですよ」

近年、各地の農山や漁村ではよく試みられている、健康ブームに則《のっと》った町おこしについて、浩三は熱く語った。ようやく明るい話題になり、堺も臣もほっとしたようにうなずいてみせる。浩三は身振り手振りで、これからはもっと違う産業にも手を入れていかねばだめだと訴えた。

「山菜は春からになるんでね。この間試しで、きのこのほうでうちの山に何人か招いてやってみたんですけど、案外好評で。なんなら体験宿を作って、手打ちそばと一緒にして観光の目玉みたいにするのもええかと。それにトレッキングコースをつくって、健康体験っていうのはどうでしょうかいねえ」

「おお、それは楽しそうですね」

いろいろお考えですね、と堺が相づちを打つと、彼は真剣にうなずく。

「でも、アピールするにもいまいち、チラシとかがねえ。インターネットとかで通販もはじめてるが、いまのところ大きな通販サイトに提携してもらう準備中で」

「インターネットですか。そりゃまた、ハイテクじゃあないですか」

いかにも農業に従事する男、という印象の浩三の口から出た、ＩＴに関わる単語に堺が目を丸くした。

「いやいや、デザインをするのがだーれもおらんでねえ。年寄りばっかりだし、外注に出すにはあれが、ＷＥＢデザイナーってのは金をとるもんだしねえ」

いまのところまだ軌道に乗っていないため、経費はあまりかけられない、と浩三が眉をひそめる。そこで、黙って飲んでいた慈英がふっと口を開いた。

「俺の知りあいでよければ、当たってみましょうか」

「ええ？　センセイの知りあいかい」

「ええ。さきほど言った従兄の知人や、ほかにも声をかければやってくれるのがいると思います。いきなり企業や個人デザイナーに頼むより、価格も融通きくかもしれないし」

「本当かい！」

ありがたい、と浩三が目を輝かせる。慈英は早速その、浩三らがやっているサイトのアドレスと連絡先を聞きだし、すぐに連絡をつけてみると言った。喜色を浮かべた浩三が、お礼に今度、取れたてのきのこをもらってくれと言い、ふっとなにかを思い出したように笑う。

「まあ、本当はねえ。いいきのこだの山菜を採ろうと思うと、奥にいかないとならんのだが……熊がなあ」

いまの時期はむずかしいと苦笑する男に、慈英も「また熊ですか」と似たような顔をする。

「もしかして、あの山小屋の近くとか？」

「ああ、いっぱいあるよ。行ってみるかね？」

「いや……ひとりではちょっと遠慮したいですね。でも、どのあたりなんです？」

言いながら、慈英はなにか興味をそそられたのか、山小屋の場所を浩三に説明されていた。臣もアルコールにゆるんだ頭で、ぼんやりとその道筋を頭に描く。

「おれらも途中までは車で行くからね。そのさきは少し細い道だから歩きにくいが、そうわかりにくくはない」

「なるほど。まあ今度、機会があれば是非」

請けおいましたとメモをしまう慈英に、よろしく頼むと浩三は頭を下げた。

「このインターネットの管理とかだけでも、仕事にはなるだろう。働き口があれば、町も潤うんです。若いものも、地元に残りたくても仕事がないというのもいる。細々した農業だけじゃあやっていけんから、もっともっと頭を使わないと――」

熱弁をふるう浩三の前向きな声に、臣は自然と口元をほころばせた。ふと横を見ると、慈英もまたやわらかな顔で微笑んでいる。そして、こんなふうに穏やかに笑いながら、いろんな人間に囲まれた慈英を見るのもはじめての気がした。

心根が素直なひとびとだから、慈英がこんなにもやわらかいのだと思う。ときおり、東京で仕事に関する催しや展覧会などが行われたあとには、彼はひどく疲れてひりついていることが多い。慈英は口には出さないのでおぼろに想像するしかできないが、おそらくは権勢欲や名誉欲というものにかられた人種とつきあうのが不得手なのだろう。

だからこそ、精一杯のことを真摯に行おうとする町のひとらを、この若い画家は好いている。そもそも、自分から臣以外の誰かのために働きかけようとすることさえめずらしい。

（こいつにもよかったんだろうな、ここに来て）

一年という期限を切られたつきあいだろうけれど、精一杯町のひとに尽くせることがあればいいと臣は強く思った。

＊　＊　＊

宴もたけなわとなっていたが、臣と慈英、そして堺は途中で座を辞することにした。なにしろ浩三をはじめとした連中は酒豪揃《ぞろ》いで、延々とやるためにつきあっていては潰れてしまう。案の定、堺は途中から完全に船をこぎはじめ、涼しい顔で強い慈英はともかく、臣もまた顔が火照ってしかたがなかった。

「堺さん、だいじょうぶですか？」

「ああ、ああ、だいじょうぶ、だいじょうぶですよ」

赤い顔でにこにこしている堺の小柄な身体を支え、慈英は自宅の重い扉を開ける。開いたとたん、ふわりとテレピン油のにおいが鼻先をかすめ、堺はふっと笑った。

「あはは。秀島さんの家ですなあ。ひさびさだ、これも」

「申し訳ない。換気はしているんですがどうしても残ります」

「いえいえ、かまいませんよ」

リビングにあたるもっとも広い空間はアトリエとして使用しているが、そこにもぽつんとソファがひとつ置いてあるのは市内にある家と同じだ。

慈英が絵を描くそばにあるそのソファは臣の定位置で、あの家と同じ家具ではないけれども、座り心地も寝心地もいいものであることに変わりはない。

「ほら堺さん、水飲んで。……ったく飲みすぎですよ」

「悪い悪い。楽しい酒でやりすぎた」

小言を言う臣の声を聞き流し、笑う堺。まるで親子のようなやりとりをするふたりをじっと眺めていた慈英だったけれど、堺が水を飲み干したのを見計らい、口を開いた。

「今日は、いったいどうなさったんです？　堺さん」

「慈英？　なんだよ、急に」

声は穏やかだったが、慈英のそれはどこか詰問するような響きを孕んでいる。戸惑ったのは臣ひとりで、堺は酔っているとは思えない目で慈英をじっと見た。

「どう、とは？　なにがおっしゃりたいのかな、秀島さん」

「わざわざお休みをとって、ここまで来られたのがただの陣中見舞いとは思えないんです」

そもそも嶋木が代理で来るには、県警に非番の届けを出す必要がある。それは、現在では直属の上司ではないにせよ、堺が知るのはむろんたやすい。

「臣さんの休みについても、嶋木さんと一緒なんだから、もちろん確認して来られたんでしょう。だというのに、訪ねていくという予告の電話もなにもなさらなかった。それが俺には少し、引っかかるんです。あなたらしくない」

言われてみればそのとおりだ。気の回る堺がなんの前置きもなく唐突に、訪ねてくるほうがおかしい。わざわざ休みを届けるということは、臣になんらかの予定があると考えつかないはずがない。

「ははは。なるほど。……おい臣、おまえよりよほど秀島さんは鋭いな」

顔色はまだかすかに赤いけれど、酔っていたとは思えない顔つきで堺はソファの背もたれから身を起こした。

「堺さん。これは、いったい」

「べつに、なんか含みがあるわけじゃあない。ちょっと、電話じゃ話しにくいことがあってな……酒でもと言って、場を作りたかった。宴会になったのは誤算だが」

眉を寄せた臣に、堺はすまないと頭を下げる。親代わりのような上司のかしこまった姿に臣は妙な胸騒ぎを覚えた。

「堺さんとりあえず、お茶でもいかがですか。臣さんも、これに座って」

「慈英……」

ほんの数分の間に、日本茶の湯飲みと作業に使う椅子を二脚用意した慈英は、堺と臣に茶をすすめる。慈英もまた臣の隣で、長い脚を持てあますようにして座った。

ぽってりと白い釉薬《ゆうやく》のかかった湯飲みを手に、堺はしみじみと眺めている。

「いい湯飲みですね。これはもしかして秀島さんの作品ですか？」

「よくおわかりですね。学生のころ、陶芸科の連中に混じって手遊びで作ったものです」

「いや、あなたらしい雰囲気だものでね。……ああ、いい茶だ。すっきりする」

臣を置き去りにしたまま、慈英と堺はなにかふたりだけでわかりあったような、そのくせ腹を探り合ってでもいるような会話を続けている。いったいなにがどうなっているのかと、不安顔を隠せない臣の肩に大きな手が触れてくる。反射的にその指先を握ると、うなずいてみせた慈英は静かな声で堺へと問いかけた。

「堺さん、俺はいないほうがいいでしょうか？　はずしたほうがよければそうしますが」

「いや。秀島さんにも聞いてもらったほうがいいでしょう」

逡巡することもなく堺はそう言って、懐から封筒をとりだした。

「臣、これを」

「なんです、これ。『官報《かんぽう》』じゃないですか」

封筒の中身はA4サイズのコピーだった。官報とは、法令の公布や国会事項など、国に関わる事柄を公告・広報するための、国立印刷局が毎日発行する公的な出版物だ。各省庁の押収物還付や裁判所の公告など、刑事事件に関連する事柄も載せられているため、臣も県警時代はよく目を通していた。

発行日付を見ると、今年の十月、いまから一ヶ月ほど前のものだ。しかしこれがいったいなんだ、と堺を見ると、苦い顔で顎をしゃくられる。

「赤線引いてあるところがあるだろう。そこを見てみろ」

「赤線……ここですか。行旅《こうりょ》死《し》亡人《ぼうにん》項目……」

行旅死亡人とは、簡単に言ってしまえば都会の無縁仏である。身元不明のまま亡くなった遺体は、通常では、発見された地区の地方自治体が火葬までを行い、この官報に公告して、引き取り手が見つかるまで遺骨を管理することになっている。

複数人の行旅死亡人の特徴や、所持品が列挙されているなかでひとつ、赤いペンでアンダーラインを引いた、長野市内で餓死で発見された男性のものがあった。

『本籍居所長野市××三丁目二番十一号、森本《もりもと》アパート二〇二号、氏名自称、権藤《ごんどう》茂《しげる》、年齢推定五〇歳から六〇歳位の男性、身長一七六センチメートル、体格中肉、腹部に手術痕

――』

　こまごまとした衣服の特徴に所持品などの項目が書かれ、末尾に市長名義にて『心当たりの人は当市福祉事務所社会福祉課まで申し出てください』とある。

「衰弱死ですよね？　とくに変死だとかそういうのは……」

「検死でも他殺の線はつぶれた」

　臣の厳しいまなざしと問いかけに、堺はゆるくかぶりを振った。臣はふたたび官報のコピーに目をとおす。

『上記の者は、平成×年九月二十八日午後二時五十七分頃、アパートの管理人により変死体として発見された。死亡日時は同年九月上旬と推定される』

　堺の補足によると、アパートの家賃滞納のために管理人が部屋へと押しかけたのだが、そこで死後数日経っている遺体が発見されたのだそうだ。

　現在の日本では、病院以外で死亡した場合、死因の特定ができないとされ、たとえ老衰でも死因を知るために警察医による死体検案が行われる。それにより、この行旅死亡人の胃腸の残留物はないにひとしく、死因も貧困状態からの餓死と見てなんらの不審もないため、あっさりと片づけられた。

「堺さんはこれを官報で知ったんですか？」

「いや、その死体検案の立ち会いをたまたま頼まれたんだがな」

「それで、これがなんなんです？　なにか事件に関わりでも？」

所持金の残高は四百円。非常に貧しい暮らしだったらしいけれど、とくに死因にあやしいものもない。まさか別件に絡んだ参考人でもあったのか、と臣が問えば、堺は苦い顔でそれもかぶりを振った。

「その、所持品のところをよく見てみろ」

「所持品……ですよね。……ん？」

身体特徴に続いて、男性の所持品が列挙されている項目に、臣は目を落とす。そしてますます意味がわからなくなった、と眉を寄せた。

『黒色小銭入れ、腕時計一個、鍵一個、新聞勧誘員身分証、預金通帳、フォークリフト技能講習修了証』

「ちょっと堺さん。身分証明書持ってるじゃないですか、このひと。しかも三つも」

これのなにが謎なんだと、臣が声を大きくする。しかし堺はなおも渋い顔のままだ。

「……三つもあるから問題なんだ」

「はい？　だってこのひと、権藤さんって言うんでしょう。なにがおかしいんです」

「よく見ろ。頭に『氏名自称』とあるだろうが」

言われてふたたびしっかり読み直せば、たしかにそうだ。この手の資料は見慣れすぎていてうっかり目が滑ってしまった。注意力散漫だと睨む上司に首をすくめると、ため息をついた堺は少し疲れた声を出す。

「こんな仏さんは、俺らの商売じゃあそうそうめずらしくもない。可哀想なことだが、身元不明者なんか年間にどれだけ見つかるかわかったもんじゃない。ただこの、身分証明書を三つ持っていて全部名前が違った。俺はそれがどうにも引っかかってしようもなかった」

理由は明白ではない。ただなにか、第六感のようなものに触れたそれを見落とすことはできなくて、堺は独自で調べ上げたのだそうだ。

（いったい、なにがあるんだ）

事件性があるわけでもない、身元不明の死亡者など、こう言ってはなんだが掃いて捨てるほどにいる。わざわざそれに堺が目をつけ、調べるまでしたという事実に臣は胸騒ぎを禁じ得ない。

この上司は、いったい自分になにを語ろうとしているのか。にわかに緊張を帯びた肩を慈英の手が強く摑む。知らず、縋るような目を向けると恋人は臣よりもなお真剣な顔で堺に続きを促した。

「堺さん、それで。三つの身分証明書はいったい、なんなんです？」

「順を追って話します。まず新聞の身分証。これは、勤めていた新聞販売店で本人が、『権藤は本当の名前じゃないと言っていた』という、団長の証言がある」

「団長？　なんですか、それは」

慈英の問いに、堺は言葉を補足した。

「ああ……新聞販売員といってもいろいろある。いちばん厄介なのが勧誘員――新聞拡張員、と言うのですがね。正規の販売店員ではない、拡張団と呼ばれる、実体の曖昧な組織にいる」

拡張団というのは、各種販売所が部数の増加にともない、配達や集金業務を兼ねる、新規契約調達が困難となったことから生まれた集団だ。

拡張員はあくまで契約調達を専門としており、配達や集金業務などは行わないため、とにかく契約を取ることに躍起になる。

「ほら、よく強引な勧誘で洗剤や野球のチケットをおいていくのがあるでしょう。ああいう、ヤクザすれすれの連中が拡張員にはいるんです。その拡張員をまとめる代表が団長と呼ばれます。拡張員になる連中というのは、とにかく日銭が欲しい手合いが多いもんで……身元の証明もいらない状態で雇われることもあるから、あの業界にはじっさいかなり、あぶない連中もいる」

なるほどとうなずいた慈英は、だが疑問があるとさらに問いかけた。

「けれど、この身分証というのは？」

「最近じゃ、セールス詐欺が増えすぎて、なんにつけ玄関を開けるひとが少なくなった。そういうときに、一応はこれこれこういうもんですと示すために作ったようですな」

一応顔写真の添付されたそれらしいものだが、そもそも拡張団内で作られるため、公的な意味合いはほとんどない、曖昧なものなのだと堺は説明をしめくくった。

「なるほど、まったく当てにならないんですね。……この預金通帳は？」

「これがまた難物でした。……なにしろ本人の名義でもなんでもない。しかも名義人はじっさいに、別人がおるんですよ」

「それ、どういうことですか」

臣がさすがに顔をしかめると、堺はべつのコピーを取り出した。そこには通帳の中身と外側を写したものがあり、白黒の画像に写った名義は『安曇理一《あずみりいち》』とある。

「この安曇っていうのは、さっきの拡張団が提携してる新聞販売店ではなく、権藤がその数年前に、べつの販売店に勤めていた当時、早朝配達のアルバイトをしていた学生だ」

ややこしい時系列に混乱しながら、臣はもしやと問いかける。

「その安曇の通帳がなぜ……まさか、盗難ですか」

これが本題ならまだわかる。だが、その通帳の残高を見て、臣は眉をひそめるしかない。中身はきれいにゼロだったからだ。また、古そうなその通帳の銀行名もいまではすでに存在しない――数度の合併統合を繰り返し、べつの名前の銀行になっている――ものだった。

「見りゃわかるが、盗んだところで意味のない残高だろう。その通帳は、いきさつは知らんが安曇名義のくせに、権藤本人のバイトの給与が振り込まれていたそうだ」

「なんでそんな、いいかげんな……」

「おそらくは安曇の名前でアルバイトをしたこともあったんだろう。これこれこういう口座があると言ってしまえば、名義人のことを詳しく調べやせん仕事なんか、臣、いくらもあると知ってるだろう」

裏の世界ではめずらしくない話だ。たしかに、とうなずいた臣が「この学生だった安曇は」と問えば、いまは海外にいるのだと堺は言った。

「でも、もうだいぶ経つんでしょう。よくわかりましたね、そんなの」

「こちらさんは、学校から奨学生制度で新聞配達を推奨されたまっとうなひとらしい。おかげで出身大学が判明しているし、いまの住居もわかっているが、まだ連絡がついていない」

ちなみにその通帳自体も十年近く前のもので、すでに口座は解約されていたそうだと堺は語り、臣はますます顔をしかめる。

「連絡つかないって、なぜ」

「まじめな学生だったんだろうな。いまはいい仕事について、海外支社に赴任しているそうだ。なんの事件の参考人でもないんで、そこまで追っかけきれんし、相手にも迷惑だ」

それはたしかにむずかしい、と臣はため息をつくしかない。そして、手元の複数のコピーを眺めて、残るはこれかと『技能講習修了証』のコピーを睨んだ。

「丸山裕介《ゆうすけ》……？」

ここしばらくで幾人も接した相手と同じ名字に、臣は怪訝な声を発して顔をあげる。

さきほど、彼が妙に浩三や『中の裏道』の丸山に引っかかったのはこのせいかと目顔で問えば、堺も無言でうなずく。

「正直、なにか手がかりになるかと思ったが……考えてみると丸山は長野じゃいちばん多い名字だ。こんな小さな町にも複数おるし、とくにめずらしいもんでもない、だが」

だが、なんだというのだ。言葉を切った堺をじっと見つめると、柔和《にゅうわ》に見えて鋭いまなざしが臣を強く見つめ返してくる。

「浩三さんのお兄さんが、『おらんことになった』とおっしゃったのが気になった。……あのひとは四十を少しすぎてるくらいだろう。そしてこの権藤は、五十代くらいだ。少し歳の離れた兄弟として考えても、年齢の開きもあり得なくはない」

なんとも言えないまま、三人はしばし黙りこむ。なにやら事情がありそうな浩三の兄について、まだこの人物が『そうだ』と言いきれるわけではない。だが、もしも出奔した果てにこうして餓死していたのだとしたら、それは浩三にとってあまりよい知らせにはなるまいと臣は唇を噛みしめた。

いやな沈黙の果てに、口を開いたのは慈英だった。

「ひとつ疑問なんですが。このフォークリフトの運転資格って、そんなに簡単に取れるものですか？　なんにつけ、この手の運転許可証は公的証書になると思うんですが」

「うん……そこもじつは、面倒なことになってる。秀島さんの言うとおり、これを取得するにはそもそも、自動車の運転免許証がないと受講自体が不可能だ」

堺の説明によると、『技能講習修了証』は現在では厚生労働省が認可する国家資格であり、資格取得には運転免許証が必須の公的証書であるという。

「だが、これはもう二十年以上前のものでね。証明書を発行し、技能講習を行った登録教習機関そのものが、現在ではすでにたたまれていて、書類が残ってないんだ」

「残ってない？　そんなことがありうるんですか」

「……ありうるんだよ、これが」

堺の言葉に、信じられないと慈英は目を丸くしたが、自身が公務員である臣は、さもありなんと肩を落として補足した。

「お役所仕事、ってことだ。ついでに、ここ数年で役所の統括があまりにもころころ変わるし、パソコン導入のデータ管理が進んだもんで、却って混乱がひどくなってる」

二〇〇一年の中央省庁再編などの影響で、公的機関のなかには資料や書類関係の引き継ぎがうまくいかず、処理に関して著しい混乱が起きているパターンも多い。このところ問題になっている年金問題を例に出すまでもないだろうと、情けない顔で臣はため息をついた。同じような表情でため息をついた堺は、説明を続ける。

「まあ、えらいさんたちの引っかき回しはともかく。二十年は長すぎた。そもそも、リフト運転の資格自体がすでに失効になって久しくてな、なんの意味もないただの紙切れだ。むろん、登録教習機関をただ潰したわけじゃなく、必要なことは新しい機関に移行されてもいる。だがその際に資格更新の届け出と、新規の資格認定を受ける手続きをすればこの証書も生きてただろうが、それは権藤はやらんかったようだな」

「なるほどね……」

そして新規更新がなされなかったため、講習修了証を発行した機関の消失と同時に、この資格は失効したのだと堺が告げ、慈英と臣は唸る。

「技能講習修了証に記載されていた住所は、長野市だった。なにか手がかりにならないかと調べに行ったが、そもそもその住所には、テナントビルが建っていて、ひとが住む部屋なんぞどこにもない。おまけに、丸山がその技能講習修了証を取った当時——二十年前には、そこはただの更地だった」

「え……それじゃあ」

「おそらくは、講習を受ける際に提出した運転免許証自体も、違法なものであった可能性が高いだろうな」

「偽造免許か……」

要するに、どの証明書も本人を証明するにいたらない、という状況はたしかに謎めいている。だが、ただの無縁仏と言っては問題があるけれど、そうめずらしい話ではない。

「でも堺さん、なぜそこまで調べたんです？　いくら身元不明で妙な身分証ばかりあるといっても、事件性があるわけでもないでしょう」

なにか引っかかった、という程度であれば、突っこみすぎている。そもそも堺は現場主義で、足を使って調べるタイプではあるが、状況だけ見ればなんら事件に関わりのない一般人。いくら死体検案に立ち会わされたといっても、こうまで調べ上げる必要はないだろう。

浩三の兄かもしれないという点も、さっきはじめて出てきた疑惑だ。そもそも堺は、今日の今日までこの町に、丸山家の男がいることさえ知らずにいた。

「なぜ、俺にこんな話をしに来られたんですか」

いったい、この行旅死亡人と自分に、なんの関わりがあるのか。不思議にも不気味にも思った臣が問いかけると、堺はなぜか目を伏せて、唸るように言った。

「その、権藤が偽名だという話を聞き及んだ男が言ってたんだ。……この男は、権藤は……いまは別れ別れになった息子がいたと、話していたそうだ」

「え……」

「俺は、新聞販売店の同僚の証言を聞いて、家族を捜そうと思った。むしろその、修了証にある住所に家族がいてくれればいいと思っていたんだが」

痛ましいような響きに、理由もわからず臣はどきりとする。どういう意味だ、と堺をじっと見つめると、彼は冷めきった茶をひといきに飲んで、言った。

「権藤はな。その同僚に息子の名前は『臣下のシンと書いてオミと読む』と言ったそうだ」

「……な、に？」

愕然《がくぜん》とする臣に、堺は苦しげな顔で問いかける。

「そして、臣の母親はホステスをやっていて、名前は『れいか』——臣、覚えがないか」

その名を耳にした瞬間、臣はもう声も出なくなった。かすかに震える身体を、状況が呑みこめない慈英が軽く揺さぶる。

「臣さん？　どういうことです。れいかという名前に、覚えが？」

覗きこんでくる真っ黒な目を、臣は呆然とした顔で眺め、あえぐように言った。

「れいかは、……俺のお袋の、源氏名だ。本名は明子で、地味な名前で、いやだって言って」

あまりのことに頭が真っ白で、臣は目を瞠ったまま額を押さえる。がんがんとこめかみが脈打って、ひどく鼓動が乱れていることを知った。

（なに？　どうなってんだ？　俺の……父親？）

惑乱する臣の前で、堺はあくまで淡々と言葉を綴《つづ》る。

「権藤とれいか、いや、明子はひどい別れかたをしてしまったせいで、彼女と息子がいまはどこでどうしているのかわからないと語ったらしい。いつ頃の話とは、明確には言わなかったようだが——ふたりの出会った店の名前は『スナック紫《むらさき》』だ。この店はだいぶ以前に経営者が変わったらしく、当時の詳しいことを知る関係者は見つけることはできなかったが、れいかと名乗る女が勤めていた事実だけは、古い常連から確認された」

決定打だろう、と堺の小さな目は語っている。臣は硬直したまま、まばたきさえ忘れて身体中を震わせるばかりだった。小刻みに震える肩を抱いて、慈英はいま語られた事実をたしかめるように問いかけてくる。

「臣さん、それも心当たりはありますか」

「スナック紫って……それもお袋が勤めてた店、だ。腰の落ち着かないひとで、何度か店は移ったけど……その店は、看板が名前のとおりド紫で、インパクト強くて、覚えてる」

酔客が蹴りつけて倒した、スタンド式看板の疵までを思い出し、臣は声を震わせた。

フラッシュバックのように、幼い過去のみじめだった記憶がどっと押し寄せてくる。雪の降る寒くてたまらない日、家の暖房はすでに切れて、食べるものがなにもなくて母のもとへと行った。

——なんなの、家で待ってろって言ったでしょう！

その日はおそらく、これと目星をつけた男が店に来てでもいたのだろう。男の膝に乗っかっていた母は、いまの臣と似た面差《おもざ》しを鬼のように歪めて怒鳴った。自分に息子がいることを隠していたからだ。

彼女は、とにかく女だった。自分の息子より自分の男のほうが大事な人間で、恋をするとすべてを忘れてしまうひとだった――。

「臣さんっ」

「あ……」

強く肩を摑まれ、いやな記憶に飲まれかけていた臣はその声と力に正気づく。はっとなって傍らの恋人を見ると、自分がひどく頼りない顔をしていたのだと気づかされる。

「だいじょうぶですか？」

「うん……」

そっと自分の肩を抱く大きな手に触れて、臣は息をついた。気遣いを見せる慈英と、それに縋るような臣の姿を眺め、堺は苦渋にまみれた声を発する。

「こんな話をいまさらしても、どうかとは思ったんだが……黙ったままでいるのも、やはり気が引けた」

堺自身、相当に悩んだらしいことは、その言葉からも知れた。なにより、臣の手にある官報のコピーはすでにひと月以上前のものだ。仕事の合間を縫って、権藤のことをここまで調べあげるために、堺はどれだけの時間を要したのか。

「おまえのお袋さんについても、俺は捜しきれてやれなかった。せめてこのひとが父親なのか、そうでないのか……これ以上を知りたいかどうかを、おまえに訊くべきじゃないのかと、そう思った」

「でも、ここまでしかわからないんじゃないんですか？」

問いかけたのは臣ではなく慈英だった。臣はもう声もないまま、じっと慈英の手を握ってうつむくしかできないでいる。

「DNA鑑定をする、手もある」

「でも、遺体はもう荼毘《だび》にふされているのでは」

「遺留品の一部に、髪の毛は残っていたんだ。……どうする、臣」

問われて、臣はびくりと肩を震わせる。いまはなにも答えられないと、曖昧にかぶりを振るしかなかった。

（いったい、なにがどうなってんだ）

長年、父親が不明なまま生きてきて、いまさら、父親かもしれない男がすでに死んでいると聞かされても、驚きはしない。

ただ、権藤が本当に父だとしても、いったいその名前のどれが正しいものかさえわからない。なにより——そのいずれをも、微妙に裏社会や犯罪との関わりをにおわせるものばかりであるのが、つらい。

呼吸さえむずかしく、あえぐような息をしながら臣は堺へと目を向けた。

「堺さん。俺、……書類上ではお袋の子でしか、ないですよね」

「ああ」

昏《くら》い声で問う臣に、堺も重々しくうなずいた。慈英はどういう意味だと眉をひそめている。

怪訝そうな恋人に、臣はなかばうつろな目で笑いかけた。

「警察官は……本人はもちろん、親族に犯罪歴がある人間がいたら、なれないいんだ」

「それ、は」

慈英は切れ長の目を瞠る。この話が臣にとって進退に関わる問題であると理解したのだろう。できる限り冷静な声が出るよう、臣は喉に力をこめ、手元の書類に目を落とした。

「むろん、この権藤って男が、そういうことに荷担していたかどうかは、はっきりしてない。そもそも持っていたものは全部他人名義のものばかりだし……出所がわかってるのは、安曇名義の通帳だけだ。口座を貸しただけという話なら、本人らの間で納得ずくであったなら、これについてはべつに罪には問われないだろう」

けれど、免許や公的証書に偽造や偽名の可能性があるのだとしたら、話は変わってくる。そもそも、そんなことをしなければならない事情の裏に、犯罪の気配がないはずもない。

だから堺に問いかけたのだ。よしんば権藤が臣の父親であり、犯罪に荷担していたとしても、それをいまのところ裏づける物証は、なにもない。すべてはただ推測の上の話でしかなく、DNA鑑定についても臣が拒めば堺は無理にとは押してこないだろう。

けれど、聞かなかったことにするには、これらの材料はあまりに重い。

「堺さん。……少し、考えさせてもらえないですか」

「わかった」

重い声を発した臣に、堺は静かにうなずいた。そして慈英に向かって、深々と頭を下げる。

「すみませんが、これをよろしく頼みます」

苦い声の堺に対し、慈英は同じほどに沈んだ声で、彼をはっきりと責めた。

「堺さん……よろしくという前に、もう少しお考えいただけなかったんですか」

「おっしゃるとおりだと思います」

臣を揺らがせたものについて承伏しかねる気配の青年画家に、堺はすべてを理解した表情でこう続ける。

「ですが……わたしがこの話をしようと思ったのも、秀島さんがおるからです」

「だからといって、これは――」

「慈英、いいよ」

慈英の気配は硬く、とんでもない話を持ちこんだ堺に対して鋭い目を向けていた。臣は滅多にない剣呑な気配の恋人の腕を摑み、弱々しくかぶりを振る。

「俺の話なんだ。聞くべきなんだと思う。……少し、ショックだけど、聞かなきゃいけなかったと思うから」

だからもう堺を責めるなと目で訴えると、眉をひそめた慈英は深々と息をついた。そうして、堺の前だというのに強く抱きしめてくる。臣も、拒む気にはなれずに広い胸へと顔を寄せた。

「あなたが、平気ならそれでかまいませんが」

「うん。だいじょうぶ。……おまえ、いるから」

言いながら、声が震えるのは許してくれと臣は思った。あまりのことに頭は真っ白で、まだ事態を理解しきれていない自覚もある。だがこの場でそうと言う以外、どうにもしようのないのはわかりきっていた。

硬直し、なにも言えなくなっている臣の代わりに、慈英がそっと問いかけた。

「もう、だいぶ遅くなりましたが。堺さん、今日は泊まっていかれますか」

「ああ、もう帰れないつもりでは来たが……いや、ここじゃなく駐在所に泊めてもらう」

のそりと立ちあがった堺の姿が、いやに小さく見える。彼もまたひどい疲労を覚えているとわかっていても、臣はもうかける言葉が見つからない。

慈英がそっと肩を叩き、堺を送りに出た。取り残され、臣はひとりアトリエで、慈英の書きかけの絵を見つめる。

真っ青なうねりが脳に直接飛びこんでくるような錯覚に、臣はぶるりと震えた。

はじめて、慈英の絵の怖さを知ったと思った。こうして揺らいでいるとき、彼の圧倒的な力を持った作品は、ひとを打ちのめし、同時に包みこもうとする。

「俺は……」

なにを言おうとしたのかもわからないまま、臣はひび割れた声を発した唇をつぐむ。

ただ、いまはこの青のなかに、溶けこんでしまいたい誘惑にかられていた。

＊　＊　＊

堺が家を出たあと、臣は慈英に飲み直そうと告げた。家にあったワインを開け、ふだんならもう酔い潰れて意識を失うほどの量を飲んでも、少しも酔えない。

「もう、やめたほうがいい」

しばらくは好きにさせていた慈英だったけれど、ワインボトルが二本空《から》になった段階で、さすがに見ていられなくなったのだろう。思いつめたような顔で飲み続ける臣のグラスをとりあげた。

「ん……なんだよ、まだ飲む」

頭は異様にクリアでも、身体はそうでもないらしかった。慈英の取りあげたグラスを追って手を伸ばすけれど、ふらりと上体が揺れてその場に倒れこむ。

「よしなさい、臣さん。明日は、市内に行って買いものするって言ってたでしょう」

「……もう、どうでもいい」

ふてくされたように臣がソファに転がると、慈英がため息をついて肩を揺する。

「臣さん、寝るならベッドに。あなた酔ってそうやってると、すぐ眠って風邪ひくでしょう」

ソファの背もたれ側に顔を向け、うだうだと転がる臣をあやすような声がやさしすぎて苦しい。臣は酒気を帯びた息をゆるゆると吐き出して、慈英の手を肩越しで握りしめた。

ひんやりと感じるのは、自分の体温があがっているせいだと臣は気づいている。そしてこの熱っぽさが、アルコールのせいばかりではないことを、胃の奥が爛《ただ》れたような感覚と下腹の疼きで悟っている。

「慈英……抱いて」

「わかった、連れていきますから。ちゃんと寝てください」

「違う」

そうじゃない、とかぶりを振って臣は長い指に自分のそれを絡める。指の股をすりあわせるような動きに、慈英がふっと戸惑うような顔で覗きこんできた。

潤み、赤らんだ目でじっと恋人を見つめると、意味を察した慈英は表情を曇らせる。けれどなにを言うこともないまま、絡めた指を引いて臣を抱き起こし、しっかりと腕のなかにおさめた。

「……どうしたいんです？」

「セックスしたい。ぐっちゃぐちゃに、やらしいやつ」

皮肉な笑みを浮かべた臣に、慈英は今度こそはっきりと、痛ましげな目を向けた。だが、追いつめられているのは知っていたのだろう。あけすけな言葉を発した唇に、無言のまま口づけを落とす。

じんと瞼《まぶた》が痺れ、眼底が痛んだ。泣く寸前のようなその痛みに臣は瞼を閉じたけれども、結局雫《しずく》は溢れることなく、かすかに睫毛を濡らしただけだった。


寝室に、蒸れた熱気がこもっている。この地方では秋口ともなれば相当な冷えこみをみせる夜もあるというのに、ベッドのうえで絡みあう肢体は火照って赤く染まり、流れ落ちるほどの汗をシーツに染みこませていく。

そのなかには汗ばかりではない、粘った体液もまた含まれ、それを溢れさせる場所を身体の奥深くに飲みこんだ臣は、嬌声《きょうせい》を発し続けていた。

「じえ……い、あ、ん、慈英っ」

「なに？　臣さん」

下から抉ってくるそれのゆるい動きがもどかしく、きゅんと内部が締めつけられた。だが慈英はそれ以上に強く腰を動かすことをしない。

「やだ、激しく、して……もっと、激しいの……っ」

言いながら、慈英にまたがった腰を臣はきつく揺り動かす。無茶なことをするなと、恋人の目が咎めるけれど、ざわざわと落ち着かない身体のなかが手荒な快感を求めている。

(やだ、もう、こんなの)

数年ぶりのこの感覚は、昔は馴染んだものだった。ストレスから来るセックス依存の欲求は異様で激しく、臣の感情などすべて置き去りにして身体だけ暴走させる。

先日の夜と同じ体位を取っているのに、気持ちはまるで違う。心の中がぐちゃぐちゃで、真っ黒に汚れていくようで、それを全部壊されたくて、乱暴に犯してほしくなるのだ。

「慈英、慈英、……助けて……」

こんな淫猥さはひさしぶりで、だからどうしていいのかわからない。男の肌に爪を立てて泣きじゃくると、痛ましげな目をした慈英が腰を抱いて揺すってくる。だが、やさしい刺激では到底足りないと、臣は半狂乱で泣きわめいた。

「んん、あ、あああ！　やだっ、もっとっ」

「するから、そう締めつけないで。あとで痛くなるでしょう」

「そ、んなの、どうでも、……いいっ」

下から突きあげられ、快楽のるつぼをかき乱されて、臣は胸を反らしてあえいだ。自分の手で性器を乱暴にしごき、呼気に膨らむ胸部にぷつりと勃《た》ちあがった乳首を指でもてあそび、痛みを与えるほどにひねると、慈英がいよいよ顔をしかめる。

「臣さん。そういういたずらはしない」

「いや……も、やだ……っ」

痛めつけるような手つきを咎め、慈英は臣の両腕を摑んで敏感な場所から引き剝《は》がす。途絶えた刺激にかぶりを振ると、恋人の目がきつく尖った。

「なにも考えたくないなら、そうしてあげるから。じっとしなさい」

「あう！」

言いざま、くるりと臣の視界が反転する。身を倒され、のしかかる男が気遣わしげな顔をするのがせつなくて、もっと強く抱いてくれとしがみついた。

「慈英、いて……なかに、いて」

「いるでしょう？」

言いざま、感じるところを狙いすましたように腰を抉りこまれ、臣は淫らな悲鳴をあげた。あまりの声にはっとしてみずから手のひらで口をふさぐけれど、慈英はそれを許さない。

「声は出して。ここは俺たちの家で、誰も聴いてない。俺とあなたしかいない」

「あっ、あっ、あっ……！　いい、もっと、ひ……いぁあ、あぁああん！」

両脚を高くあげたままぐっと腰を抱えられ、まるで真上から刺し貫かれるように慈英が腰を打ちつけてくる。膝裏が彼のたくましい肩に乗せられ、足先はゆらゆらと空を掻いた。

（息ができない）

体勢の苦しさにも、体内を抉られることで生まれる強すぎる愉悦にも臣は息を乱す。肺に酸素が足りない。苦しさと酩酊感がともに細い身体を襲ってきて、犬のように息を切らしているのに唇が寂しい。

「キ、スして……慈英、じぇ……っ」

舌を巻き取るような深いキスと、激しい情交。意識がとぎれとぎれになり、それでも臣は四肢を恋人に絡めてさらなる強さを求める。

（もっと突いて。もっと、もっといじめて、ぜんぶ壊して）

きん、と耳鳴りがする。神経がひどく過敏になり、末端の部分が異様なまでに感覚を拾いあげる。手足、粘膜、性器が肥大したかのように感じて、男の性器が自分の身体に出入りする、その粘りついた快楽ばかりがすべてになる。

「あっ……は、いい……いっぱいぐじゅぐじゅ、されてるの、いい……っ」

「……臣さん」

「突いてっ、もっと、もっとひどくっ……あ、あう！」

うつろな目で卑猥なあえぎを漏らす臣の唇は、まるで笑ってでもいるかのように歪み、慈英はどこか痛いような顔を見せた。だが、幾度も髪を梳いてくる男の表情には気づけないまま、臣は壊れたように腰を揺り動かし続ける。

（ああ、もう、わかんない。いい、いい、いく、もうすぐいく）

手足が痺れ、朦朧とする頭がトリップしたまま戻らず、ただ男の性器をくわえこんで震える身体の快楽だけに溺れたい。淫らさに狂ってなにも、わからなくなりたい――。

「あ、んっ、してっ……もっと、いっぱい犯して……！」

「……臣さん……っ」

叫んだ瞬間、慈英は惚けた顔を強引に摑んであおのけ、唇に嚙みついてきた。

「たっ……！」

びりっとした痛みのあとに、かすかな血の味がする。霞《かす》む意識のなか臣は、睨むような目で挑んでくる慈英の言葉を聞いた。

「臣さん、いまなにしてほしいって、言いました？」

「あ、やだっ……違う、もっと……」

「もっとなに。俺にいま、なにを言いました？」

ぴたりと動きを止められ、臣はうつろな目のままもどかしいと腰を振る。臣の逃避を許さず、とろけそうな快楽をくれていたすべてを奪われ、臣は恐慌状態になった。

「やだ、慈英、しろよっ……してくれよ！」

だが、早くと口走ると、ぎっと目をきつくした慈英がまた唇に嚙みついてくる。

「い、いたいっ！　嚙むなよ……！」

比喩ではなく、歯を立てて臣の言動を咎めた彼は、抗議する声には耳を貸さず、ひやりとした視線とともに、鋭いナイフのような言葉を突き立てた。

「いいから答えなさい。あなたは俺になにをしろと言ったの」

「いや、知らない……動いて、もっと……っ」

どんなに臣が腰を揺すり、そこを締めつけても慈英はぴくりともしない。どころか、臣の淫らな訴えを咎めるように、薄い肩を押さえつけ、脚を絡めて動きをとどめる。

「抱いてあげます。でも犯さない。あなたが望んでるみたいなひどいことは、してあげない」

厳しい声で言った慈英は、汗に濡れた、まるで泣いてでもいるかのような顔で、臣の身体を拘束する。意外な言葉にも表情にも、臣はきょとんとしたままでいた。それが痛ましいというように頰を歪め、慈英はそっと声をやわらげて囁きかけた。

「そのかわり、壊れるくらいによくしてあげるから」

「じ、え……？」

「やさしくする。大事にする。あなたを、俺の大事なひとを、ちゃんとこうして抱いているから、それが誰なのかちゃんと、見てください」

うつろな目で慈英を見る。ちゃんと見ているのにと思っても、意識の半分が遠くにあることを誰より知っているのは臣だ。胸をあえがせ、なかば官能という逃避に浸りつつ、ぎりぎりの線で踏みとどまっているのは、髪を撫でる手のやさしさのおかげだろうか。

「臣さん、愛してる……」

哀しくさえ響く真摯な声に、臣はふっと正気づいた。目を瞠り、濡れた睫毛を震わせた臣に、慈英は静かに口づけを落とす。

「愛してるから、こっちを見て。俺を見て、ちゃんと抱かれて」

嚙みついて傷つけたそこを静かに舐める仕種は、愛撫と言うよりなにかもっと、違う含みがあるようだった。そして、臣が細く息を漏らすと、不意打ちでゆらりと身体を動かす。

「あ、あ、あう……っ」

激しくされるよりも、よほど感じた。彼そのものを、形や大きさ、長さを教えるかのようにゆっくりゆっくりと抜き取られ、また同じ速度で挿入される。ぞわりと全身が総毛立ち、あまりの快さにふっと身体が宙に浮くようだった。

(これ、なに……?)

さきほどまでの、あの飢えて苦しいばかりの快感ではなく、ゆったり爪先まで満ちるような喜悦が、臣の強ばっていた身体と心をほどかせる。

慈英の、臣を抱いて揺れる広い肩、焼けた肌の長い腕——そこに走った疵が、遠のいていた臣の理性と意識を引きずり戻した。

「あ……」

身体が、ようやく自分の思うままに動いた。汗に濡れた広い背中に腕を回し、臣は喉奥につかえそうな細い声で告げる。

「じぇ……お願い、捕まえ……て」

「捕まえてる」

だいじょうぶ、と囁いた彼の声が、穏やかな熱で臣を溶かした。ほっと息をつき、体内にあるいとおしいものをそっと締めつけると、恋人の身体が小さく震える。

「怖い、慈英……俺っ……離さないで」

「言われなくてもこうしてる」

つながっている。感覚を共有し、気持ちをわけあって、どこにもいかないでと身体中で訴える、大事な甘さを臣はやっと思い出す。

(俺の、大好きな、ひと)

慈英のひきしまった身体から、はたりと落ちた汗に搔痒《そうよう》感を覚えて息をつくと、腹の奥の圧迫感に全身が彼で満たされていることを実感した。

(こいつと、何回セックスしたんだろう、俺)

思い出せないくらい何度も、抱いてもらった。ときに激しく怖いこともあったけれど、そのほとんどが、甘くやさしかった。いま、身体を揺らしているこの瞬間と同じように。

「ねえ、臣さん」

目を閉じ、その甘さと圧倒的な存在感を嚙みしめていた臣に、慈英はせつない声で囁く。

「どうして、俺はここにいるんですか。ちゃんとそれを、思い出して」

「あ……」

目を凝らすと、痛いほど臣を抱きしめた男がじっとこちらを見つめている。ゆっくりと、大きな手のひらが臣の顔を包み、慰撫するように撫でた。

「俺がどうしてあなたを抱くのか、思い出してください」

泣き濡れた頬を拭う手を知っている。抱きしめてくる腕の強さを、広い胸のあたたかさを、臣はもう知っているのだ。

慈英の唇が瞼に寄せられ、涙の絡んだ睫毛を舌が撫でる。繊細な動きをするのに、濡れた眼球までを舐められそうな怖さも同時に覚え、臣は震えた。

「それでもあなたは、まだ怖いものがありますか。自分が、どこにいるかわかりませんか」

冷えて揺らいでいた胸の奥に、じんとなにかが滲みてくる。額をあわせ、目を見つめたまままゆっくりと慈英は言葉を綴った。

「だったら、もっと逃げられなくしましょうか。もっと、強く縛りつけてしまったほうが、いいですか？　どうやったら、俺がここにいるって思い出す？」

「慈英……」

やわらかな声、やさしい笑み。しかし慈英の澄んだ瞳の奥に揺らめく炎のような色は、狂気にも似ている。そして六年の間、その炎は消して絶えることなく燃え続け、臣をあたため、

ときに熱く焦がしてきた。

「俺があなたを愛してると言い続けた六年は、まだここのなかに、滲みてない？」

大きな手のひらが、臣の胸にひたりとあてがわれる。彼の手の形に伝わってくる熱に、臣はかぶりを振って瞳を濡らした。

「ううん……ううん。わかってる」

言葉では、口づけだけでは拭いきれない不安を、慈英は自分の存在と愛情で塗りつぶしてくれた。そして臣のなかに巣くった闇のようなものをも、ただそばに居続けた、その事実で、ゆっくりと時間をかけて払拭《ふっしょく》し、消していったのだ。

——臣さんしか、いらない。ほかのことはどうでもいい。本気で思ってる俺は、少しおかしい。

臣が底なしに欲しがりだとするならば、慈英の与えるものは大きく深くて濃すぎる。

たぶんお互いがお互いでなければ、とうに破綻《はたん》してあたりまえのいびつさで——けれど、だからこそふたりは、ぴたりと噛みあう一対《つい》の存在なのだろう。

(俺はこいつしかいないけど、こいつもきっと、俺しかないんだ)

言葉なく唇を重ね、もうあと少しで終わりを告げるだろう快感のピークに臣は耐えた。

慈英の熱や重み、身体の細かい部分の形やくせまで、もう全部知っている。

「あ……いく」

「いって」

「ん――ん、んくっ……！」

ふるっと震えて告げると、唇をやさしく嚙んだ男は焦らすことなくうなずいて、臣のなかをぐりりと刺激した。ふだんに比べても、声も動作もかなり静かでやわらかい終わりだったのに、快楽は濃厚で強く、臣は下腹部を激しく波打たせる。

「あっ」

ずるりと抜け落ちていくものの感触に、臣は小さく声をあげる。そしてきつく瞑っていた目を開けると、覆《おお》い被《かぶ》さっている慈英の顔が少し哀しげに見えた。

こんな顔をさせてしまったことと、さきほどまでのひどくアンバランスだった自分の弱さとを悔いて、臣は「ごめん」と呟く。

「また、おまえにこういうことさせた。……ごめん」

「そんなことはいい。もう、平気？」

こくりとうなずいた臣の目を覗きこみ、痛ましくはあるがきちんと自分を見つめる視線にほっとしたように、慈英は広い肩の力を抜く。

気遣われている事実が苦かった。そしてまた、自分はなぜ毅然《きぜん》としていられないのだろうと苦い笑みが浮かんでしまう。

過去に、寂しさを埋めるために、そして誰かの庇護を求めて、ばかな真似をした。堺に出会ってそんな自分を変えようと思って――けれどいまだ成長しきれずにどこか、不安定なまだ。

それが自分のルーツのせいであったなら、どうすればいいのだろうか。

男に弱かった母親を、同族嫌悪のように感じたこともあった。けれどもう三十をすぎ、彼女は彼女、自分は自分と考えるべきとわかっていて、ここ数年はようやく落ち着いてきた。

おそらくは、臣が揺れるたび支えてくれたこの恋人の存在も、大きかったと思う。

(なのに俺はまた、こんな程度のことでぐらぐらするのか)

そしてまた慈英の手をわずらわせようというのか。自嘲《じちょう》に笑みが浮かぶと、慈英はさらに強く指を握りしめてくる。

「俺、ばかみたいだな。こんな歳になって、父親が誰だろうなんてことで悩んで」

「ばかみたいなんかじゃ、ないでしょう」

力なく笑うと、慈英は臣のぶんもというようにせつなげな表情をする。

「臣さんの根幹に関わることで、あなたがいちばんもろい部分の話だ。無理して、平気でいようとしなくてもいいし、俺のことを利用するなら、してもいいです。でも」

言葉を切り、かき抱くように臣の身体を抱きしめ、「忘れないで」と言った。

「ひとりでは、もうないでしょう。俺をここにつないでいるのは、あなたでしょう?」

「……うん」

うなずいて、慈英の手を取る。ぎゅっと握りあったそれはまだ少し震えていたけれど、臣はあたたかい恋人の指にほっと息をついた。

「それに、俺だけじゃない。この町でも、県警にいたころも、あなたを頼りにしたひとはたくさんいたじゃないですか」

「慈英……でも、慈英」

警察官になろうと思ったのは、むろん堺に勧められたからでもある。だが、誰かを――かつての自分のような力のない存在を、せめて護れる立場になりたかったという気持ちが、たしかに臣のなかにあったのだ。

だからこそ不甲斐なく、だからこそ――自分のなかにもし、犯罪者の血が流れていたらと思うと、おそろしくてたまらなかった。

「俺、ちっとも、ちゃんとできてない……っ。犯人も捕まえられないし、気持ちも弱い」

弱くかぶりを振る臣の頬を包み、恋人は揺れる瞳を覗きこんで告げる。

「あなたはそこにいるだけで、ちゃんと町のひとの気持ちを護ってる」

なだめるように髪を撫で、誰も責めていないと教えるために、慈英は臣を離さない。

「尚子さんも木野さんも、浩三さんや太志さんだって、臣さんがちゃんとがんばってるのを知ってる。だから協力してくれるし、がんばりすぎるなと言うんでしょう」

「でもっ……」

「この疵は、あなたが俺を護ってくれた証拠でしょう。違いますか」

思い出せと言って、慈英はいまではもうだいぶ薄れかけた、あの疵に触れさせた。かすかな肉の隆起だけを残したそれに、臣はおずおずと手を添える。

「俺だって、あなたがいなきゃどうなったかわからない」

かつて目の前で切り裂かれた、天才と呼ばれる画家の腕に触れて、臣は小さく喉を鳴らし、痛みを呑みくだした。それでもなにかがつかえたようで、苦しく疼く喉元に、慈英の唇がそっと触れる。やさしく舐めて吸うその動きに、臣のなかにある淀《よど》んだ暗さが吸い取られていくようだった。

「まだなにもわからない。だったら、きちんと逃げないで、調べてください」

「……うん」

「あなたが何者だって、俺には臣さんしかいない。わかってるでしょう？」

うん、ともう一度うなずき、本当に自分だけのものだと——自分のものでしかないと言いきる男を抱きしめて、臣はようやく身体中の力を抜いた。

どうしてここまで慈英は自分を愛してくれるのか。いまだにそれは不思議だが、疑えはしない。こうまで全部を捧げられ続けては、彼のくれる愛情や執着が、不思議でも事実なのだと受け入れるしかなかった。

「おまえ、変なやつだな」

泣き笑うまま、臣は言った。慈英はその言葉に小さく微笑んで、濡れた頬を拭う。

「でも、好きでしょう」

「あはは。うん。……うん。好き」

慈英はいままでずっと、彼の言葉どおり臣のそばにいた。こんなへんぴな場所までついてきたあげく、戻れば家を買うという。人生を添わせようと、言葉でも態度でも教えてくれる。

(だいじょうぶ)

自分がどんな人間であろうと、臣が臣である以上、きっとこの男は、これからもずっと臣のそばに居続けて、居場所を作り続けるのだろう。

無条件で愛情を信じられる幸福。幼いころ得られなかったそれを、慈英はまるごと与えてくれる。濡れた頬を唇で撫で、背中をしっかりと抱きしめて臣を離さないと教えてくれる。

慈英にしかもらうことのできない、絶対といえる安堵に息をついた。余分な力が抜けていって、肺にちゃんと酸素が落ちていく、そんな気がする。

だからだろうか、長いこと、問いかけようとしてできなかった言葉がこぼれたのは。

「なあ、慈英。……おまえんちって、どんな家だったの」

「俺の家、ですか?」

唐突なそれに、慈英は目を丸くした。妙にかわいらしくも映るそれに臣は頬をゆるませる。

「うん。慈英って、家のことあんまり話さないよな。なんで?」

素直に問えたのは、もうふたりの関係については揺るがないと確信できたからだろう。戸惑うように眉を寄せた恋人を、臣はじっと見つめて言葉を待つ。

「なぜ、というか……べつに話すことがないだけで、あえて言わないわけではないですよ」

「でも、聞きたい」

めずらしく言いよどむ慈英に食い下がると、一瞬だけ言葉を探すように視線をさまよわせた彼は、ぽつりぽつりと臣の問いに答えた。

「ふつうの家だったと思いますよ。ただ……俺みたいな変な子どもさえいなければ」

「変……？」

「変わり者でしたからね。照映さんは俺と同じタイプでしたから、彼にはなつきましたけれど。親にしてみれば、よくわからない息子だったようで」

自嘲の混じった声がめずらしいと思いつつ、臣は首をかしげて言葉を待つ。

「よくわからない、って？」

「んー……昔から、ちょっと行動が突飛《とっぴ》だったようですね。話しかけても返事もしないこともあったり、なにか気になってしまうとそれを徹底してしまったり……」

返事がないというのに関しては、臣も覚えがあるのでうなずいた。慈英は集中すると、それしかわからなくなることが多い。だが、突飛な行動とはたとえばどんな、と問いかけると、慈英は記憶を探るように天井を眺める。

「いちばん問題になったのは、小学校の帰り道で空を見てたときですかね」

「それ、なんかおかしいのか？」

子どもが空を眺めてぼんやりするなど、めずらしいことでもない。なにがおかしいのかと臣は首をかしげたけれども、ことはそんなにかわいらしい事態ではなかった。

「たまたまその日は雲の流れがおもしろくて、ぼうっと見てたんです。それでそのうち暮れてきて、夜になって、その変化と色合いがすごくきれいで……気づけば真夜中になっていまして、親が警察に捜索を依頼して」

「はあ⁉　真夜中⁉」

「ええ。俺も俺で、八時間くらい立ちんぼですから、巡回して探しにきたお巡りさんに声をかけられたとたん、空腹と疲れで倒れまして」

おかげで大騒ぎになってしまい、母親は子どもが帰りたがらない原因があるのではないかと姑《しゅうとめ》に責められ、父親は理解できない息子に頭を痛めたのだそうだ。

「それ……おまえ、学校でふつうにできてた？」

「いえ、学校でも相当浮いてました。いじめとかにならなかったのは、あまりに浮きすぎていて放置された形だったからだと、いまはわかりますけれども」

「それは、まあ、そうだろうな……」

他人事のように言う慈英に、臣は頭を抱えたくなった。自分も相当、変わった育ちをしているけれども、その要因はすべて外的な、周囲の環境の問題による。けれど慈英はごくふつうの家に生まれ育ったというのに、どうしようもなく『はずれて』しまっていたのだ。

「そんなわけでまあ、俺の言語が通じる相手というと照映さんだけで。あのひとは、いまは会社なんかやってるからだいぶ穏やかですが、小さいころから傍若無人を絵に描いたようなひとでしたから」

「……想像はつく。っていうかあいつ、あれで穏やかになったのかよ」

「ええ、十代のころを知っているひとたちに言わせれば、すでに別人だそうで」

数回電話でも話し、一度だけ顔をあわせた慈英の従兄は、慈英を数倍野性的にしたようなすさまじい色男でもあったが、同時にそうとうなくせ者だった。あれとこれがセットで存在した当時の秀島家周辺は、さぞ頭を抱えたことだろうと臣は思う。

「俺、当時の照映には会いたくないな、絶対……」

「よく皆さん、そうおっしゃいますよ」

ため息をつく臣をおもしろそうに見つめたあと、慈英は遠い目をして、笑った。

「自分ではよくわからないんですが、どうもね……リズムですとか、感覚がひととずれているようで。こうしてほしい、ああしてほしいという願いを、うまく叶えてやれない」

どこかはみ出してしまっている自分をよく知っていると、彼はどこまでもさらりと言う。

「親も、相当持てあましているようでしたよ。とくに通えない距離でもありませんでしたけれども、大学に入ってひとり暮らしをすると言ったとき、ほっとしているようでした」

とくに生い立ちに問題があったわけではない。好きにさせてもらってきたし、苦労もなかった。親にしても、格別仲が悪いというわけではない。ただ相容《い》れない、そういう関係でしかなかったと慈英は穏やかに語る。穏やかすぎて、臣のほうが苦しくなるくらいに。

「ご家族に、こっちに引っ越すとかって話は、したのか？　そのとき、なんて？」

「なんてもなにも。相変わらずよくわからない行動をすると、それだけでした」

成人するころには、すでに他人より遠い関係性ができあがっていたのだと、なんでもないように彼は語った。それがあまりにあっさりとしているから、臣はせつなくなる。

破格級の彼の感性が、少し壊れたようなものであることを、もう臣は知っている。

絵に纏《まつ》わること以外はなにひとつ記憶にとどめられなかったり、友人と呼ばれた人間をあっさりと切り捨てたり――それは冷酷なわけでも薄情なわけでもなく、ただ慈英には『できないこと』なのだ。

自覚しているぶんだけ厄介だと感じるのは、それで慈英があまりに淡々としているせいだ。彼は自分が基準どおりに動けないことを知っている。そしておそらく、あきらめている。

「まあ、気の毒だと思います。こんな息子で」

笑う横顔がどこまでも穏やかすぎて、臣はたまらなく寂しくなる。そっと手を伸ばし、髭の生えた顎に触れると、慈英はやわらかく目を細めて臣を見た。

こんなにもやさしい目をするのに、どうしてそれをうまくひとに向けられなかったのだろう。いっそ不思議になりながら、この男の特別である自分が誇らしいのも事実だ。

「臣さん……？」

きつく抱きしめると、慈英が不思議そうな声を出した。どこかあどけない声に胸が軋んで、臣はたまらずに言葉を綴る。

「俺、おまえのこと愛してるから」

本来無一物。

最初からなにもない臣よりも、持っているすべてを捨てるしかない慈英のほうがときどき哀しいのはなぜだろう。

――薄情なんでしょう、きっと。そういう部分がどこか壊れているから、いろんなひとを傷つけたんでしょう。

二年ほど前、かつての同窓生であった男に執着された折り、彼は淡々とそう呟いたことがあった。つきあった女性についても、まるでろくに覚えてさえいられなくて、そんな自分がおかしいのだとわかっていると、そう笑った。

長じれば、幼いころのつきあいの人間などいずれ記憶から消えていく。その頻度が慈英はおそろしく高いし、スパンも短い。それを臣は、彼のなかにある、絵や芸術というものの比率があまりに高いからではないかと思っている。

（絵のことで、頭がいっぱいで、おまえほかになんにも、入らないんだろう？）

それを当然と割り切れる、才能におごった人間であればいっそ楽だったのではないかと、ふと思うことがある。うまくできない自分を、慈英は静かに哀しみ、けれどそれを外に出しては自分が傷つけたひとたちに申し訳ないからとただ笑う。

その笑みを見つけると、臣はいつもせつなさが募る。大人のあきらめを滲ませる笑顔であるのに、まるで途方にくれた少年のようにも映る慈英がいとおしくてたまらなくなる。

だから無言で、薄い胸の中に閉じこめたくなるのだ。

（おかしいよな。俺もおまえも）

ある意味では自分たちは、どこか壊れて、いかれていると思う。いつまでも不安定で、少しひとと違って、大人になっても情に飢えたままだ。

けれど同じと思える相手がそこにいるから、孤独ではない。求めるのと同じ温度で返る情がある、それを信じられるいまが、奇跡のようだとも思う。

胸をしくしくと痛めるような感情に包まれていた臣に、慈英はぽつりと言った。

「でも、臣さんのおかげで、いろんなことがわかるようになりましたよ」

「うん……？」

じっと抱きしめたままいると、臣の背中に腕をまわした慈英が呟く。なにをだと、少し身体を離して見つめると、彼はひどく嬉しそうな顔をしていた。

「自分が、なにも見えていなかったことだとか、他人の気持ちを考えもしなかったことだとか。そういう、だめなところがたくさんあるのに、あなたのおかげで気づいた」

「俺のって……なんで」

なにもしていないと眉を寄せると、慈英は臣の乱れた髪を長い指で梳く。

「あなたは、とてもむずかしくて。ちょっとしたことで傷つくから、気をつけて見ていないといけない」

「それ、俺が面倒ってことかよ……」

微妙な物言いにふてくされると、喉奥で笑って「違いますよ」と慈英は言った。

「知りたいし、見ていたいし、理解したいんです。だから見逃したくないし、離れたくないと思った。そうやって、臣さんを見ているうちに、あなたの周囲のひとたちもよく、見えるようになった」

「え……？」

「堺さんや、近ごろではこの町のひとたちとか。臣さんが大事にしようとしているものを、俺もちゃんと見て、大事にしたいんです」

息が止まるかと思うような言葉を、あっさりと言って慈英は臣を抱きしめる。

「そういうものがちゃんと、最初から見えていれば失敗もしなかったんでしょうけれど……とにかく俺は、臣さんがいないとまともにいろんなものがわからないので」

だからここにいてくださいと、広い胸に閉じこめられてうなずいた。涙が出そうになって、臣は小さく洟《はな》をすすると恋人にそっと囁きかける。

「慈英、もう一回……抱いて」

「まだ欲しい？」

「うん。……気持ちよく、して。さっきのは、違うから」

目を見つめてねだると、唇が臣のそれに覆い被さってくる。

舌を絡めるのではなく、お互いのそれをつついてからかうような触れあいをしたあと、何度も吸ってやわらかさをたしかめた。

頬にちくりと、髭があたる。慈英のキスだと思うと、それだけで甘い興奮がわき起こってくる。さきほどのような、闇雲で激しすぎる官能への欲求ではなく、大事な恋人の身体をゆったりと味わいたい。

たぶん、ふたり揃っていれば少しは、不器用でもどうにかまともに生きていけると思う。

だから絶対に離れてはいけないのだと思う。

（ありがとう）

あわさった唇を動かさないまま、心のなかで臣は呟いた。すると慈英は聞こえてでもいたかのようにかすかに笑い、両肩に添えた手のひらをラインにそって撫でおろす。

ああ、と無意識にこぼれたあえぎが、仕切り直しの夜の合図だった。そして臣は長く器用な指先のもたらす愛撫と、情熱的な口づけと、激しい情を伝えてくる慈英自身にどこまでも淫らに落とされ、夜のなかに甘くとろけていった。

＊　＊　＊

堺は翌日、慈英の車で市内にある自宅へと帰っていった。臣はそれについていくことはせず、非番の一日を慈英のアトリエのなかで過ごした。

数時間ほどで戻ってきた恋人は、じっとソファに座る臣にこれといった言葉をかけることなく、制作中のキャンバスに絵筆を走らせ続けた。

臣は恋人が絵を描いている時間がひどく好きだった。自分用にと提供されたソファに転がり、クッションを抱えてじっと彼の姿を見ていると、以前にはよく「厭《あ》きないんですか」と、苦笑混じりに問いかけられたことがあった。だがそのたびに気にしないでかまわないと答えたせいか、いまでは臣がそこにいることも忘れたように慈英は絵を描き続けるようになった。

慈英の広い背中をいつまでも眺めていられる、至福の時間。筆を、あるいはパレットナイフを手にした彼が腕を動かすたびにシャツ越しに背筋や肩胛骨《けんこうこつ》がうねる。

たぶん背中を見るのが好きなのは、出会いから気持ちを通わせるまでの間がいろいろとこじれていたからだろう。身体をつないでも気持ちが少しも見えなくて、自分ばかり好きだと意識するのが苦しいから、慈英の視線がこちらを捉えていないことに安心していた。

「……なー、慈英」

「はい？　なんですか」

声をかけても、作業に夢中な男は振り向きもしない。それでも数秒とおかずにレスポンスがあるから、これは相当臣を気にかけている証拠だ。慈英が本当に集中すると、真横で大声をあげてもいっさい耳に入らないことさえある。

「気が散るなら、俺、上に行くけど」

「散ってませんよ。そこにいてください」

遠慮しようかと告げたのに、即答で否定された。邪魔じゃないだろうかと思いながら臣がのそのそ起きあがると、気配と衣擦れの音で気づいた慈英が絵筆を手にしたまま振り返る。

「どうしたの。さすがに厭きました？」

「んん」

曖昧にかぶりを振ってソファから降り、臣は慈英に近づいた。汚れ防止のレジャーシートを敷いた床には絵の具が飛び散って、アバンギャルドな模様を描いているのを眺めながら、広い背中に抱きつく。

「……どうせなら正面に来てほしいんですが」

甘えるような臣の仕種に、笑みを含んだ声がする。振動する背中に鼻先をこすりつけたあと、臣も小さく笑った。

「そしたら絵、描けないだろ」

「どっちにしろこれじゃ、なにもできない」

大事な絵を描く作業を邪魔されているのに、少しも怒った様子がない。どころか、嬉しげに笑いさえする彼に、本当に大事にされ、許されているなあと実感した。

「慈英。俺、明後日からもう少し、気合い入れて調べる」

決意を伝えて、ぎゅっと引き締まった腹にまわした手を強める。汚れた腕ではなんの反応もできないとわかったうえで、そうしたかった。

「野菜泥棒の件ですか？」

「うん。そんで、それ片づいたら……あっちの件も、自分で調べてみる」

静かに問う慈英は、臣がいまこれ以上に甘やかされたくないことを知っているのだろう。問いかけつつ、臣を背中になつかせたまま、筆を動かしはじめた。だから臣も勝手に喋《しゃべ》ることにする。

「あの権藤って男が、フォークリフトの免許では丸山って名前使ってることも、それが浩三さんのお兄さんと同世代くらいってことも、少し気になる。まだ、なにがなんだかわからないけど、それ、俺は知らないとだめだと思う」

はっきりと見えないものばかりに振り回され、不安になってもしかたがない。言外にそう告げると、慈英もまたうなずいた。

「……そう。そうですね。あの件は俺も気になります」

「そうなのか？」

臣が顔をあげると、慈英は迷いなく筆を滑らせ、画面のなかにうつくしい青い軌跡を描いたところだった。

「おらんことに、という言いかたが、なんとも苦い響きでした。おそらく、生死は不明というところなんでしょう。そしてこういう町では、一度よそに出ていってしまった——しかも、よい行いをしなかっただろうひとが帰るのには、むずかしい部分もあると思います」

その件については臣も同意だとうなずく。どこで誰が、なにをしていたのかがあっという間に知れ渡るほどの小さな町で、悪行をすればひとたまりもなく噂《うわさ》の的《まと》になるだろう。

「でも、犯罪絡みとまではいかないんじゃないでしょうか」

「え？　なんでだ」

妙に断定的な慈英の声に、臣は目を丸くした。だが慈英は少し考えればわかると言う。

「あのときまで、浩三さんにお兄さんがいることを俺は知らなかった。この町に越してきて、二週間もしないうちに、どこの誰さんが親戚なのかさえ親切に教えてくれるようなひとたちなのに、誰もそのことを言わなかった」

臣より先乗りしてこの町に住まうことになった慈英は、ずいぶんと町の状態を観察していたようだった。考えてみれば、駐在所員という大義名分で町のひとたちと関わらざるを得ない臣にくらべ、慈英はただの画家だ。馴染むにはそれなりの働きかけを、双方でしなければ不可能だったのだろう。

「これは相当にタブーになっていると思います。そして、そういうタブーがあるにもかかわらず、浩三さんは皆のリーダーとして慕われている。青年団の団長にも、たしか推薦でなったのだと聞いています」

「あ……そうだよな。ふつうなら、兄貴が犯罪関係でもあれば、それこそ村八分《むらはちぶ》になる可能性が高い」

どこかタイムスリップしたようなこの田舎町では、さもありなんだと臣はうなずいた。

「よほどの事情があったのか、それとも……」

「ん？　それともってなに」

そこで慈英は言葉を濁した。臣が目顔で促すと、彼は言いにくそうに声のトーンを落とす。

「もしも浩三さんのお兄さんがなにか犯罪に手を染めていたと仮定して、それでも村八分を回避する方法としては、ひとつあります。家族が、率先して責任をとる……要するに、浩三さんみずから、お兄さんを放逐《ほうちく》する、ということ」

「あ……」

「そして、その後は町のために尽くすこと。……まあ、俺の想像でしかありませんけれど」

あり得る話だろうと、肩越しに振り返った慈英に問われ、臣も厳しい顔でうなずいた。

「ない、とは言いきれないな。厳しい話だけど」

「その場所にとどまって生きていくには、しがらみは避けて通れませんから」

ひそめられた声が、想像のうえのこととはいえ痛ましいことだと語る。臣もまた、できるならそんな事実はあってほしくないと思う。

「関係、ないといいな」

「そうですね。でも……調べるんですね？」

「うん。でも、もし権藤が浩三さんのお兄さんだったら、俺は黙っておく」

慈英はもう一度、そうですねと言った。そして軽く身体を揺すり、臣に手を離すようにと促してくる。

身をほどくと、振り返った慈英は首を傾けて頬と鼻先に口づけてきた。唇へは臣のほうから伸びあがって触れる。

「がんばって」

「うん」

がんばる、と唇をほころばせた臣の目には、もうあの揺らぎはない。ただ真実を知りたいという、強い意志だけがあるそれに、慈英もまた笑みを浮かべたそのときだ。

「——駐在さん！　駐在さん、いらっしゃいますか！」

がんがんと玄関の扉が叩かれる。蔵を改装したこの家にはインターフォンなどなく、訪問する人間は皆こうして扉を叩く。だが、その剣幕のすさまじさと声の逼迫《ひっぱく》感に、慈英と臣ははっと表情を引き締めた。

「います、どうしたんですか?」

あわてて玄関に向かうと、そこにいたのは尚子だった。肉付きのいい身体は汗まみれになっており、顔つきはかなり厳しい。

「またやられたですよ、盗まれたよ! 今度は、お金が……グリーン・ツーリズムの準備金が、まるごと!」

呻くような声に、慈英と臣は顔を見合わせる。そうして臣はうなずくなり走り出し、慈英は汚れた手を乱暴に手近のタオルで拭って車のキーを取りあげた。

「臣さん、送ります」

「頼む。……尚子さん、落ち着いて。すぐに現場に行きますから、お話をうかがえますか。嶋木はどうしました」

「いま、嶋木さんは現場に行っておられます……ああ、どうしよう……」

困惑と焦りが混然となったような尚子の肩を叩き、臣は手近の上着を羽織る。

「まず、わかっていることだけでも教えてください」

「は、はい……今朝方、企画の話をするっていうんで、うちの旦那と浩三さんらが公民館に集まったんです。そしたらもう、公民館の鍵は開いてて、金庫もからっぽで……旦那がびっくりして、あたしに電話かけてきたんです」

堺を交えた飲み会の際に浩三が言っていた話から推察するに、準備金は最低でも百万単位の金額になるはずだ。いままでの生活用品や野菜の盗難とは比べものにならない被害額で、尚子の顔は真っ青だった。

「ここに来る前に、駐在所のほうに行ったら嶋木さんが、小山さん呼んでくれって言うんで、飛んできたんですけど……どうなるんですか？　いったい誰がこんなこと」

「それはこれから調べます。とにかく、いまから向かいますので、落ち着いてくださいね」

肩をたたき、なるべくやわらかい声を発するようにつとめる臣の顔も、さすがに険しい。

「臣さん、車の用意できました。尚子さんも一緒に」

「わかった。……いきましょう」

彼女はここまで走って来たようだった。汗がひどいのはそれだけではなく、かなり混乱が激しいためと知れる。震えている尚子も慈英のサファリに同乗させることにして、三人はそのまま公民館へと向かった。

辿りついた公民館の事務所では、険しい顔をした浩三をはじめとする、町のひとびとが数人いた。嶋木を中心にして囲むように、なにやら言い争っている。

「慈英、悪いけど尚子さん頼むな」

「わかりました」

妙な気配に臣は表情を引き締め、車を降りながら念のため持ってきた白手袋をはめる。そして厳しい顔のまま、嶋木へと近寄り声をかけた。

「おい、なにがどうしたんだ？」

「小山さん。はあ……それが……」

道すがら、おおまかな状況を尚子に聞いていたことは伏せ、嶋木へと問いかけるが、帰ってきたのは奇妙な困惑の表情だ。

「なんだよ、どうかしたのか」

非番とはいえ、この町の駐在員である臣へ申し送りをする必要はあるだろう。不審を覚えて嶋木へとさらに問いかけたとき、ぬっと目の前に現れたのは浩三だった。

「なにしに来たんです、駐在さん」

「え……？　なにって」

その表情は硬く、まるで臣を拒絶するように厳しい。いったいどういうことだと嶋木へ再度振り返れば、彼も顔をしかめてかぶりを振った。だがそのやりとりさえ邪魔だというように、浩三はぐいと臣の肩を押してくる。

「なんも事件なんぞ起きておりません、帰ってください」

「ちょ、ちょっと待ってください。わたしはいま、井村さんから盗難が起きたと――」

面食らいながら臣が言うと、浩三の目はそのまま背後に向けられた。そこには、慈英に肩を支えられた尚子の姿があったが、彼女は浩三に睨まれたとたんびくっと身体を震わせる。

「井村の奥さん、なんでよけいなことを駐在さんに言う」

「だ……だって、お金盗まれたんだよ？　もうこんなの、黙っておいていいわけが」

「尚子っ。よそのひとの前でいらんこと言うな！」

責められてむっとしたように反論した尚子へ、ひとりの男性が走りよって口をふさいだ。尚子の夫である井村は浩三へと頭を下げ、止める間もなく彼女を連れていってしまう。

（よそのひと……？　どういうことだ）

浩三が立ちはだかるうしろには、微妙に開かれたままの公民館事務所の扉が見える。ちらりとそちらに視線を走らせれば、臣の視界をふさぐように浩三が大柄な身体を動かした。

「浩三さん。なにもないというのなら、なにもないことを確認したいだけです」

「困ります」

かたくなで威圧的な気配に、臣は顔を引き締めた。嶋木の困惑はこれだと察し、見たこともないほどによそよそしい表情になった町のひとびとをじっと眺める。

（どうやら、なにもないわけじゃない。けど俺には――警察には知られたくないってこと

か)

排他的な空気に、なるほど、と思う。やはり田舎町らしい閉鎖性はこの町にもあったようだ。だがそれは警察権力というものへの反発というよりも、しょせん『よそもの』である臣に対して警戒心と拒絶を覚えているからなのだろう。

こういうときに結束した一般人ほど厄介なものはない。そして親しくしていたという事実があるからこそ、拒絶の態度を向けられればつらくもある。

だが臣は、おのれの職務を忘れるわけにはいかなかった。ただ現在非番であるがゆえに、使える権限は限られている。そのため、臣が顔を向けたのは後輩である嶋木にだ。

「嶋木。職質しろ」

「えっ、しかし」

やれ、と色素の薄い大きな目で睨むと、嶋木ははっと背筋を正した。

「丸山浩三さん。なにもない、とおっしゃるのであれば、その状況を見せていただけますか」

警察官の身分証をとりだして、嶋木は一歩踏み出す。浩三は威嚇《いかく》するようにぬっとその大柄な背で立ちはだかるが、それを制したのは臣の鋭い声だ。

「無理に抵抗なさいますと、場合により公務執行妨害になります。よろしいですか」

「おれはなにもしていないだろう!」

「だがなにかを隠し立てなさっているのは明らかです」

きゃしゃな臣の凜《りん》とした声に、浩三はぐっと声をつまらせた。そのあとの言葉を引き取ったのは、きまじめな顔をした嶋木だった。

「警察官は、すでに行われた犯罪について、なにかを知っている者についても質問することができます。わたしは職務として、あなたに質問し、また状況を見せてもらえないかと問いかけています。それを拒否されることは、さらに疑いを深める行動でしかありません」

嶋木の声が響くなか、ぐるりと臣は周囲を見まわした。町のひとのなかには、横暴だと反発心を覚えているらしい者もいたが、大半は困惑したように目を伏せている。

ただ慈英だけが、まっすぐに臣を見つめ、うなずいた。力づけるような視線を受けて、臣もまたうなずき、浩三へと向きあった。

「浩三さん。なにもないというのなら、なにもないほうがいいんです。質問に答えて、現場を見せてください。なにもそのまま立件になるわけではない。けれど、前回の野菜泥棒のこともある。関連や証拠がある可能性のあるものを見過ごすわけにはいきません」

「……わかった」

すでに調書の取られている野菜泥棒の件を引き合いに出すと、浩三は渋々ながらその場を下がった。嶋木はほっとしたように肩の力を抜き、臣を伴って現場に入る。臣は振り返り、浩三へと声をかけた。

「浩三さんもご協力願います。一緒に見てください」

素直に答えてくれるとも思えなかったが、彼以外ならなおのこと協力はむずかしかった。青年団の団長であり、町のリーダー的存在の浩三に気を遣い、ほかの住人らは口を閉ざすだろうことが予想されたからだ。

「鍵が破られているようですね」

扉は無理な力をくわえられた様子もなく、開いていた。だがドアノブを白手袋をはめた手で確認した嶋木は、鍵の差し込み口にある疵を見るなりそう言った。

「シリンダー錠か。……ちょっと慣れたやつなら一発だな」

ドアノブの、出っ張りのあるシリンダー錠を見て臣は眉をひそめた。それは、『カム送り解錠』というピッキングの手口でかなり容易に破ることができてしまい、都市部ではこのタイプの鍵は危険だと警察庁が公告までしているものだった。

（この田舎じゃ、べつにそれで問題もなかったんだろう）

そもそも公民館事務所には、さほど頑丈な鍵はかかっていない。この町は、通常でも自宅に施錠するという習慣がないくらいに平和な場所であり、いつもはこの公共施設への出入りも好き放題にできるようになっている。

「管理人さんとかは、いらっしゃらないんですか」

「ここはふだんなら誰もおらんです」

休憩所に使われてもいるのだろう、パイプ椅子と簡易テーブルの置かれた事務所には備えつけのラックがある程度で、ろくな備品はない。

「現金が保管されているという事態に、防犯はお考えにならなかったんですか」

「事務所には金庫もついてるし、施錠も一応してあった」

嶋木の質問に、浩三はむすっとしたまま答えた。まさかの事態に、誰より頭が痛いのは浩三だろう。同情心をこらえ、臣は淡々と質問を向ける。

「ここに現金が入っていることを知っていたひとは？」

「誰でも知ってた。みんなの金だ。みんなで管理してたんだっ」

まさか町の人間が盗《と》ったと言いたいのか。浩三の興奮気味の声は、臣をなじるように響く。ひさしぶりに向けられた、警察官の不躾《ぶしつけ》な質問への反感と悪感情。なつかしい気がするそれに、臣はつとめて感情を切り離して対応した。

「たしかに、皆さんのお金です。だが、ここしばらくは窃盗が繰り返されていた。よそから紛れこんだ犯罪者が、このお金を狙うとは思わなかったんですか」

「それは……だから、ここに金を置いたんだ」

指摘に、浩三は苦い顔で言い訳するように告げた。どういう意味だと臣が問えば、彼は太い拳《こぶし》をぐっと握る。

「明日には、銀行にこの金を振り込むつもりだった。けどそれまでに大金を誰かの家に置いておいて、もしなにかあったら、そいつの責任になる。だから、この公民館なら、いいかと思った。こんな場所に金があるなんぞ、誰も思わないと思ったんだ」

保管にこの場所を選んだのは、浩三なりの考えがあってのことだったらしい。臣は一瞬だけ痛ましい表情を浮かべてしまったが、すぐにその感情はしまいこみ、防犯用に固定された金庫の検分に戻った。

「中の金庫は、テンキー式ですか」

「そうだ。暗証番号はおれしか知らん……」

だが、扉は破られ、空の金庫も開いている。シリンダー錠はピッキングで開いたとして、電子錠までを破るとなると、かなり本格的な機器を使って番号を解読したか、それとも、推察するに容易ななにかであったのか。

この手の暗証ナンバーは、通常覚えやすいものをどうしてもあてはめてしまう。さすがに近年の防犯意識の高まりから、電話番号や誕生日などを避ける傾向にはあるが、それでもついうっかり、ということはあり得る。

「この金庫のナンバーはいくつだったんです」

「……261105」

新品らしい金庫を睨んで、臣が低く問いかけると、六桁の数字を、浩三は不愉快そうに口にした。臣はさらに質問を重ねる。

「その番号は、どういう基準でお決めになりましたか。まさかご自分の誕生日とかにはなさっていませんよね」

「まさか。そこまでばかじゃあない。数字は……なんとなくだ。べつに基準もなんもない」

目を逸らす浩三に、嘘のへたなひとだと臣はため息をつきそうになる。少し追及されて、あっさりと数字を吐露するのも、どこか動揺を引きずっているせいだろう。

(それじゃあ、なにか意味のある数字だと言っているようなものです。浩三さん)

内心では思うが、表情には出さぬまま臣はうなずいてみせる。

「それで、どうなさいますか。この件は」

「……この件もなにも、べつになにも起きてないんだ。どうもこうもない」

現金が失われた事実は明白なのに、なにも起きていないと言い張る浩三の額には汗が浮いていた。臣は淡々と追及する。

「ですが、現にいま、紛失したなにかはあるようですが」

「誰かがうっかり、持ち出したまま忘れてるのかもしれん！　なんも盗まれてもおらん！」

声を荒らげる彼が、論理破綻を起こしていると指摘するのは容易だった。だがそれを承知で強情に言い張る浩三を前にしては、引き下がるほかないだろう。

「わかりました。どうやらなにかの勘違いだったようですね」

「小山さん……！」

困惑顔で声をあげた嶋木を目顔で黙らせ、退出するよう告げた臣は浩三へと声をかけた。

「もしも、なにかお力になれることがあればおっしゃってください」

「なにもないと言ってるだろうが！」

怒鳴る浩三は、焦りを帯びた表情で臣を睨んだ。静かにその視線を受けとめ、臣は「失礼します」と頭を下げてその場をあとにする。

「嶋木、もう駐在所に戻っていい」

「けど、小山さん……」

「いいから。いまは刺激するな。待機だ」

戸惑いの濃い、若い警察官の肩を叩いて囁くと、彼も不承不承うなずいた。重ねて、この件はまだ保留のため、報告の必要もないと告げたあと、嶋木にだけ聞こえるよう、小さくひそめた声を発する。

「……一度戻って、そのあと様子を見に来い」

「！　わかりました」

うなずき、自転車に乗り去っていく嶋木を見送ると、慈英が近づいてくる。

「臣さん、だいじょうぶですか」

「うん、平気。ちょっと、むずかしいことにはなってるけどな」

ふっと息をつく臣の表情に、嘘や気負いは感じられなかったようだ。慈英は静かにうなずいて、とにかく家に戻ろうとうながしてくる。

町のひとびとは寄りあつまって、ひそひそと話をしながら臣をちらちらと眺めていた。敵意すら感じるそれを、痛いなと思いながらもあえて気にしないふりをする。

もう一度サファリに乗りこむと、エンジンをかけながら慈英はぽつりと問いかけてきた。

「今回の件、浩三さんは、どうなさるおつもりなんでしょうか」

「たぶん、町の人間総出で犯人捜しでもするつもりだろう」

「臣さんとしては、これは事件にしないんですか？」

「被害にあった相手が『なにもない』と言い張る以上、残念ながら警察はなにもできない」

淡々と告げると、慈英は一瞬だけ押し黙った。そしてちらりと横目に視線を向けたのち、サファリを走らせながら、ぽつりと言う。

「臣さん。先日浩三さんから詳しい位置は訊いてますから、あとで例の小屋の場所はお教えしますけど、ひとりで行かないようにしてくださいね」

「……なんのこと？」

「あなたがそうやっておとなしくしてるときは、絶対になにかやるんです」

そらっとぼけて窓の外を見た臣だったが、ばれたかと内心では舌を出した。むろんのこと、慈英から詳細な位置を聞き出したのち、山へひとりで調べに行く気は満々だった。

よそものが入りこんでいればすぐにわかるはずの町で、こうまで姿が見えないとなると、やはりあの山小屋に潜んでいる何者かが犯人の可能性が高い。機会を失《しっ》して現場を見にいくのが遅れたことが、ひどく悔やまれる。

臣は地図を書くことこそできないが、方向音痴でもないしカンは悪くない。なにより自転車で数ヶ月くまなくまわった土地で、あたりをつけるのはむずかしくないと踏んでいた。

（とりあえず山小屋調べて、あとは遺留品についてはもう一度、盗難届けの調書見直しだ）

そんな臣の思惑は、隣の男にはばればれだったようで、ちくちくと臣を咎める言葉は続く。

「だいたいね。六年前、すでに事件の容疑者でもない男を、納得いかないって非番でつけまわしてたのはどこのどなたさんでしたっけ？」

「さあ……」

いったい誰のことでしょうねと笑ってみせるが、慈英はとりあわないまま厳しい声を出す。睨んでいるのは、頰に感じる視線で痛いほどわかっていたから、臣は顔をそむけたままだ。

「二年前にも、三島《みしま》には関わらなくていいって言うのを勝手に調べて、おとりみたいな真似しましたよね？　しかも俺に嘘ついて、なんにも知らないような顔して」

ふだんにはないほどしつこく、ざくざくと慈英は太い釘を刺してくる。だが臣はそっぽを向いたまま、蒸し返される過去に黙って耳をふさいだ。その態度に、慈英はさらに声をきつくする。

「いいですか。あなたはね、この手のことに対しては、自覚している以上に熱くなるし、暴走するんですから」

「わかってまーす」

臣がごまかすように暢気な返答をすると、恋人は嘆息しながらさらに小言を言った。

「わかってません。あとね、ほかのことも俺が知らないと思わないでくださいね。お舅《しゅうと》さんからも、かわいい小姑《こじゅうと》さんからもいろいろ聞いてるんですからね」

「堺さんとカズかよ。……ってか、舅、小姑ってその言いかたやめてくれない？」

あの上司と、娘の和恵《かずえ》は慈英とも直接交流がある。というより堺家ではどうも慈英に対し、臣を嫁に出したかのような気分でいるらしい。

とくに和恵は、慈英と臣についての偏見がないどころか応援してくれているし、慈英とはどうやらメールのやりとりをするほどに仲もいいらしい。それはいいのだが、十八歳という若さゆえかそれなりにおしゃべりで、いらぬことまで暴露してくれるのだ。

「話を逸らさないで。いいですか、今回のことであなたがなにか調べようとするのは、立件されてない以上、仕事じゃないですからね。民間人の俺を巻きこむのはいやだとか思ってても意味ありませんよ」

「はいはいはーい」

「はいはいじゃありません。……臣さん、まじめに聞きなさい」

うわ、命令口調が出た、と臣はどきっとする。

通常には丁寧語で、しかも目下からの口調を崩さない慈英が上からものを言うのは本気の証拠だ。そしてこの物言いに、臣はひどく弱い自覚がある。

（やばいなあ。この喋りが出るってけっこう本気で怒ってるかも）

険しくなった恋人の気配に、もはや相づちも打てず、車内には沈黙が訪れた。

さほど広くない町で、車はすぐに慈英の自宅にたどり着く。車高の高いサファリから降りつつ、臣はできればこのまま話がうやむやにならないか――と期待していたのだが、続いて車を降りた慈英に腕を摑んで引きずられてしまう。

「ちょっと、慈英、痛い」

臣が抗議の声をあげても慈英は答えない。さっさと玄関の扉を閉め、ついさっきまで話していたアトリエに入ると、臣をソファに座らせ、自分はその前に膝をついた。

「約束して。勝手に行動しない。山に入るなら俺を連れていく。そうじゃなかったら、場所は教えませんよ」

「わかった、わかったから、あんま睨まないでくれ」

真剣な表情で覗きこまれ、口調の厳しさとその顔の引き締まった様子についに臣は顔を赤らめた。慈英の端整な顔でこういうきつい表情をされると、ひどい迫力があると同時にどうにも魅力的だ。叱《しか》られると反射で身がすくむのに、ついうっかり見惚れそうになる。

「……なに赤くなってるんですか」

「や、慈英やっぱ、かっこいいなーと思って……」

あきれたように指摘され、ぽろりと本音を呟いてしまう。だがそれは慈英にはごまかしと受けとられたようで、深々とため息をつかれてしまった。

「そういうのでうやむやにしないでください。まじめに言ってるんだから」

疲れたような恋人に対し、臣は「いや本音だが」と雑《ま》ぜ返さないだけの賢明さはあった。

また、大事そうに手を取られて、声が出なくなったのもある。

「いいですか、臣さん。ひとりで危ないところに行って、犯人と鉢合わせたり、それこそ熊にでも襲われたりしたらどうするんですか」

「いや、だからひとりじゃいかないってば」

臣の言い訳をまるで信じていない慈英は、臣の顔を真っ黒な澄んだ目でじっと覗きこみながら熱っぽく言葉を続ける。

「あなたは嘘ばっかりついて、俺のことをすぐにだますから信じられない」

「……嘘ばっかりってのは、あんまりじゃねえ?」

握った手を彼の頬に押し当てられ、眉を寄せた悩ましい顔で告げる言葉が、息苦しさを誘う。手のひらにあたる呼気に、そんな場合でもないのにますます顔が赤くなる。

「勝手をしたら本気で怒りますから、あとのことは覚悟してくださいね。いいですね」

「なに、すんの」

「さあ。なにをしましょうか。言うことを聞いてくれないひとには、少し怖いことをするかもしれない。ああそれとも……そんなこと、されたい？」

ふっと肉厚の口元だけ笑わせて、鋭い目のまま慈英は言った。腰が痺れて、臣はもう言葉もないまま、絶句して固まるしかない。

「臣さんになにかあったら、俺は切れますよ。怪我《けが》したり、それ以上のなにかがあったら、おかしくなるかもしれません」

「慈英……」

「俺を壊したくないなら、言うことを聞いて。俺をひとりにするようなことは、しないと言って」

警察官を脅迫する気なのかと、そんな軽口も叩けない。実際、慈英は切れるとなにをするかわからないところもある。なまめかしい意味でも——そうではない部分でも。

「約束しますね、臣さん？」

「うん……」

うなずくと、少しも信じてはいないような顔で慈英は苦笑した。そうして臣は、手のひらに押し当てられた頬をそっと撫で、身を屈《かが》めて反対の頬に口づける。

「約束するから、場所教えて」

「……ずるいひとだ、まったく」

甘えるようにして囁くと、ごく小さな声で慈英は「嘘つきだ」と笑って、臣の背中を抱きしめる。いくら言ってもどうせ勝手をするだろうことは、彼にはきっとわかりきっていて、それでも釘を刺さずにいられなかったのだろう。

「無茶はやめてくださいね」

「しないよ。慈英のことひとりになんか、絶対しない」

それでも、昨晩の不安定な臣を知る彼は、それ以上を咎めようとはしない。ただ薄い背中をさすり、ねだるのならもう少しと唇を開いて誘う。

臣はむろん、自分を甘やかすことに長《た》けた男に対して、言葉にしない謝罪の代わりに長く濃厚なキスを贈った。

＊　＊　＊

臣《おみ》が山に入ったのは、公民館での件があった翌日の早朝だった。

検分のあといったん駐在所に帰らせ、その後こっそりと戻って様子をうかがうよう指示してあった嶋木《しまき》からの報告によると、公民館に青年団の面々が寄り集まり、夜半遅くまで話し合いがもたれていたようだった。

『おそらく対策を練っているんだと思います。とりあえず今日のところは動かないようですが……一部、猟銃らしきものを準備しているのも気になりました』

浩三《こうぞう》らは山狩りをする気は満々であろうけれど、それにしても今日の今日、というわけにはいかない。青年団のなかには浩三をはじめとして狩猟免許を持っているものもあるため、猟銃の所持者は多い。それが臣としては気がかりだ。

山狩りの途中、怒りと興奮状態から、さらなる悲惨な事件が起きないとも限らない。

『かなり大きい、怒鳴り声のようなものも外まで聞こえていました。浩三さんはどちらかといえば、それをなだめていたようです』

報告に、やはりと臣は思う。おそらく話し合いは、一部のいきり立った連中をいさめる意味合いもあるはずだ。だからこそ、冷静で聡明な青年団のリーダーが、あの場で臣や嶋木を拒んだ理由がどこか引っかかる。

(あのひとの通常の考えなら、早く県警に協力を仰げと言うはずだ。事実、前日までは山小屋の捜査についても協力的だった)

だがあの盗難事件を境に、態度は百八十度変わってしまった。

浩三が言いよどんだ金庫のナンバー、あっさりと開かれた鍵。室内には、じっさいにモノが少ないとはいえ、物色のあとのような、荒れた様子もないままだった。

(関係者の可能性も捨てられはしない。浩三さんもそこまでは確信を持って、部外者の犯行とは思いきれていないはずだ)

臣とて考えたくはないが、青年団の誰かが盗みを働いた可能性も、まだ捨てられない。だがそんなものを隠蔽《いんぺい》するような浩三ではないはずだ。身内への情は篤《あつ》く懐《ふところ》も深いが、不正を不正と言えないリーダーなど、誰も慕わない。

(だからおかしいんだ。いったいあのひとは、なにを隠しているのか)

さほど標高の高い山ではないけれども、車道からはずれて三十分も歩くと息があがった。まだ季節は秋だというのに、山頂にはすでに雪が降りはじめている。

短い息が白く凝《こご》る。だが足下は地熱のせいなのか、ほのかに暖かく、降り積もった落ち葉が腐葉土となる途中の、不思議なあまいにおいを発している。

(慈英《じえい》、怒るだろうなあ。……それともあきれるかな)

共寝をしている以上、臣がこっそりと寝床を抜け出したことに、あの聡《さと》い男が気づいていないわけもない。どころか、ベッドの脇《わき》にはご丁寧《ていねい》に、書いたばかりだろう山小屋までの地図があって、寝ているのか寝たふりなのかわかりづらい男に臣はキスをして出てきた。

「こんな手のこんだもん、いつ書いたんだか」

車を停《と》められるであろう位置までチェックされている地図を広げて、臣は思わず顔を綻《ほころ》ばせる。つまりは無言で送り出してくれたということなのだろうけれど、地図の端には『どうせ言っても聞かないんでしょうから、持っていくように』と書いてあった。

これは戻ったら説教は覚悟しろ、ということだ。

「ただなあ、サファリほど馬力なかったのがミスったよな」

慈英のサファリを使うわけにはいかないので、車は駐在所のミニパトを使うことにしてあった。むろん嶋木は、臣がこんな単独行動を取ることは知らないので、こっそり拝借だ。

そして軽自動車の馬力では斜面を登りきれず、慈英の地図に記入された駐車ポイントより手前に停めるしかなかった。おかげで徒歩での移動距離が長くなり、臣の息はすっかりあがっている。

(俺ほんとに、毎度ながら無茶苦茶してるな)

これは慈英に叱られてもしかたあるまいと思いつつ、息を切らした臣は朝霧の立ちこめる視界に目を細める。どうも予想以上に視界が悪いが、これは雨がくるだろうか。

(あ、そういえば慈英の髪、ちょっと巻いてた)

ふと顔をあげ、うっそうとした木々の間から見える、灰色の空を見た。まだ雨が降る気配はないが、早くしなければ落ちてくるだろう。

「急がなきゃ……」

呟《つぶや》いたのは、こんな山のなかで雨になど降られては最悪だからだ。足下の落ち葉をざくざくと踏みしめて臣が足早に歩き出すと、背後でかさりと音がした。

(なんだ……?)

野犬か、それとも狸《たぬき》か。考えてみれば狩猟解禁ももうじきだ。獣たちの動きが活発になっていてもおかしくない。

そういえばあの山小屋は、そもそも熊の被害に遭《あ》いかけたという話ではなかっただろうか。山の斜面には、いくつかうっそうとした横穴が空《あ》いていた。かつては、疎開先として選ばれたこともある土地だそうだから、おそらく廃された防空壕《ぼうくうごう》なのだろう。いまにもそこから妙な獣らが飛び出しそうで、臣は背中を震わせた。

ぞっとして思わず周囲を見まわした臣は、そこに傷ついた樹木を発見してしまった。あきらかに落雷や倒木での傷みではなく、なにか強大な力を持った爪で幹の部分を抉《えぐ》られている。脳裏に蘇《よみがえ》るのは太志《ふとし》の重々しい言葉だ。

――この時期ですけえ、熊があらびって。あいつら、しゃらっつねえから、鹿もひともなんも、みーんな喰《く》らって、どこそこぶちゃるから困るだよ。

「ひ……っ」

思わず息を呑《の》み、そんなものを見つけてしまった自分を呪《のろ》いながら小走りに去る。ざっざっと落ち葉を蹴散《けち》らした臣は、次第に全力疾走をはじめていた。

恐慌状態に陥りつつ耳をすますと、背後ではあきらかに、臣を追ってくる足音と気配がする。気のせいなどではないと気づいた瞬間、全身の毛穴から冷や汗が噴きだした。

（うわ、怖い、ほんと怖いっ）

そういえば青年団の連中は猟銃を持っていたと嶋木の報告にあった。あれが勇み足の人間狩りにならねばよいが――などと臣は心配したのだが、なんのことはない、ただの必要不可欠な自衛道具だっただけだろう。

丸腰でこんな山に来るんじゃなかったと考えても遅い。足下の落ち葉を蹴散らし、それでも臣は山小屋に向かって走っていく。しかし相手の足も速く、どんどん距離をつめられているのがわかる。

（やばいやばいやばい、追いつかれる……っ）

臣が冷静であったならば、その足音がけっして熊のような巨体の動物のものではなく、すっきりと軽い足取りであると気づけただろうけれど――このときは恐怖心がさきに立ち、なにもまともな判断ができなかった。

そしてついに、腕が背後からとられた瞬間、臣は喉《のど》が裂けるような悲鳴を発していた。

「うっぎゃあああ！」

「ちょっと、臣さん！　なんて声出すんですす！」

焦《あせ》った声がして、そのまま大きな手に口がふさがれる。はっとして振り返ると苦々しい顔をした慈英が髪を乱して立っていた。

「え、あ、あれ……？」

「こんな山の中で全力疾走のうえに、そんな悲鳴あげて……却《かえ》って危ないでしょう。熊は基本的に人間きらいなんですよ、本当に襲われたらどうするんですか」

あきれたように告げる慈英は、臣の乱れた髪を梳《す》き、咎《とが》めるように頬《ほお》を軽く手の甲で叩《たた》く。

「そんなに怯《おび》えるなら、なんでひとりで行くって言い張ったんですか」

「いや、だって熊だし、危ないし……って、おまえつけてきたのか⁉」

少しだけ恐慌状態がおさまった臣の問いかけに、慈英は広い肩をすくめてみせた。

「つけるなんて人聞き悪い。そもそもあの地図描いたのは俺ですよ。たまたま同じ場所に来ただけじゃないですか」

しらっと返されて、臣は鼻白んだ顔になる。結局してやられたという気分と、自分が思った以上にうろたえた恥ずかしさに膨れるほかなく、くるりと慈英に背を向けると山小屋のほうに向かって歩き出した。

「あれ、帰れって言わないんですか」

「勝手にたまたま、同じ場所に来ただけなんだろ。知らないよ」

くすくすと笑いながらうしろをついてくる男に、腹の中が煮えていた。けれどあんなみっともない悲鳴をあげた手前、いまさら取り繕《つくろ》ってもしかたはないし、なにより本音はやはり、ひとりで熊と対峙《たいじ》するのは怖かったのだ。

かさかさと足下の落ち葉を踏みつけて歩く臣の背後で、慈英のあくまでのんびりした声が聞こえてくる。

「ああ、臣さん見てくださいよ。これ。なるほど、これはすごい爪痕《つめあと》だ」

慈英が指さしたのは、さきほど臣が見つけたそれより、なお太い樹《き》だった。斜めにざっくりと走る爪痕は、幹の部分を大きく傷つけ、その威力を知らしめる。

「おまえ暢気《のんき》だね。なるほどとか言ってる場合かよ」

ぞっとするような熊出没の証拠を眺め、ふむふむとうなずく画家の神経がよくわからない。臣はげんなりした顔をして振り向くが、慈英は笑ったままだ。

「だってよく見てください。これ、おそらくは相当昔にやられたあとですよ。爪痕から覗《のぞ》いてる部分、もう再生して黒くなってますから」

「え？　どれ……」

近寄れば、たしかになまなましいような爪のあとはあるものの、慈英の言うとおり抉れた皮の隙間《すきま》は変色して硬化し、生木の部分は見えなくなっている。

「でも、なんでだ？　浩三さん、すごい最近みたいなこと言ってたのに」

臣が首をかしげると、慈英はさらっと嫌味を言った。

「脅しと冗談が半々だったんじゃないですか？　どっかの誰かが無茶しないように」

「それはどーも失礼いたしましたよ！」

横目に睨《にら》んだあと、どすどすと臣は足取りも荒く斜面を踏みしめる。そしてこれは浩三の話どおり、爪痕のついた樹のすぐ脇道を入ると、ログハウスふうの山小屋がぽつんと建っていた。ふたり、さきを争うようにして近寄ると、小屋のそばには餌皿《えさざら》と汚れた毛布の入った鉄でできた檻《おり》のようなものがある。

「このでっかい檻は、猟犬用かな」

「でしょうね、浩三さんのところのドーベルマンは、すごいそうですから」

人間が十人は楽に入れるだろう鉄製の檻は、犬小屋というには強固なものだ。うえからチェーンが垂れ下がっているのはおそらく、行動を制限するためのものだろう。

「そんなにすげえの？」

「あそこのおうちでも、同じような檻で飼ってましたけど、鉄の柵を歯でねじ曲げたそうですからね。俺も、犬小屋には近寄らないようにって再三念押しされました。腕を食いちぎられることもあるそうなので」

ほら、と慈英が指をさしたとおり、等間隔のはずの鉄の棒は一部、妙な感じに曲がって開き書けている。さすが熊のいる山で猟犬として働くだけあると感心しつつ、やはりなんとなく顔が歪《ゆが》んでしまった。

「食うとかちぎるとか……みんな凶暴だなあ、もう……」

「強行犯係もやってた刑事さんがなに言うんだか。ほら、小屋の検分するんでしょう」

「するよっ」

人間相手と動物相手は恐怖の度合いが違うんだと言いたかったけれど、それも子どもじみている気がして口にはできなかった。同時に、こんなうっそうとした山のなかで飄々《ひょうひょう》としたままいる男が、予想以上に肝が据わっていたのだなとなかば感心もする。

（もうこいつ、やっぱよくわかんねえ）

六年のつきあいといえ、まだまだ知らないことは多そうだ。ため息をつきそうになった臣だったが、山小屋の周囲にひどく踏み荒らされたあとがあることに気づいたとたん、顔色を変えた。

「臣さん？」

「ん。そのへん動くなよ、慈英」

カメラ付き携帯電話を手に、臣はぐるりと、さほど大きくもない小屋の周囲を歩きながら写真を撮った。なにかひどく焦ったような靴跡は、まっすぐに落ち葉を蹴散らしていることから、複数のそれではないと知れた。

裏手に回ると、たき火をしようとした跡もある。だがこの湿気の多い山のなかではうまく枯れ木も見つけられなかったのだろう、微妙に燻《くすぶ》った程度で踏みつけられていた。

「コンロを盗んだ理由はこれかな」

写真を撮りつつ臣が呟くと、反対方向を見ていた慈英が声をあげた。

「臣さん、こっちに鶏の羽根が……うわ」

「どうした？」

近づいた臣は、微妙な腐臭とその光景にうっと顔をしかめる。そこには、盗まれたとおぼしき鶏のなれの果てがあったのだが、どうやら犯人にはうまく鶏をさばく技術はなかったらしく、無惨な残骸になっていた。

「……始末してあげたいんですけどね」

「いや、ほっときゃ野犬か山の動物の餌になる。それに土のうえだ。山に帰るだろ」

肉は腐りかけていたけれど、いわゆる生ゴミのような悪臭がさほどにないのは、腐葉土に包まれて自然な分解がはじまっているせいなのだろう。本来はこうあるべきなのだろうな、と妙に悟った気分になりつつ、あらかた周囲の写真を撮り終えた臣はいよいよ小屋のなかへと入ることにした。

「鍵は結局、かけてないのか」

「もともと、置いてあるものもカンテラ用の油とか、そんなのしかないそうですから」

さりげなく浩三から情報を聞き出していたらしい慈英の言葉どおり、扉は簡単に開いた。

そのとたん、なかから漂ってきたのはひどく湿気て、こもった空気だ。そして一瞬だけ鼻先に、桃のような甘いにおいが混じったかと思うと、次の瞬間胃の奥が逆流するようなすさまじい不快感に見舞われた。

「うわ、なんだこのにおいっ」

嗅覚《きゅうかく》より内臓が拒否するような、ひどい悪臭に臣は鼻をふさぐ。慈英もまた腕で顔の半分を覆うようにして顔をしかめていた。

「これ、ひとの脂《あぶら》のにおいじゃないですかね。上野でよく遭遇しましたけど、相当日数風呂に入らないと、こういうにおいになるみたいです」

慈英の出身大学の近くには、路上生活者のたまり場として有名な上野の公園がある。言われて臣も、取り締まりなどでその手の連中と相対したことを思い出した。

ひとの垢《あか》じみたにおいというのは、思う以上に強烈だ。甘みを帯びた饐《す》えた臭気は独特で、口だけで呼吸していてもにおいから逃げられず、肺がよどむような気がすると臣は呻《うめ》いた。

「これ体臭だけじゃないだろ。なんかべつのも混じって、強烈なことになってるな」

「ですね。残飯みたいなにおいもしますが、それとはべつになにか……なんだ、これは」

悪心《おしん》をもよおすようなそれに涙目になりつつ、臣と慈英は小屋のなかに足を踏み入れた。本来なら土足禁止のはずの小屋だったが、とても靴なしであがれる状態ではない。

「思いっきり、住んでましたって感じだな」

そこには、先日届け出があったガスコンロや厨具類が、食い残しと思われる残飯とともに散乱していた。部屋の中央には、もともと小屋に備えつけであったのだろう毛布がかきよせられていて、あきらかに寝起きのあととわかる。

かつて一度は浩三が片づけたと言っていたが、あれからまたふたたび、住み着いたのだろう。なるほどこの状態であれば、小屋の主が大掃除もしたくなるというものだ。

「金盗んだあとに、立ち寄った感じはしない。逃げたかな」

臣が呟くと、袖《そで》口で鼻と口を押さえたままの慈英が、くぐもった声で問いかけてくる。

「どうしてわかるんです？」

「部屋のなかの空気が冷たい。この山のなかだ、夜には暖もとるだろうけど、そんな感じはないから」

「ああ、なるほど。……しかしこんなにおいのなかで、よく生活できますね」

「本人は麻痺《まひ》しちまってるんじゃないのか」

小屋の片隅には汚れたつなぎの作業着のようなものが丸めて放置してあり、この強烈な悪臭のもとはどうやらそれのようだ。気分的にはいますぐ放り投げて捨ててしまいたいが、そうもいかない。作業着の近くに、ジッパー部分の壊れた布製のバッグがあったが、さほど大きなものでもないうえに、ほとんどものは入っていないようだった。

「うう、目が痛くなってきた……」

早く外の空気が吸いたいと思いつつ、まずは現場全体の写真を撮ったのち、臣は散乱する荷物をひとつひとつ携帯のカメラにおさめていった。慈英もまた、自分なりになにかを探すかのように、すさまじいにおいを放つ作業着をひっくり返し、なんらかの手がかりがないかとたしかめる。

「ところで臣さん、これって建造物侵入罪にはあたらないんでしょうか」

「あたんねえだろ。小屋に行くことは前に言ってある」

「……浩三さんからは微妙な許可しかおりてないんですが」

「超法規的措置ってことで目ぇつぶってくれ。っていうか、だから来るなって言ったのに」

軽口を叩くのは、自分の行動がけっして褒められたことではないのも知っているからだ。そしてあまりのにおいのすさまじさに、なにか喋《しゃべ》っていないと意識が遠くなりそうだったという理由もある。

「ちっくしょ、ろくなものはないな……」

現場に残っている遺留品はすべて盗難に遭ったものばかりだ。たいした手がかりにはならない遺留品を前に臣が悩んでいると、慈英は汚れた作業着を前に奇妙な表情を浮かべていた。

「おまえ、なんかやけにそれにこだわってんな。なんかあるのか？」

「いや、なんかこのにおいに、どうも覚えが……っ」

異様なにおいのするそれを、どこかで嗅《か》いだ覚えがあると慈英は鼻を鳴らし、そのあと嘔《おう》吐《と》感を覚えたのかぐっと喉をつまらせた。

「おい、そんなのまともに嗅いで吐くなよ。それににおいに覚えって、さっき、上野公園でさんざん嗅いだつってたじゃんか。それだろ？」

「いや……そればっかりでもないんですけど……なんだっけな」

胸が悪くなったのか、言葉を切った慈英はそうそうに作業着を遠ざけた。

「縫い取りもなにもないですね。量販品か、支給された制服なのか……」

「ああ、もういいから。写真だけ撮ってあとで見るから。ほんとに吐くぞ、おまえ」

「ですね、ちょっと限界です」

作業着を動かすと、それだけで刺激臭が立ちのぼるようだった。慈英はぎゅっと眉《まゆ》をひそめ、軽く何度か咳《せ》きこんでいる。

残るはバッグの中身かと、手袋のまま臣はその中身を探った。

「くそ、免許も財布もなにもないか……」

入っていたのはボロ切れのようになったハンカチに、いつもらったとも知れない、街頭宣伝用のティッシュ。そして折りたたまれた、黄ばんだ画用紙だった。

（なんだ、これ）

画用紙といっても慈英がふだん使っているような高級なものではなく、質のあまりよくない、毛羽《けば》だった紙だ。いわゆる子どもの落書き帳からちぎったような代物《しろもの》だった。

「なにかありましたか」

「ん……なんか、紙が……」

劣化してよれているそれを、臣は慎重に開いていく。するとそこには、クレヨンで描き殴ったような落書きが現れた。

等身もめちゃくちゃで、胴体より頭のほうが三倍は大きい。丸のなかに縦横の棒が引いてあるだけのシンプルな似顔絵。顎《あご》のあたりにごしゃごしゃと線が足してあるのは、髭《ひげ》のつも

りだろうか。そして横には、子どもらしい姿と、なぜか紫色の四角い図が添えられている。

「子どものお絵かき……ですかね。横に書いてある字は……『おとうさん』？」

手元を覗きこんだ慈英は、お世辞にもうまいといえないそれを眺めて呟く。だが臣は画用紙を手にしたまま、小刻みに震えるしかなかった。

「臣さん？　どうしたんです」

「……慈英、どうしよう」

まさかの事態は、臣をさらに混乱に叩き落とす。なぜこれがここにあるのかわからず、ただ震えながら臣は恋人を振り返った。

「これ、俺の絵だ。……この似顔絵、俺が描いた」

「え⁉　いやでも、そんなにはっきり覚えてたんですか？」

顔色を変えた慈英の問いに、臣は震えながらうなずく。

「地図……作ったときに言ったろ？　お袋の男で、ひとりやさしいのがいたって」

そして、画面隅の四角い紫を指さした。

「これ、スナック紫《むらさき》の看板だ。俺と、このおじさんを描いたら……お袋を描くのが面倒で、店の看板描いてごまかして、怒られた。覚えてる、間違いない」

そしてこの絵に描かれた男に「おまえはへたくそだな」と笑われたのだ。

「でも……じゃあ、じゃあここに潜伏してる男が、その男性だと？」

「わからない。でも、そいつじゃなきゃこんなもの、持ってるはずがない」

青ざめたまま臣は力なく呟き、床にへたりこんだ。

「いったいなにがどうなってんだ。死んだ権藤《ごんどう》って男が俺を息子だと言い、ここには親父《おやじ》代わりだったような男の証拠が残っていて――」

そこまでを呟いて、臣ははっとした。

「待て、なんか変だ、慈英」

「なにがです？」

「俺もいまのいままで、混乱して忘れてたけど……お袋がスナック紫に勤めてたのは、この絵を描いたころだ」

急《せ》いたように臣が告げると、慈英はしばし意味がわからないように目を丸くしていた。そして、うまく説明できずに唇を嚙《か》む臣の前で、はっと口を開く。

「臣さん、お母さんはお店を転々としていたはずですね」

「そうだ、たしか二年単位くらいで変わってた」

うなずくと慈英はやっと得心がいったとうなずきながら、鋭い目で絵を見つめ直す。

「子どもの落書きにしても、もう字が書けるようになってる。つまりどんなに小さいころだと考えても……せいぜいが二歳かそこらでしょう」

「生まれたばっかりで描ける絵じゃ、ないよな」

子ども向けの絵画教室でバイトしたこともあるという慈英は「この絵はおそらくもっと大きな子どもでしょうね」と言う。

「なんで、そう思う？」

「人間の顔を、ある種の記号として捉《とら》えて描いてる。肌の色もちゃんと肌色で塗ってる。幼児になると知識がないから、もっと既成概念にとらわれないで、いっそあやふやなものを描くはずです」

曖昧《あいまい》だった記憶を補足するような慈英の言葉に、臣もまた頭を押さえながら考えた。

「そうだ……お袋は、俺が生まれる前には、この店には勤めてなかった。源氏名もなかったはずだ。だから権藤がこのスナックで知りあったんだとしたら」

「権藤氏は、あなたの遺伝子学上の父親では、ありませんね」

きっぱりと告げた慈英に、臣は一瞬喜色を浮かべてうなずきかけた。だが、その表情はすぐにかき消えてしまう。

「でも……じゃあ、権藤があのおじさんだったとして、なんでこの絵がここにあるんだ」

「亡くなったはずの人間が潜伏している、ということですか？」

「それとも、あの行旅死亡人《こうりょしぼうにん》として扱われた男と、権藤はべつの人間なのか？」

考えてみれば遺体はそのまま茶毘《だび》に付されたため、権藤の関係者らは遺体の姿を見たわけではない。堺《さかい》が遺留品からたぐって訪ねていったため、むろん写真なども持ち歩いたわけではなかっただろう。

となれば、官報に掲載された『権藤茂《しげる》』は、堺へと証言した彼らの知る——新聞配達所に勤めていたという、『権藤茂』ではない可能性も出てくる。

そして臣の脳裏には、かつてやさしかったあの、父親のような男の記憶がうっすらと蘇ってくる。もしもあの彼が生きていて、そしてここに身を潜めていたらと思うと、臣の胸はぎしりと痛んだ。

(なあ……あんたほんとに、盗みなんかしたのか。そして、こんな惨めな生活してんのか)

思わず、手のなかの画用紙を握りつぶしそうになり、臣はすんででこらえた。

鈍い頭痛を覚え、頭にもやがかかったように重くなっていく。

「なにが、どうなってんだ？　ここにいる男って、権藤って、誰なんだ……？」

混乱したように呟き、臣はぐしゃぐしゃと髪を掻《か》きむしる。ここに来ればなにかがわかるかと思ったのに、さらに状況が交錯してきたようだ。

慈英は無言のまま薄い肩に手を添え、呆然《ぼうぜん》とする臣の代わりに携帯をとりあげ、数枚の写真を撮り周囲の確認を済ませると、腰を抱えるようにして歩き出す。

「あらかた、写真は撮りました。引きあげましょう、臣さん」

「慈英？」

「ここは空気が悪すぎる。考えるのなら家に戻ってもできます。それに、俺も気になることがある」

山小屋の外へと連れ出され、新鮮な空気を吸いこんだとたん、頭の中がクリアになる気がした。小屋のなかにこもった悪臭に、酸欠を起こしかけていたのだろう。

「俺の車に乗せていきたいところですが、こんなところに公用車を置き去りにはできないでしょう。運転、だいじょうぶですか？」

「ああ。……なんとかなる。うしろ、ついていかせてくれ」

「わかりました」

お互いの車に乗りこみ、町までの道をひたすら走る。ますます深まった謎に思考は混沌としたままだったけれど、とにかくいまは目の前のサファリを追いかけることだけに集中しろとおのれにいいきかせ、臣は山を降りた。

＊　＊　＊

町に帰り着くと、消えたミニパトについて案じていた嶋木が思いきり怖い顔をして待っていた。平身低頭しながら臣が謝ると、深々とため息をついた後輩は「とりあえず上に報告するのだけはやめておきます」と言ってくれた。

「今回の件は面倒そうだし、オフを潰《つぶ》してでも調べたい気持ちはわかりますけどね。ほんとにそのうち、服務規程違反で吹っ飛ばされますよ？」

「ま、そこはお目こぼしで……」

どうせ勝手に捜査していたんだろうと睨む嶋木に手をあわせると、彼は制帽をかぶり直して苦い顔のまま報告をする。

「浩三さんたちは、自警団を組んだみたいです。俺の見回りも拒否されました。小山《こやま》さんも明日からは、動きにくくなると思います」

低い声の嶋木の報告に、臣は無言でうなずくほかない。ともあれ、今日までは非番で動きようもないのだ。

「とにかく俺、今日は秀島《ひでしま》さんちにいるから。今日一日、よろしくな」

「わかりました。……けど、今度からは俺にひとこと言っていくくらいはしてくださいよ」

「次はそうすっから」

あきれた顔の同僚に、ともかく見回りはしてくれと頼みこみ、臣は慈英の家へと向かった。

せっかくの休みも、トラブルのおかげでとんでもない展開になってしまったことを申し訳なく思う。むろん、自由業である彼は休みの融通などは利《き》くけれど、臣とすごす時間はなにより優先させてくれている。

(どっかで埋め合わせできるといいんだけど)

歩きながら考えた臣は、いつも自分はこんなことばかり思って、結局なにもできていないなど苦笑した。そして笑える自分にほんの少し安堵《あんど》する。

事態はいよいよ謎めいた展開をみせて、情報を得るたびに混乱する羽目になる。

今日見つけたいくつかの品については、やはり堺に報告して協力を仰ぐべきだろうかとも思うが、そうすると公民館での盗難事件についても触れなければならなくなるし、慈英が指摘したとおり、今朝の捜査は単に臣の個人的行動だ。発覚すれば堺を巻きこんでの責任問題にもなりかねないのはわかっている。

なにより、立件したくないと強固に拒む、浩三をはじめとする町の連中に対し、いったい臣はどう振る舞うべきなのかと悩んだ。

(でも、あの絵が見つかった。権藤とうちのお袋が出会った時期も思い出した。……これはやっぱり、言うべきなんだろうか)

悶々《もんもん》とするままに、気づけば慈英の家の前にいた。ここ数日ですっかり眉間《みけん》に皺《しわ》が寄ってしまい、息をついた臣はぐいぐいと額を押してどうにかそれをほどく。そして、外見にはまだ蔵の要素をたっぷりと残した家の、重い扉を押した。

「ただいま、……じゃない、お邪魔します」

うっかり帰宅の挨拶《あいさつ》をしたのち、言い直した臣を迎える、慈英の笑み含んだ声がした。

「おかえりなさい。なんで、お邪魔しますなんですか」

「え、だって一応ここ、秀島センセイの家じゃん」

軽口が叩ける程度には調子が戻っているようだ。口に出た自分の声にほっとすると、同じことを案じていたらしい男が目を細める。朝の山歩きのときとは違う服に着替えているのは、あのにおいが服につきでもしたせいだろうかと臣は首をかしげた。

「嶋木さんには叱られましたか？」

「んー、まあ。でも状況が状況だから、目こぼししてくれるってさ」

まだ若い嶋木は、事件が目の前にあるというのに捜査を拒否されたことを承伏しかねていたようだ。ただまじめなぶんだけ、規定違反の行動についてはぶつくさと言っていたけれど。

「それはよかった。……ところで、ちょっとこちらに来てもらえますか？」

「ん、なに？」

慈英が長い脚でまっすぐに向かったのはアトリエだった。広い部屋の壁面には各種の画材や、制作に使う薬品が置かれた棚があるのだが、彼はそのなかのひとつ、ガラス瓶に入った薬品をとりあげ、臣に向かって差し出す。

「これ、見てください」

「んーと、ホルマリン？　これがなんだ？」

「先日、市内に行ったとき買いこんできたものです」

絵の防腐のために使用される、劇薬でもあるそれには慈英の手書きのラベルが貼られていた。

「少しだけ蓋《ふた》を開けます。吸いこまないでにおいだけ確認して」

「においって……もうくさいのは勘弁だぞ」

いいから、と告げる慈英にうなずいたものの意味がわからず、臣は眉をひそめた。

「これです。……わかりますか？」

一瞬だけ広口の蓋をゆるめた慈英の手元から、独特のにおいが漂ってくる。学校の理科室を思い出す、刺激の強いそれに臣は顔をしかめ、その後はっと目を瞠《みは》った。

「これ……あの作業着から、におった……」

「ええ。くせが強いから、わかるでしょう」

たしかにあの山小屋で嗅いだにおいのなかには、これに酷似しているものがあった。

現場ではさばいた鶏の残骸や残飯、相当日数身を清めていない人間特有の体臭と混じりあい、強烈なことになっていたため、すぐにそれとは気づけなかったのだ。

「おまえ、それで気になってたのか？」

「つい最近嗅いだ気がしていましたから」

よく気づいたものだと臣が感心すると、慈英は比較的新しい記憶だったからだろうと言う。

「あのすさまじいにおいのなかでも、強いものでしたからね。そして臣さん、これは堺さんに協力を仰げませんか」

「協力って……これが、なにか証拠になるのか？　だって店で買えちゃうものなんだろう」

どうやら慈英の頭には、なんらかの推論が浮かんでいるらしい。真剣な顔で臣が問うと、慈英は「たしかに買うことはできますが」と前置きしてから言った。

「このホルマリンは、危険物指定になっています。注文したのもそのせいで、店でも棚には置いてあるわけじゃない。手続きしないと買えないんです」

これらは一般的な薬局等で購入が可能でもあるけれど、基本的には劇薬扱いだ。そのため購入する場合は印鑑を持参しなければならないし、通常の生活で使用することは滅多にない。

「なにより、あそこまでにおいが染みつくとなると、たぶんホルマリンを恒常的に作業で使う仕事をしていたんじゃないかと思うんですが」

「どうして、そう思うんだ？」

「言ったでしょう、これは相当の劇薬です。よく、死体を浮かべたホルマリンプールでバイトをする——なんて都市伝説を耳にしますけれど、そんなことをしたら揮発《きはつ》した成分を吸いこんで、作業の人間は倒れるか、へたをすると死にます。ホルマリンでぴんと来なければ、ホルムアルデヒド水溶液、と言えばもう少しわかりますか？」

建材の一部に使用されて、シックハウス症候群の問題になっているほうの名称を口にされ、臣はようやく納得がいった。

「そっか、よほど特殊な職業の人間じゃなきゃ扱わない。それにあれだけにおいが染みこむような工程があって、作業着とくれば——」

「おそらく、なんらかの工場に勤めていたのではないかと。そしてこんな強烈なにおいがするものを持って、あるいは身につけて移動できる範囲は限られます」

いきなり目の前に道が開けた気がして、臣は目を輝かせた。そして興奮のあまり、目の前の男に抱きつく。

「慈英、すげえ！　ほんとすげえ、おまえ天才！　いや天才だけど！」

「臣さん、臣さん危ないから」

まだホルマリンを持ったままだとあわてる男の首にしがみつき、臣は顔中にキスをしたあと、堺に電話をすると言った。

「俺のほうも、気持ち固まった。浩三さんたちには不本意なことになるかもしれないけど……あの絵を見ちゃった以上、俺の問題でもあるし、それに」

「浩三さんたちが暴走しないように、したいんでしょう」

慈英も自警団の噂は聞きつけたのだろう。臣がうなずくと、心配げに眉をひそめた。

「町のなかのムードも、いまは半信半疑というか……誰か仲間内から犯人でも出たらどうしようと、そういう空気のようです」

「誰から聞いたんだ？」

「大月《おおつき》のおばあちゃんです。彼女は比較的、自警団や今回の件に対して反対派のようで、もし、話を訊《き》くのならあのひとがいいかもしれません」

なるほどとうなずく臣に、慈英は少し声を落としてつけ加えた。

「あと、尚子《なおこ》さんもさきほど、こっそりいらっしゃいました」

「ああ、彼女だいじょうぶだったか？」

今回の盗難事件を臣に知らせてしまったため、旦那にこっぴどく叱責《しっせき》されたであろうに、慈英のもとを訪れた彼女は、深々と頭を下げていたらしい。

——みんな、先生や駐在さんらを嫌ってるわけじゃあないんです。でもどうにも、いやな感じになってしまって……本当に、申し訳ないです。

よその町から嫁に来たという尚子は、この町の閉鎖性について少し思うところがあるようだった。なにより、盗難事件が起きたというのに警察を排除するというやりくちがよくわからないのが本音だったようだが、それでも周囲には逆らえないらしい。

「まあ、これからも絵のほうは見てくれというので、なにかわかるようならお知らせします」

「はは……まあ、頼むわ」

慈英がまるで探偵の助手よろしく、探りまで入れていることに感心ともあきれともつかない気分になる。基本的にはあまりアクティブな男でもないくせに、臣のためにそこまでしたのだろうか。おまけに頭の回転も、すこぶるいいようだ。

「なあ。おまえやっぱり警察官になんない？」

六年前にもそういえば、冗談めかしてスカウトしたことがあった。今回のこれはけっこう本気で臣が目を輝かせると、慈英はやんわりと微笑《ほほえ》んだ。

「遠慮します。俺にはちゃんとやらなきゃいけないこともありますし、一般市民の皆さんを護《まも》るより、優先してしまうことがはっきりしているので」

「……なんだよ？」

その笑みになんとなく腰が引けた臣の身体《からだ》が、ふわりと浮きあがる。腰から抱きあげられ、うわ、と声をあげると慈英はそのまま歩き出してしまった。

「とりあえず、臣さんをお風呂に入れます。キスは嬉《うれ》しいけど、においがすごいです」

「あ、そっか……」

やはり慈英が着替えていたのは、風呂に入ったためらしい。自分はすでに鼻が麻痺していたので気づかなかったが、もしかして嶋木がずっと顔をしかめていたのも、臭気がうつったせいだったのだろうか。

「く、くさかった？　ごめんな」

「あなたのせいじゃありませんけどね、ちょっと」

とはいえ、惚《ほ》れた男にくさいと思われるのはやはりショックだ。赤くなりつつ、そもそも言葉で指摘されれば済むことに臣が気づいたのは、風呂場に運ばれたあとだった。

おまけに慈英は臣の服を勝手に脱がしはじめる。これはどうも変な展開だと首をかしげ、臣は上目遣いで慈英を見た。

「あの……風呂、ひとりで入れるけど」

「いいからじっとしてください」

おずおずと臣が控えめな中止を申し入れたが、さっさと上から下から脱がされてしまう。

「言ったでしょう。臣さん『を』お風呂に『入れます』って」

にっこりと微笑み、こちらも服を脱いだ慈英が風呂場の扉を開けると、浴槽にはすでに湯が張ってあった。そして、厭《いや》な予感を覚えて臣がちらりと慈英を眺めると、彼はやはり笑ったままでいる。

「せっかくの臣さんの休みも、つぶれてしまいましたので。今日の残った時間は、いっさいがっさいなにもしないでくださいね」

「え、えっと、俺、くさいし。ちゃんときれいにしてから、その」

「だから洗ってあげますよ」

一見はやさしげで、けれど少しだけ怖いその笑顔に、臣は昨晩の慈英の言葉を思い出した。協力してくれたり、ヒントをくれたことと、臣が慈英の言うことを聞かなかったのはべつの話ということだ。

「えーと。……ここでする？」

「いや？　まさか」

即答されたことで、厭な予感はさらに深まった。そして、さんざんくさいと言ったくせして臣の髪に鼻先を埋《うず》め、かすかに鼻を鳴らした慈英は静かに囁《ささや》いてくる。

「身体中きれいにして、そのあとベッドで全部、俺のにおいだけにしてあげたい」

言葉にも、髪を撫《な》でるふりで耳をいじった慈英の手つきにもぞくりとして、臣はあえいだ。

「なに、すんの……」

「さあ、なにをしましょうか」

やさしくも淫靡《いんび》なその手にあらがわないまま、全身を赤く染めつつも、臣は言う。

「でも、堺さんに電話、しなきゃいけないんだ」

真剣な顔で告げた臣に、慈英はふっと笑って艶冶《えんや》な気配をおさめた。そして耳朶《みみたぶ》からも手を離し、ゆっくりと抱きしめてくる。

「だから、その時間だけ待ってくれれば、あの」

触れられるのがいやなわけじゃない。そう訴えようとした臣の髪を、慈英はそっと撫でる。

「わかってます。冗談ですよ。大事なときに、そんな気分になれないでしょう」

「そう、でもない……けど」

喉奥で笑いながら、からかっただけだと告げる恋人に、臣は口ごもる。じっさい、抱きしめられるのは嬉しいけれど、それ以上に及ぶとなったときに集中できるかと言われれば正直わからなかった。

けれど、自分が混乱したときには彼とのセックスに逃げて、そうじゃなくなったら断るというのもどうなのか。身勝手すぎないだろうかと惑う臣の額に、ちくりとなにかが触れた。

「だからそんな顔をしないでいい。全部終わったら、俺のところに帰ってきてくれれば」

「……うん」

やわらかい口づけを落として、だから精一杯自分のできることをしてくれと言う恋人に、臣は深くうなずく。

下手《へた》をするとこのさき、残りの任期を町のひとたちから反発を喰らったまま、すごす羽目になるかもしれない。そういうとき、隣にいる男の存在がなにより臣のよすがになる。

「慈英が、いてくれてよかった」

ありがとう、と小さく告げると、彼は満足そうに微笑んだ。

そうして臣を励ますかのように、ゆったりと背中を二度、大きな手のひらで叩いたのだ。

＊　＊　＊

慈英にもたらされたヒントにより、臣は堺に連絡をつけた。昇格したとはいえ、現場主義の彼は忙《せわ》しなく飛び回っており、なかなかつかまらない。県警と携帯と自宅に電話をかけまくり、帰宅した堺が捕まったのはすでに夜もとっぷりと暮れていた。

『臣か。なんだか連絡つけたいって電話しまくったそうだが、どうした……？』

コールバックで慈英宅に電話をしてきた堺の声は、いささか心配そうに響いた。どうやら自分が打ち明けたことで臣が悩んでいるのではないかと案じているのはわかったが、臣としてはそれどころではない。じりじりと待ちこがれていたぶんだけ、一気にまくしたてる。

「堺さん、すみません。近ごろ、ホルマリンを使うような現場から消えた人間はいないか、調べてもらえないでしょうか」

『……は？　ホルマリン？　なんだそれは』

電話口の上司は、急《せ》いた声の臣が単刀直入に切りだしたそれに、面食らっているようだった。だがかまってはいられず、臣は手元にある携帯を操作しながら受話器を肩に挟む。

「説明はあとにします。まずはこれから、そちらにメールを送りたいんですが。まだはっきりしない話なので、署に送るわけにいきませんから、携帯のほうにでいいでしょうか」

『ちょ、ちょっと待て』

さきに携帯へとメールしなかったのは、堺がこの小さな通信機器を使いこなせていないからだ。案の定、おたおたとする気配が伝わってくる。

「あの、いまご自宅ですよね。カズ、そこにいませんか？　代わってください」

『あ、ああ……おーい、和恵《かずえ》！』

『はあーい。なに？　臣にいちゃん？』

携帯の操作をいちいち電話で伝えるより、現役女子大生に頼むのが早い。呼び出した妹のような彼女に、臣は口早に指示を出す。

「カズ？　悪いけどいまから堺さんの携帯にメールすっから、受信してくんない？　あとおまえパソコン持ってたろ。それにメール転送して、プリントしてやってくれねえかな」

『なんだかわかんないけど、いいよ。てか、そんな面倒なことしないで、あたしのマシンに直《ちょく》でくれてもいいよ？　アドレス言おうか』

頭の回転が速い和恵は、くどくどと状況を聞き出すことはしない。どころか手間を省けと提案してきて、自分のメールアドレスを口頭で教えてくれた。

「あと、悪いけどこれ、プリントしたら――」

『見ないし、消すよ』

どこまでも察しのいい和恵のはきはきとした答えにありがとうと告げ、堺にふたたび電話を替わってもらった。彼はまだ状況が呑みこめず、声に困惑が混じっている。

『臣、いったいなにがどうなっとるんだ』

「調べてほしいことがあるんです。とにかく、いま送った資料に目を通してもらえますか」

混乱しているらしい堺に、このところで得た情報を臣はすべて話した。

「……そういうわけで、いま和恵のほうに送った写真が、山小屋でのものです」

それには町で起きた盗難事件に触れずにはすまなかったが、堺がもっとも気を引かれたのは、やはり例の山小屋での遺留品についてだった。

『それじゃあ、あの仏さんが権藤じゃない可能性もあるっていうのか』

「そうなります。それに、権藤はどう考えても俺の父親じゃあり得ない。けれど、関わりのあった人間なのは事実です」

淡々とした臣に、堺は少し驚いていたようだった。彼が思うより取り乱してもおらず、どころか慈英と立てた推論を話す口ぶりにも淀みはないことに、いっそ感服したような気配さえ感じられた。だが臣は、情の篤い上司が自分の成長を喜ぶ内心より、目先の問題を解決せねばという意気込みで手一杯だった。

「町での盗難については、立件しているわけじゃありません。でも、解決の手がかりにはなると思います。……この件で頼れるのは、堺さんしかいないんです」

あそこまでかたくなになる浩三らが、どうしても気になってしかたがない。臣はもどかしさを声に乗せて、堺へと訴えた。

「あのひとたちが犯人を自分たちで見つけたあと、素直に警察に引き渡してくれればいい。でも、もしそれが内部の犯行だったりした場合、いやなことにならないとも限りません」

『小山。だがそこまでは踏みこみすぎじゃないのか。内々で済ませたいという話にまで、警察は介入できないだろう』

堺はいさめるように、ふだんの呼び名ではなく名字を口にした。それもわかっているとうなずきながら、それでも気になるのだと臣は言った。

「それもそうなんですが、彼らは山に入る際、猟銃なども携帯するつもりのようなんです」

臣が深刻な声で告げると、堺も『なに!?』と声をうわずらせる。

「むろん、いまの時期熊が出るということもあって、自衛の意味合いが強いとは思います。けれど……勢い余った発砲で、ひどいことになったらと思うと」

山狩りをするにあたって、集団心理の恐ろしさも正直気がかりだ。いくら山に慣れたひとびとだとはいえ、潜伏者を探すための探索で銃を携帯するとなれば、悲惨な事故が起きる可能性がゼロとは言えないだろう。そう告げると、堺は唸《うな》るような声を発した。

『……正式な懸案じゃないからな。俺ひとりじゃ限界もあるが、やってみる』

「お願いします。俺は俺で、できる範囲のことをしますから」

立件されない以上、臣ができることなど限られている。現時点では、届けの出された野菜盗難事件について以外、臣は表だって動けないのだ。

「まずは、あの野菜や鶏、調理器具を盗んだ犯人を見つけるしかないです。そしてその犯人が公民館から金を盗んだ犯人であれば、いちばん問題はないんですが」

『わかった。……そっちのラインが早めにつながるといいんだがな』

堺は、自分の仕事の合間になるからあまり機動力は望めないと告げ、それでも調べを請けおってくれた。ほっとして電話を切った臣は、背後の慈英を振り返る。

「慈英。堺さん、請けおってくれた」

「よかったですね」

こちらを見るまなざしはどこまでも穏やかで、臣のすることをすべて肯定してくれていると知れた。ほっと息をつくと、長い腕がやさしく臣の身体を包む。

「大変でしょうけれど、がんばって。俺にできることなら協力しますから」

「はは、そうだな……また、地図でも描いてもらおうかな」

この腕があれば、どんな苦難でも乗り越えられる気がすると笑って、臣は明日からの段取りを頭のなかで整理しはじめた。


非番明け、駐在所での仕事に戻った臣が警邏《けいら》をはじめると、案の定町のひとびとはどこかいままでとは違う態度になっていた。

あからさまな警戒を見せるというわけではないが、どこかしらよそよそしい。自転車でめぐる臣に声をかけるものはなく、うしろめたいことでもあるようにさっと目を逸《そ》らす。

(浩三さんたちになにか言われでもしたか)

中《なか》の裏道の丸山《まるやま》などは、臣を見つけるなり背を向けて、逃げ出すような真似さえした。これにはいささか複雑な思いもしたが、しかたのないことだろう。

しかし、野菜泥棒の件に関してまで、誰もが非協力的な状態になってしまったのには、かなりまいった。

『駐在さん、もうあの件は届けをとりやめたいんだが』

臣が復帰した日、駐在所に電話をかけてくるなり、いきなりそう切りだしたのは、スーパーを営んでいる伊沢《いざわ》だった。調理器具ほかを盗まれたため調書もとってあったのだが、被害届自体を取り下げると言い出したのだ。

「しかし、まだなにも解決していませんが」

『もともとたいした被害でもなし。あれやこれや探られるほうが面倒だ』

臣が本当にそれでいいのかと問えば、伊沢はむすっとした声で口早に言いつのり、電話を切ってしまった。まいったな、と思いつつも、これなら逃げて口もきかない丸山のほうがマシかもしれないと思う。

そして、町内での臣の捜査が難航する間、堺も独自に調べを進めていてくれた。

長野県内において、ホルマリンを工業的に使用する工場を絞りこむのは、思ったより容易なことではなかったらしい。現在ではホルムアルデヒド対策のため、この化学溶液を使用する業者はかなり減ってきているとはいえ、畜産農業においては寄生虫駆除や清掃のためにはやはり有用なものだそうだ。

――いま、とにかくできる限りの範囲で調べを進めてる。時期的なことを考えれば、失踪者がいるかどうかで絞りこめると思うんだが。

今年の秋口、工場勤めの人間で勤務中に消えた人間がそう何人もいるとは思えない。だが問題は機動力のなさだと堺は呻いた。

——俺が動ける時間も限られてるからな……。

ただでさえ事件に追われる仕事のうえ、課長職にいる堺は管理職としての立場もあるらしく、調べは思うように進まないらしかった。

申し訳ない、よろしくおねがいしますと電話越しに頭を下げつつ、これではできる範囲での捜査もなにもないものだ、と臣は唇を嚙む。

(もう一度こっそり、山小屋に行くか……いや、それもむずかしいな)

朝から警邏して気づいたけれど、今日は農作業をしている男性が異様に少なく思えた。自家用車の姿もだいぶ見えない。おそらく、すでに山狩りの態勢には入っているのだろう。じりじりした気分だけが募る。臣の姿を見るなり逃げていく町民たちの態度にも疲労感はいや増して、どうしたものかと臣がため息をついた、そのときだった。

「おおい、駐在さあん」

今日はじめて、声をかけられた。振り返るとそこには、田圃《たんぼ》の近くにある納屋の横で手をふる大月のおばあちゃんの姿があった。

「どうしました、おばあちゃん」

自転車を降り、近寄った臣に彼女は「しい」と口の前で指を立てる。そしてこっちへと手招いてくる彼女に連れられ、納屋の裏手へとまわった。

「今日はずうっとまわってるんだろう？　これ、食べねえかい」

「あらら、いいのかな」

にこにことした老女は、タッパーに入れた筑前煮とおにぎりを差し出してみせる。どうやら慈英の言うとおり、彼女だけはまったく態度を変えないでいてくれたようだ。

納屋の裏手にある木箱に腰かけ、臣は手をあわせて微笑んだ。

「ごちそうになります、ありがとう。……あっ、この間のかぼちゃもおいしかったですよ」

「そうかい、そりゃよかった。若いんだからね、たくさん食べないとねえ」

「若いっておばあちゃん、俺もいい歳《とし》なんだけど」

「なあに、あたしに比べればまだまだ子どもだよ」

笑う彼女にはかなわず、臣はありがたくおにぎりを頬張《ほおば》る。その姿を見てはにこにことする大月のおばあちゃんには、かつて孫がいたのだそうだ。かつて――というのは、数年前に起きた山の土砂崩れに巻きこまれ、亡くなってしまったかららしい。

そのせいか、臣に対しても本当の孫のように接してくれていた。

だが、旺盛な食欲を見せる臣を眺めたのち、彼女はしみじみとため息をつく。

「どうしました？」

「この間っからねえ、駐在さんと口きくなーって言われちゃってるんだよう」

「あら……やっぱりそうですか」

問いかけると、隠すこともなく肩を落として老女は呟いた。いつも明るく、愚痴もめったに言わない彼女のふてくされたような言葉に、臣は苦笑を禁じ得ない。

「そればっかじゃなく、絵描きの先生も。いまさらになって、よそもんだからってさあ」

やるせないことだ、と皺深い顔を手ぬぐいで拭《ぬぐ》い、彼女は手のひらをこすりあわせる。

「あんたさんが来て、一生懸命にやってくれていたのはみんな、見てただろうに。それに、悪いことを隠して、なかったことにしようたって、どうしようもないんだ」

なげかわしい、と顔を歪めた大月のおばあちゃんに、臣は前々からの疑問を口にした。

「なぜ、皆さんはああまで今回のことを、隠そうとなさるんです？」

「そりゃ、恥ずかしいんだろう。せっかくこれから、グリーンなんとかって町を盛り上げようとしてる矢先に、泥棒騒ぎじゃ、みっともないんだろうよ」

格好ばかりとりつくろってどうする、と呟く声に、臣はなるほどとうなずいた。

町の人々が、今回の件でもっとも強く感じているのはおそらく『恥』だ。警察の組織的捜査で事件が明るみに出れば、なんらかの形で世間へと知れてしまう。まして、自分たちの町の出身者が犯罪者かもしれないということに、ひどいプレッシャーを覚えているらしい。

町おこしをはじめようとしているいま、そんな醜聞は避けたいというのが、おそらくは根底にあるのだろう。

「くさいものに蓋をしたって、どうしようもないんだろうに……」

気持ちはわからないでもないが、それでは抜本的な解決にならないだろうと臣は歯がみをしてしまう。呟いた臣と気持ちは同じなのだろう、深々と大月のおばあちゃんはうなずいていた。

「都合の悪いことばっかり内々でおさめようとしたって、無理があるんだよ……裕介《ゆうすけ》みたいにさ」

「――ユウスケ？」

しんみりと呟いた名前に覚えがあり、臣はどきりとする。それは、『技能講習修了証』に記載されていた、あの名前と合致する。

「ユウスケ……さんが、どうかしたんですか？　それは、どなたのことですか」

内心の動揺を押し隠し、それは誰のことだと臣が問うと、彼女は隠し立てする気もないらしく、あっさりと言った。

「裕介は浩三の、まんなかの兄さんだよ。そのうえに、賢治《けんじ》ってのがいたんだけれどね」

そのひとことに、臣はばくんと心臓が高鳴るのを覚えた。だがあくまで世間話の一環として訊いている顔を崩さぬまま、相づちを打ってみせる。

「ああ……賢治さんっていうのはたしか、鉄砲水でお亡くなりになった、とか」

「そうさ。うちの孫が死んだのも、あの事故だったさ」

いつも明るく振る舞う彼女の、皺に埋もれそうな黒い目が遠くを見る。視線のさきにはこの町を囲むかのような山があり、おそらくはそこが事故の起きた場所なのだろう。

目を伏せ、手をあわせる仕種《しぐさ》でそれと知った臣は、同じように手をあわせて瞑目《めいもく》する。そのことに礼を言うように、彼女の肉厚の手が臣の背中をさすった。

「駐在さん。なんか訊きたいことがあるなら、この婆でよければ話をするよ」

はっとして振り返ると、彼女は真剣な顔をしていた。おそらく、臣が町民のすべてに警戒されていることを知って、こんな場所に連れてきてくれたのだろうと知れる。ごくりと息を呑み、臣はあらためて彼女に向きあった。

「あの、では……裕介さんのことを、話していただけますか」

「いいよ。じゃあ、もういっこ食べな。茶も飲むかい？」

「じゃあ、遠慮なく」

おにぎりを示され、うなずいてもうひとつをつまむ。保温水筒に入ったほうじ茶を啜《すす》る臣の隣で、彼女はぽつりぽつりと語り出した。

「裕介は、だめな男でね。いちばんうえの兄貴の賢治はいい子だったが、長男だったせいか責任感が強くて、融通がきかんでね。裕介とはどうにも折り合いが悪かった。年子だったせいもあるんだろうね」

こうした田舎町ではまだ、歴然と家長制度が残っていて、ほとんど差別的なまでに長男と次男の扱いはひどく違った。一歳しか変わらないのに、家を継ぐ兄の『下につく』ことが子どものころからはっきりと決められていたため、裕介は不満が募っていたようだ。

「浩三は少し歳が離れてたせいか、仲の悪いふたりの仲介役みたいなもんだったけれど、それも裕介には気に入らなかったようで、よく揉《も》めてたよ」

できのいい兄、人好きのする賢い弟に挟まれて、裕介はひねくれていった。盗むなどの真似はこの町ではしなかったが、年中市内に出てはよからぬ連中とつきあい、乱暴を働き、素行の悪さでは町中の鼻つまみ者だったらしい。

そして決定打となったのは、とある事件だった。

「浩三が高校生のころだった。裕介は、町で女の子と問題を起こしてね。そのころには賢治は家を継いでいて、なんてことをするんだと裕介をひどく叱ったそうだよ」

「問題……というと」

厭な予感を覚えた臣に、彼女は痛ましげな顔でかぶりを振ってみせた。

「てごめに、されたんだよ。この町じゃあ、もう嫁のもらい手はないいさ。いまは市内のほうで、ふつうに暮らしておるけど」

閉鎖的な町で、不良に『傷物』にされた若い女の子の居所はない。大月のおばあちゃんの穏やかな顔に、ほんのかすかな苦みがよぎった。

「なにより問題だったのは、その子は浩三とつきあっていてね。あるとき、浩三が待ち合わせの場所にまったく来なくて、帰りが遅くなったんだけれど……それは、裕介が嘘をついて呼び出したんだ」

「えっ……」

「浩三はああいう子だから、起きたことについてはなんも言わないで黙っておったけど、のちのち、その子を嫁にもらいたいとも言ったんだよ」

傷ついた彼女に、すべてを支えると浩三は告げた。けれど、その兄の裕介の存在がある限りは無理だと、もう二度とこの町には戻れないと泣いて、家族ごと去ったのだという。

「浩三の件で、賢治はもうなにも許せんかったようだよ。あれを殴りつけて、もう出て行けと罵《ののし》った。それだけならまあ、ましだったんだけれどね」

重苦しい口調で目を伏せた彼女に、臣は再び厭な予感を覚える。無言で促すと、ため息をついた老女はこう続けた。

「それでも裕介は、家を出ることはしなかった。ただあそこの家はひどく揉めて……。それに、ひどい雨が続いていたころでね。いまほど道路も整備されちゃいなかったから、出て行くも出ていかないもなかったんだ」

いまでも交通の便の悪い町だ。浩三が高校生のころとなれば、二十年以上前の話になる。おそらくはもっと、物理的にも閉鎖的な空間であったのだろうと臣はうなずいた。

「警報も出て、この町の人間なら誰も、山には近づかない。そうして、山に水が出た……川が溢《あふ》れて、男らはみんな、土嚢《どのう》を積む作業に駆り出されて、うちの孫も、そのおかげで巻きこまれた」

ひどい事故だった、と彼女は遠い目になる。その際に亡くなったのは彼女の孫だけではなく、ひどい重症を負った者も、相当数いたのだそうだ。

「そんな大騒ぎのなかだった。気がついたら賢治の姿がなくて……あとになって、あれは裕介が呼びつけたんじゃないのかって」

「呼びつけたって、その現場にですか」

賢治が山の事故で亡くなった際に、山へと長兄を誘ったのは裕介だったという噂があったのだそうだ。臣は目を瞠り、大月のおばあちゃんも「信じたくはないが」と顔をしかめる。

「でも、そうでもなければこのあたりのことはよおく知ってる賢治が、わざわざあんな場所に行くわけがない。おまけにその夜、賢治と裕介とが諍《いさか》いをする場を見た人間もいた」

故意か、事故なのか、本当のことはわからない。ただとにかく、兄弟がそこまでこじれさえしなければ、そして裕介が賢治をあの場に呼び出さなければ、賢治は死なずに済んだのだ。

「どうこうした、ってことはないだろうよ。けれどそれで、裕介への疑いの目は強くなった。いくら俺のせいじゃないと訴えたところで、本当のことなんかわからないさ」

「警察は、どうしたんですか」

「そのころ、この町には駐在所もなかったよ。立ち寄り所があるだけだったさ。めったに警察も来んから、皆で町のことはまかなってた。それに、あの山の鉄砲水だ。うちの孫もそうだが、死んだ人間はひとりじゃあなかった。だから、誰も、なんにもわからなかったんだよ」

あまりの大惨事に、兄弟間に起きた諍いさえ巻きこまれ、うやむやのままになってしまった。臣は愕然《がくぜん》として、言葉もないまま、残酷な事実を聞くしかない。

「浩三は、高校を出たばっかりで家を継いで、そして山の一部を金に換えて処分して……頼むから出ていってくれと裕介に言った。もうこれ以上は壊さないでくれと頭を下げたあの子を、みんな知ってるよ。だから誰も浩三を恨んでおらん。いちばん可哀想な目に遭ったのに、いちばん謝っていたのもあの子だから……そして、裕介のせいで町が騒ぎになったからと、あれから結局、嫁ももらわん。可哀想な子だよ」

ため息をつく老女の言葉に臣は黙りこむしかなかった。

長い話だった。まるで臣がなにを知りたいのか、彼女はわかりきっていたようだ。的確な情報をくれたのはありがたいと思うけれど、理由がわからない。

「なぜ、そこまで話してくださったんですか」

逡巡《しゅんじゅん》ののち、思いきって問いかけてみる。おそらく人生経験において、臣の数倍の時間をすごしているだろう彼女には、こうして素直に接するのがいちばんいいと思ったからだ。

すると、もう一度山を拝んだ彼女は、ぽつりと言った。

「孫がね。警察官に、なりたがってたんだよ」

「え……」

「いつかこの町に帰ってきて、駐在さんになって、ばあちゃんのこと護ってやるってね。あんたさんみたいな、男前な子じゃあなかった。でも、気持ちのやさしい子でね……だから、あんな事故でも一生懸命、大人の助けをしようとして、婆よりさきに逝《い》ってしまった」

呟いて、よいしょと彼女は曲がった腰をあげた。とんとんと軽く腰を叩いて、伸びをしながらつけ加える。

「……もうひとつにはね。このところの、浩三の様子がおかしすぎるのさ」

その声は、孫の夢を語った感傷など滲《にじ》ませない、彼女の生きてきた長い歴史に裏打ちされた厳しさのようなものがあって、臣は圧倒される。

「おかしい、ですか」

「ああ。あんな顔をする浩三を見たのは……裕介が町を出て行ってから、一度もない」

そのひとことに、臣ははっと顔をあげた。そして、浮かびかけた自分の推論を裏づける言葉をくれた彼女を、じっと見つめる。

「ねえ、駐在さん。助けてやってくれないかね。浩三は、誰かを裁くにはちょっと、やさしすぎると思うんだよ。あのうちの子は、みんなあたしが取りあげたんだ。兄弟がいがみ合うのは、いいことじゃあないだろう」

重たくせつない声で、そうじゃないかと彼女は同意を訴えた。臣がうなずくと、やるせなくてたまらないというように、かぶりを振ってみせる。

「第一、百姓がやることは、犯人捜しじゃあないだろう。野良仕事だよ。それだけやっていればいいんだよ。田畑のことを放り投げて、いいことなんかないよ」

縋るような目が、かすかに潤んでいた。おそらく、ひりついた町の様子に胸を痛めているのだろう彼女に対して、臣は力強くうなずいてみせる。

「助けます。必ず、俺が」

短く、しかし意志を持ったひとことで答えると、彼女は満足そうに笑った。

秋空によく似合う、軽やかでやさしげな、満面の笑みだった。

＊　＊　＊

山の天気は崩れやすい。予報をはずした雨が何日も続き、農作業をするひとの姿は町のどこにも見あたらなかった。

だが臣にとってその悪天候は幸いでもあった。この雨では当然のことながら、山狩りについてはかなりの難航を極め、町の男たちは家のなかにこもる以外ない。

だが臣もまた相変わらず、町の見回り以外にろくに動けない状況下にあった。

「……どこに行くつもりだね、駐在さん」

「いつもの警邏ですが？」

「こっからさきは私有地だ。勝手にうろつきまわらんでくれんか」

なんらかの証拠を求めて町内を見回るが、少しでも入り組んだ場所や、山に近いところへ近寄ろうとすると、どこかから誰かが飛んできて臣の行動を制限する。

かつて、あれほどにおおらかに臣を迎えてくれた町内のひとたちとは思えないほどのかたくなさに、ほとほと困り果てている。

そしてまた、行動しづらくなったのは臣ばかりではなかった。

慈英が、駐在所に立ち寄った際に「買いものに出たのだが」と前置きをしてこう言った。

「町全体が、びりびりしています。あれから二週間も経《た》つのに、いまだに犯人が見つからないことで、疑心暗鬼がひどくなっているらしい」

なんだかいやな雰囲気ですねとため息をつく。彼もまた、よそから来た人間ということでいまさらに警戒心を強められているらしい。

くどくどと口にしたりはしないが、慈英が買いもののひとつするにも、猜疑心《さいぎしん》に満ちた目を向けられているのは間違いはなかった。

（こいつの収入知ってりゃあ、そんな疑いももたれはしないんだろうけどな……）

公民館から盗まれた金額は、浩三らが口を閉ざしているため判然とはしないが、おそらく金庫内におさめられる程度の支度金として考えれば、百万前後といったところだろう。

美術館や百貨店に飾る絵を頼まれたり、大がかりな企業のモニュメントまで制作を請けおう慈英からすれば、こう言ってはなんだがはした金、というところなのだ。

だが、この町にいる間、慈英はあくまで『気ままな放浪の画家』というスタンスを崩したくないらしく、そんな話はおくびにもだしていない。おまけに見た感じはいつでもラフなスタイルなので、妙な疑いの目を向けられているようだった。

「ごめんな、慈英」

自分につきあって、こんな場所に来たばかりに厭な思いをさせている。申し訳ないと詫《わ》びた臣に、慈英は微笑んだ。

「気にしないでいい。臣さんのほうが大変なんだから。俺はまだ、市内にも出られるし、気分も変えられるけど、あなたは外にもろくに出られないでしょう」

「でも、それは俺の仕事だから。それに……ごめんの意味、違う」

とりなすような声にかぶりを振って、どういう意味だと目顔で問う恋人に、臣は小さな声でこう続けた。

「それでも、おまえだけ帰っていいよって、言えないんだ」

うつむいて、こっそりと彼の長い指を握って告げる。

「しんどくても、一緒にいてほしいんだ。だから、ごめんな」

「……いいんです。嬉しいですよ」

ほんの一瞬それを握りかえした恋人は、それこそが望みだというように、やさしげに微笑んだ。

「まあ、いろいろやりづらくはありますけど、全員が全員、ってわけじゃありません。却って、申し訳ないと言ってくださる方もいますしね」

「尚子さん、また来てくれた？」

「ええ。明日こそ着彩まで進めるって。どうせ雨で仕事にならないから、だそうです」

村八分《むらはちぶ》状態において、例外だったのは大月のおばあちゃん、そしてあの尚子だ。事件の翌日、周囲の非礼を詫びに来た彼女は、慈英のところへと絵の手習いをすることだけはやめなかった。

とはいえ以前のように通いつめることはできず、家の中で描き進めた絵を『見てくれ』と持ってくるのが関の山らしいが、昨日もまた差し入れを手に、慈英のもとを訪れたらしい。

「山狩りについては、彼女もよく知らされてはいないようです。やはり旦那さんとは、うちに来ることで喧嘩になっているようで……」

「そうか。あまりこじれないといいけど」

ほんのふたりとはいえ、一応はこちらの理解者がいるだけでもありがたい。しかしそれで彼女らの生活や家庭がややこしいことにならねばよいがと臣は眉をひそめた。

「それで、臣さんはほかになにか、わかりましたか」

「いまのところは、大月のおばあちゃんのくれた話だけだ。でも、だいぶ筋が見えた」

権藤の件はさておくにしても、こののんびりとした町で起きた一連の事件について、すべてをばらばらに考えることはできないのではないかと臣は思っていた。

「どう考えても、一連の事件は同じ人間が起こした気がするんだ。それで……やっぱり、なんらかの形でこの町の関係者じゃないんだろうか」

まずこの町は市内から車で二時間かかる。あの山小屋においては、ここからさらに数十分は車で移動したのち、獣道をゆかねばならない。とてもではないが、土地鑑のない者が入りこめる場所ではない。

野菜泥棒や山小屋の潜伏者、そして公民館の盗難についても、同一犯と考えるべきだという推論を打ち消せないのだ。そう告げると、慈英はかすかに眉をひそめて言った。

「あまり歓迎できる推理じゃないですが……臣さんも、やはりそう思いますか」

「状況証拠を全部つなげていくと、それしかない気はしてる」

あまりはっきりと語らず、互いに指示語のみで示したのは、この一連の犯人が浩三の言う『おらんことになった』兄――丸山家の彼の可能性がひどく高いからだ。

むろん、このほかにもこの町出身の犯人がいる可能性は高いけれど、浩三の、あのかたくなさや、警察の介入をあくまで拒む態度からしても、結論はひとつに思えてならない。

「ただこりゃ、役場にいってもむずかしそうだな」

むろん、先入観がはっきりありすぎるのもまずいことはわかっている。念のため、町役場で住民票などを調べ、ほかに失踪者がいないかを洗おうかと思っていたのだが、おそらくこの調子では強権発動でもさせない限り協力は望めない。

おまけに立件もしないとくれば、臣としてはかなりお手上げだが、まるで収穫がないわけでもなかった。

「野菜泥棒と山小屋の潜伏者についてはさておき……丸山裕介氏が公民館から金を盗《と》ったっていうのは、相当の確率であたりの気がする」

「ずいぶん確信的ですが、なぜ？」

「暗証番号だよ」

テンキータイプのあの金庫は、なんらかの器具や機械を使ってこじ開けられた形跡はなかった。そして浩三の妙な過剰反応から、なにかしらの意味のある数字だと思っていたのだが。

「大月のおばあちゃんに、頼んだんだ。丸山家の兄弟についてなんでもいいからわかってい る情報をくれって。そしたら、一発だった」

彼女は彼ら兄弟の生まれ落ちてからの記録を、記憶とノートにある限り、教えてくれた。

産婆であったという彼女は、その当時の仕事用の帳面に、彼ら兄弟の生年月日もきちんと記していたのだ。

「裕介の生年月日は、昭和二十六年、十一月五日。つまり、『261105』。暗証番号があっさり破られた理由は、それだ」

「なるほど……」

浩三がなにを思って、消えた兄の誕生日を暗証番号にしたのかはわからない。だがこれで、現在山小屋に潜伏し、一連の盗難事件を起こした犯人は、丸山裕介の可能性が高くなった。漠然としていた犯人像が、浮かびあがってくる。現時点では、まだ権藤の持っていたフォークリフトの技能修了証については謎の部分が多いけれど、それも裕介を捕まえればわかることだ。

ただし、捕まえられれば——の話になるのだが。

「これも全部、状況証拠でしかない。決め手じゃないんだ。逮捕するには現行犯で、現場を押さえるのがいちばんいいんだけど」

手元に集めた資料を眺めつつ、もどかしいと臣は唇を嚙む。そしてどんよりとした雨雲に覆われた町を駐在所のなかから眺めて呟く。

「ひどい降りだな。夜みたいだ」

「ええ。町のなかも、かなり静まりかえってるようです」

午後になり、ますます降りはひどくなった。雷はまだ来ないけれど、遠雷が光るのは朝から何度か見られた。

雨はやまない。山には入ることもできぬまま、苛《いら》ついている町のひとたちはむろんだが、あの山小屋に潜んでいた人物は、いまごろどこに消えたのだろう。

防空壕にでも身を潜めているのか、それとももう、市内へ逃げたのか。

大月のおばあちゃんが孫を亡くした事故から、山は土砂崩れ防止の処置がなされたそうだ。金網やブロックでもろい部分を塞《ふさ》ぎ、また樹木を植え直すなどして根を張らせたため、近年ではそう大きな災害にはならないらしいけれど、すべてが防げるわけでもない。

「雨がけぶってるせいでしょうか。山が揺れて見える」

黒雨に包まれた山も町も、臣の目には薄暗い陰影にしか映らない。だが、ぽつりと呟いた慈英はその雨の向こうになにかを見るように、すっと目を細めた。

「あらびる、か。熊より怖いのはきっと、自然そのものなんですね」

「そうかもな」

答えを欲していない呟きと知って、相づちを打った。案の定、慈英は臣の声になんの反応もしない。きっと子どものころ、道ばたに立ちつくしていたときと同じまなざしのまま、遠くの山をじっと見ているのだろう。

慈英の見るものを、臣は見られない。けれど恋人にいま、なんらかのインスピレーションが浮かんだことだけは察することができた。

「アトリエに行っていいよ、慈英。いま、なんか浮かんだろ」

「あ……」

肩を叩いて告げると、はっとしたように臣を見た。しかし、ふだんは澄みきった慈英の目は、どこかとろりとしたままで、まだ彼が自分の世界のなかにいるのだとわかる。

ここ数日、うまく動けない臣の代わりのように、あれこれと情報を集めてくれていた。その間、彼自身の仕事である創作のほうは滞りがちになっていたはずだ。

「俺につきあって、ずっと描けてないだろ。自分のこと、ちゃんとしていい」

「でも」

少しためらう男に、だいじょうぶだと臣は笑ってみせた。気負いのない表情にようやく納得したのか、慈英は立ちあがる。

「夕飯は？」

「そっちで食べる。遅くなるかもしれないから、待ってなくていい」

了解だとうなずいて、慈英はそのまま雨のなかを飛び出していった。風邪をひくなよと苦笑しつつも、ずいぶん我慢させていたのではないかと申し訳なくなる。

（ちゃんと、解決してしまわないとな）

自分が揺れると、好きな男に、好きなように絵を描かせてもやれない。それでは本当にどうしようもないだろう。

そしてまた、慈英をこの場から去らせた理由はもうひとつ。

「……さて！　俺もお仕事しますか」

制服のうえからレインコートを着こみ、うそぶいた臣が手にしたのは、ビニールシートに包んだ、町の地図と懐中電灯だ。

(現場百回ってね)

刑事の基本と言われる、地味な捜査以外にいまの臣にできることはない。幸いこの豪雨のおかげで、邪魔だてする町のひとびとも家のなかに閉じこもっているはずだ。当然、臣がどこを歩き回ろうと、追いかけてくる者もないということだ。

(じつは毎日、まわってんだけどね)

こっそりひとりで探索したことがばれたらまた、あの過保護な恋人は怒りまくるだろうけれども、この性格はどうにも直りはしないのだ。毎度、慈英を家に帰す口実を作るのが大変だったが、今日は煙雨《えんう》を纏《まと》う山に感謝する。

(せいぜい、慈英にインスピレーションを与えてやってください)

絵に取り憑《つ》かれると、あの男は時間の経過を忘れる。ここ数日はばれないようにとって返す状態だったが、今日こそはじっくり探索もできるだろう。

とりあえず、けぶる山に手をあわせて、臣は『巡回中』の札を下げて駐在所をあとにした。

ミニパトに乗りこみ、臣は市内からこの町に入るルートを逆走した。そしていくつかに分かれた山道で、いけるところまでは車を寄せ、そのあとは足を使って見回った。

まず向かったさき、例の山小屋に向かう道には、浩三の手配だろう、立ち入り禁止の札とロープが渡されている。踏み越えていけないこともなかったが、のちの面倒を考えるとそれもためらわれた。

（この道しかない、ってことはないと思うんだが）

県道から続く、一本二車線しかない車道の脇は、いずれもうっそうとした森がひろがっている。下手に足を踏み入れれば遭難しかねないが、カーブミラーが設置された付近にはいくつか細い山道があるのも発見した。近づいてみると、まだ新しい杭《くい》が細い道をつくって点在している。

例のグリーン・ツーリズムの一環で、トレッキングコースにするつもりで開いた道だろう。

（ここからあがっていったってことはないんだろうか）

試しに歩いてみるが、いずれの道も、あの山小屋にある山頂へは向かうものではなかった。あくまで散策の域を出ないルートを造ったということなのだろう。すべての道は途中で合流し、まだ土台だけしか組みあがっていない、大型のログハウスに続いていた。

「ここで手打ち蕎麦《そば》の実習会でもやんのかな……」

見回ってみたところ、なんら不審な点もない。徒労だったなと呟いて、臣はもときた道を引き返した。

叩きつけるような雨は体温を奪う。足下を泥まみれにしながら、どこかべつの道はないものかと歩き回る臣は、次第に歯の根があわなくなってくるのを感じた。

念のため履いてきた、分厚い防水布でコーティングされたトレッキングシューズでも、水たまりのなかに裾《すそ》まで踏みこめば意味はない。

視界の悪い山道では幾度か足を滑らせ、しりもちもついた。縋りそこねた斜面の岩であちこちを痛め、泥まみれの服の裾がじわりと湿って体温を奪う。

（寒い……）

雨はますますひどくなり、視界もあまりきかない。ガードレールに護られてもいないような、ひとひとりがやっと歩ける程度の幅の道を、懐中電灯ひとつを頼りに歩くのはなかなかスリリングでもあった。

そしてまた、登りのときは夢中で気づけなかったが、この道はかなり危険なのだ。

膝丈《ひざたけ》の杭にロープを渡しただけのそれは、昼ならばたしかに見晴らしはいいだろう。しかし、この道を一歩踏み外せばそのまま、崖下《がけした》へと真っ逆さまに落ちてしまうことに気づいて、ぞっとする。

「浩三さん、観光客呼ぶならもうちょっと道幅考えて、舗装しないとまずいッスよ……っ」

山の斜面側に手をついて、そろそろと歩きつつ臣は思わずひとりごとを呟く。ふざけて軽口でも叩いていないと、心も身体も凍《こご》えきりそうだった。

山歩きは、じつはくだりのほうが足腰に負担がかかる。ぬかるむ泥道ではなおのことで、慎重に慎重にと一歩ずつ進む臣の視界の端に、ぱりっと光のラインが走った。

「やべえ、雷来る……っ」

心配したとおり、暗雲はますます重く垂れ込め、ごろごろといやな音を響かせはじめた。いよいよあたりは暗くなり、細い雷光がカッと光る。

音と光が近い。落雷の危険にぶるりと震えた臣は焦りを覚え、どうにか足を進めて、ミニパトを停めた車道の見える位置まで戻った、その瞬間だった。

「うわ……っ」

どん！　と激しい音を立てて、ひとつ向こうの山に雷が落ちる。距離としては充分遠くはあったが、びりりと山全体が揺れるような衝撃を覚え、臣は思わずその場にうずくまる。

（なんだ……いま、なにか光った）

本能的な生存の恐怖に、身体は怯えた。しかし、あまりにも鮮やかな遠雷に照らされた向かいの森の中、たしかに光るなにかを見た臣は、泥まみれのまま駆け出す。

眼下の真っ暗な森、木々の隙間に隠すようにして、なにか白い金属のようなものが見えた。泥まみれの身体で車道を横切り、ガードレールから身を乗り出して崖下を覗きこめば、十数メートル下にある森の中、四角く白いシルエットがぼんやりと映る。

「や……っ、た！」

全身を雨に打たれながら目を凝らした臣は、そこに乗り捨てられたような自家用車の姿を認めた瞬間、声をあげてガッツポーズを取っていた。

＊　＊　＊

臣が森の中で車を発見した翌日。堺から、作業着の男についての情報がもたらされた。

『例の、山道付近で見つかった車、被害届が出てた』

林のなかに隠すようにしてうち捨てられた白いクラウンは、やはり盗難車だった。そしてその盗難届を出した本人は、堺がどうにかホルマリンの件で目星をつけ、絞りこんでいたある工場に勤務していたのだ。

「じゃ、これで当たりですか」

『ああ。その工場から逃げ出した男に盗まれたんだそうだ』

おそらく犯人は、ここまでは盗んだ車で訪れ、あとは身を隠すようにして山のなかに逃げたのだろう。発見が遅れたのは、地元の人間しかわからないような山裾の古道から入りこんだせいだ。そしてその山は、丸山家の私有地だった。

『あの悪路をよくもまあ走ったと思うがな……これでもう、固まってきたな、臣』

電話を肩に挟んだまま、臣は「ええ」とうなずく。その手にした書類は、今朝メールで届いたばかりだ。プリンターの精度があまりよくはないため、いささか印字がぼけているが、とくに問題はない。

あのひどい雨は雷が落ちたあとにどうにかあがり、いまはすっきりとした晴天がひろがっている。おかげで駐在所の外との明暗差が眩《まぶ》しく、臣は何度もまばたきをした。

『添付のひとつは、履歴書の写真を引き伸ばしたものだが、顔の判別は一応つくだろう』

「だいじょうぶだと思います」

ぱらりとまくった書類の右端には、無表情な男の写真がある。名前は、鈴木健一《すずきけんいち》とあるが、おそらくは偽名だろう。むろん、添付された履歴書の内容は嘘ばかりだったらしい。

「本籍は東京になってますけど。なんですかこの、渋谷区青山って」

『……適当に書いたんだろ』

「つーかよく通しましたね。そんな住所ないでしょ、青山は港区……っ」

たしかに一瞬間違えてしまいそうだが。思わず噴きだして、臣はこんこんと咳きこんだ。

あの大雨に打たれたせいか、どうも今朝からいささか風邪気味なのだが、それと知らない堺は『こらこら、笑いすぎだ』とたしなめる。

『それだけバイトに関してゆるいってことだ。まあ本題はそこじゃない』

堺が、ホルマリンを使用する工場について調べ上げたところ、条件に該当する失踪者がいたのは、なめし革の生産工場だった。それ自体には案外早いうちに目星をつけていたのだが、堺の調べが難航した理由は、この鈴木が工場自体に勤めていたわけではなかったからだ。

『たしかに現場から消えちゃいたが、外注の清掃業者だったとはな』

彼はなめしの機械にホルマリンを使う工場の現場に、清掃作業員のアルバイトとして派遣されていた。日当いくらの条件で雇われていた男で、工場側ではむろん、どこの誰とも知るものはなかった。

「業務途中に金融業者からの強硬な取り立て、嫌がらせに遭い、そのまま遁走《とんそう》。現場から逃げ出す途中、容器を倒してホルマリン溶液が衣服に付着。……なるほどね」

『盗んだ車は、その工場に勤務していた作業員のものだったらしい』

臣が読みあげた書類について、堺が補足するように告げる。どうりであの強烈な悪臭をまき散らす作業服で、そのまま逃げられたわけだ。

『出勤してきた途端、鈴木に突き倒されて車を奪われたそうだ。その際に怪我も負っているので、傷害と盗難、両方で被害届も出てる』

「了解です。いろいろ、ありがとうございました」

これで動ける、と臣は息をついて、堺に礼を述べた。そして電話を切り、駐在所の椅子にちんまりと腰かけている大月のおばあちゃんに向き直る。

「おばあちゃん。この男の顔に、見覚えはありますか」

緊張した面持《おもも》ちで、臣の電話が終わるのを待っていた彼女は、プリントアウトされた画像を食い入るように見ていた。そして、どこか疲れたようなため息をついてうなずく。

「間違いない。裕介だよ……なにをやっているんだかねえ、この子は」

ばかな子だ、と呟く彼女の声は、いささか鼻にかかっていた。前掛けの端でそっと目尻《めじり》を拭う老女は、情けなさと憤りを同時に感じているらしい。

「ご協力、ありがとうございました」

かける言葉が見つからず、深々と頭を下げた臣はそれだけを告げる。かぶりを振ったおばあちゃんの、涙が滲んだ目をまっすぐに見つめてうなずいたあと、臣は制帽を取りあげて宣言する。

「できる限り、悪いようにしません。おばあちゃん、悪いけど俺は出るから、気をつけて帰ってくださいね」

「そんなのかまわないよ。駐在さんも、気をつけるんだよ」

証言のために呼びつけていた彼女に詫びた臣は、その場から駆けだそうとした。だが、駐在所を一歩出たところで、現れた人物に足を止められる。

「どこにお出かけですか、臣さん」

「え……」

にこやかだが、どこかひやりとした声で腕を摑《つか》んだのは慈英だった。しまった、と思った瞬間息を呑んだ臣は、弾みでひどく噎《む》せてしまう。

「今日はおとなしく、駐在所で書類整理をなさる予定では？」

「あ、いや、慈英、あのな？　ちょっといま、急用が」

だから離してくれと目で訴えるが、ますます目を細めた慈英は腕の力を強める。

「あの豪雨のなか大変な捜査をなさって、今朝から咳《せき》ばっかりして具合が悪そうなのはどこの誰ですっけ？」

「いや、えと……」

微笑んでいるけれど、腕を摑む力の強さに慈英の不機嫌は表れている。まんまとスタンドプレイをしてのけた臣に対し、昨日から慈英はずっと怒ったままなのだ。

――あなたいったい、なにを考えてるんですか！

山のなかをかけずり回ったのち、車が見つかったぞと大喜びで戻った臣は、真っ青になって出迎えた慈英にすさまじい勢いで怒鳴られた。

――こんな雷で、駐在所に行けば誰もいなくて。いったいどういうつもりですか！

なにを言い訳しようにも、泥まみれのずぶ濡れになっている姿では無駄だった。家に連れこまれ、頭からシャワーをかけられてみるとあちこちに擦過傷《さっかしょう》や打撲もひどく、なにをしていたのか白状させせられた。

あげく、落雷のあった付近で車を発見したこと、そこに至るまでに危険な山道をひとりうろつきまわり、転んだり滑ったりという状態を告げるや、慈英は怒ったなどというものではなかった。

それまでがみがみとやっていた声をぴたりとおさめ、不機嫌顔を引っこめて、静かに、ゆっくりと、微笑みながら言ったのだ。

——本当に、臣さんには一度しっかりわかってもらわないといけないかもしれませんね。

今回の件について、ことのはじめから暴走しっぱなしの臣に対し、恋人の憤りはマックスに達しているらしいと、その穏やかかつ血の凍るような微笑に臣は思い知らされた。

事件が片づいたら覚えていなさいと、そう告げてあとはひたすら穏やかに笑うばかりの慈英が怖くて、昨夜の臣は針のむしろに座らされた気分だった。

たしかに慈英の不興を買うのは臣の本意ではない。だがそれを押してもなさねばならないことがあるのだと、腰が引けつつも臣は告げた。

「あの、堺さんから書類来たんだ。で、いろいろわかったんだ。だからそれを、たしかめに行かなきゃ」

この町での盗難事件はさておき、工場からの自動車盗難の件はすでに立件されているのだ。犯人がこの町に逃げこんでいる可能性があるとなれば、浩三もこれ以上強く反対はできまい。とにかくこの写真を見せ、彼を説得せねばなるまいと、臣は恋人に訴える。

「慈英、お説教ならあとで聞くよ。この写真の件を、浩三さんに話さないといけないんだ」

べつに無茶をするわけじゃない。それくらいならいいだろうと眉を寄せて懇願する臣に、慈英は深々とため息をついた。

「しかたない。行きますよ」

「え、行くってどこに……」

腕を離さないまま、慈英は長い脚で歩き出す。引きずられるようになってよろけながら、臣は目を丸くする。

「公民館です。……尚子さんから連絡が入りました」

最後の言葉は、ごく小さな声でつけ加えられる。はっとして傍《かたわ》らの彼を仰ぎ見ると、真剣な目をした慈英はうなずいた。

「山にいた誰かを、自警団のひとが捕まえたそうです」

「早く言えよ、それを！」

思わず広い背中をどつくと、慈英はやれやれとまたため息をついた。

「言ったらあなた、また無茶するじゃないですか。……とにかく車に乗って。送ります」

パトカーでと言えば「具合悪いくせに、なに言ってるんです」と睨まれてしまった臣は、もはや恋人の不機嫌など慮《おもんぱか》れないまま、サファリへと駆け出す。

浩三たちが早まったことをしなければいいと、ただそれだけを祈りながら。

慈英を急かして辿《たど》りついた公民館では、案の定の警戒態勢だった。かまわず、乗りつけたサファリから走りよった臣の前に立ちはだかったのは、青年団のうちのひとりだ。

「なんか用ですか、駐在さん」

「なかに、浩三さんがいるでしょう。お話をさせてもらいたい」

「いま、町の大事な会議をしてるんだ。よそのひとに来てもらっちゃ困る」

農作業で鍛えた、見あげるような体軀《たいく》を前にしても、臣は一歩も怯《ひる》まない。

「長野市内で起きた、自動車盗難事件においての重要参考人が、この付近に車を乗り捨てていました。それについて、犯人と特定された人物の顔写真が県警から届いています」

凜《りん》とした声で告げると、相対した男はかすかに顎《あご》を引く。それがなんだ、と言わんばかりのきつい目にも、臣はまっすぐに向きあった。

「どうしてもそれを、丸山浩三さんに見て頂かなければならない。そしてまた、あなたがたが囲んでいる誰かについても、わたしは警察官として職務質問をする権利がある」

「権利だあ⁉　公僕がなんだあ‼　上からもの言えばいいってもんじゃねえぞ！」

襟首を摑み、ぐっと上体を曲げて恫喝《どうかつ》した男にも動じないまま、臣は無表情に警察手帳を掲げ、こう宣言する。

「わたしは現在、公務中です。つまりあなたがわたしを力ずくで止めた場合、公務執行妨害となります。この場で逮捕されたければ、どうぞ」

「な……」

逮捕という言葉など、この町に住まうひとに使いたくはなかった。だがいまはこの、あらぶった気配がとにかく気がかりで、憎まれ役に徹してもかまわないと臣は視線を強くする。

「どいてくださいますか」

とくに声を大きくするでもなく、臣が告げると、力の強そうな拳《こぶし》は襟元から離れた。そして憤懣《ふんまん》やるかたないという表情で、すっと後退する。

周囲には数人、臣を睨みつけている男らの姿があった。毅然と顔をあげたまま人垣のなかを進むと、いつぞや盗難の起きた事務室のドアの前へと辿りつく。

「浩三さん、失礼します。入ります」

いらえはなかったが、鍵もかかってはいなかった。声をかけた臣がドアを開くと、外での会話を聞いていたものか、なかにいる複数の男たちの誰も留め立てをしようとはしなかった。

そして、室内に踏みこんだ瞬間、あの独特の異臭が漂ってきたことで、臣は確信する。

部屋の中心では、ぐるりと浩三らに取り囲まれた、やせこけた男がいた。泥や垢で汚れきって、髭も髪も伸び放題の姿ではっきりと顔立ちはわからないけれど、写真にある面差しと骨格はそっくりだ。

「……あなたは、丸山裕介さんですか」

「もうそれはおれの名前じゃねえよ」

臣が問いかけると、彼は薄笑いを浮かべる。抵抗したせいだろうか、ロープのようなもので腕を縛ってあったがとくに乱暴を働かれた様子もなく、それだけはほっとしつつ臣は再度問いかけた。

「では、鈴木健一さんですか」

「ああ、そうだな。そっちの名前なら、つい最近まで使ってたな」

捕らえられた彼は、もうなにを隠す気もないのだろう、へらへらと笑いながらうなずいてみせる。

「あなたに、うかがいたいことがあります。わたしと一緒に来ていただけますか」

「ああ、いいぜ。どうせここにいてもリンチに遭うだけだ」

黄色い歯を剝《む》きだして笑う鈴木――裕介は、縛られた腕をそのままにのそりと立ちあがろうとした。だがそれを止めたのは浩三だった。

「おい。誰だ、ここに駐在さんを呼んだのは」

重苦しい、唸るような声と睨みつけるまなざし。激しい怒りを押し殺したかのような呻きに答える者は、誰もいない。

「井村《いむら》。またおまえの嫁さんか」

「いや、俺は……」

じろりと浩三に睨まれた井村は、震えあがってかぶりを振る。浩三の張りつめた気配はすさまじく、臣は彼らの前に立ちはだかった。

「浩三さん。落ち着いていただけませんか。誰がこちらに通報したかということが問題じゃない、むしろあなたがたの行為は、犯人隠避《いんぴ》になりますよ」

「この男は、ただ山小屋に忍びこんでおっただけだ。事件にもしておらんのに、あんたがしゃしゃり出ることじゃない！」

「そうだ！　よそもんが口出すな！」

いきり立った町の人間らは、浩三の怒鳴りに「そうだそうだ」と同調した。

「山小屋を荒らされたんで、ちょっと説教をしたいだけだ。警察なんぞ関係ない！」

自分たちの手で決着をつけたいだけだと息巻く彼らに、臣は冷静な声で告げた。

「関係なくはありません。現在、県警からの通達で、この町の付近に乗り捨てられた自動車の盗難と傷害の被害にあったという届け出が出ています。そして、これがその犯人の顔写真です」

さきほど、大月のおばあちゃんに見せた写真を掲げてみせると、しんとその場が凍りついた。すでに手配済みの犯罪者であると宣言されたことで、臣を部外者扱いできないことはさすがに理解したようだ。

「あきらかに、外見的な特徴が一致しています。また彼はさきほど、わたしの『鈴木健一さんですか』という呼びかけに対して肯定し、任意同行を了承されました」

「こいつはそんな男なんかじゃない！　俺の、行方不明になっていた兄貴だ！」

ただひとり、浩三だけがうわずった声で叫びをあげる。胴間声《どうまごえ》は、しかし臣にはただ痛ましいような響きにしか聞こえない。

「身内のことだ。だから身内のなかで片づけたいと思っただけだ」

「それは、賢治さんがお亡くなりになったときのように、ですか」

静かに指摘すると、浩三の顔が赤黒く染まった。どこまで詮索《せんさく》したのかと睨みつけられ、臣はその憎々しいような視線をだまって受けとめる。

「浩三さん。あなたが彼を裁いてはいけない。ここからさきは、警察に任せてください」

「裁く？　なんのことだ」

鼻先で笑った浩三は、しかしその手に猟銃を持っていた。臣が周囲をぐるりと見まわすと、その場にいた彼らはなぜか、すっと視線を逸らしてしまう。

なにより、抵抗する様子もない裕介の身体に厳重にかけられたロープが、危うい想像をかきたてた。

（ぎりぎりだったか）

殺害しようという意思はないまでも、詰問の果てに町を追い出すつもりではいただろう。

その際、かつてのように金を渡して言い含めたところで、裕介はきっと聞き入れはすまい。となれば、拳でものを言わせる可能性も、ないわけではない。なによりこうした集団対ひとりの構図で密室に押しこめられれば——本当にどこで人間は、たががはずれるかわからないのだ。

「警察は民事不介入というじゃないか。家族のことに口を出すのか！　だいたい……あんたになにがわかるんだっ！」

「わかります。そんなに全部、背負わなくていいんです」

臣が静かに告げると、浩三は毒気を抜かれたような顔になる。

「ここで、浩三さんが、……皆さんが裕介さんを裁いてしまったら、そのことであなたがたは罪を背負うことになります。粛清《しゅくせい》は結局、どこかで疵《きず》になる。被害者が加害者になってしまうんです」

わからないあなたではないでしょうと、臣は浩三を見つめた。

数十年前、裕介を放逐した際に背負った浩三の責任の重さはいかばかりだったろう。それは数ヶ月のつきあいでしかない臣にはすべて理解できる感情ではないかもしれない。けれど、警察官としてすごした十数年の間に、臣はこの手の出来事に対しての経験は積んでいた。

おそらく浩三は、臣が予想したとおり、一連の出来事がすべてこの男の犯行だとわかっていたのだろう。だからこそ警察の介入を否定し、町中に口止めをした。

町おこしの邪魔になると説得してまわれば、町内のひとたちも反対はしないだろう。そしてすべての責任は自分が負うと、そう彼は宣言してでもいたのだろう。

その果てに、なにが起きたとしても、本当に自分で責任をとるつもりでいたことが、手にした猟銃に表れている気がして、臣は目を細めた。

「法や警察は完全じゃない。けれど、法律というものにそれを任せることで、解決できることはあるでしょう。そのために、俺たちはいるんでしょう」

「だが……」

「それに、ここで裕介さんを警察に引き渡すことが、最終的には彼を、そしてあなたがたを護ることにもなります」

「どういう意味だ」

臣の声に、浩三ははっと目を瞠る。太い眉をひそめた彼に、臣はあくまで淡々と告げた。

「裕介さんが追われていたのは、大阪に本部を持つ、悪名高い闇金の業者です。ここは非合法な組織がうしろについている可能性が高く、その組織力でどこまでも追いかけてくる。事実、足取りを摑んでいた連中が工場まで押しかけたせいで、彼は逃げ出した」

なにかを思い出したかのようにぶるりと肩を震わせた裕介は、痩《や》せて筋張った身体を小さくする。浩三ら町の人間に捕まえられたときより、臣が罪状を言い渡したときより、その顔色は青かった。

「多重債務者としてあちこちから買いあげた念書や借用書をもとに、闇金は法外な利子をふっかけます。そして取り立てては狡猾《こうかつ》で執拗《しつよう》だ。類は親戚や知人にもむろん、およびます」

「親戚はともかく、知りあいまで、なんでだ」

「関係ないんです。誰でもいい、こんな借金持ちを知りあいに持ったおまえが悪いとそういう理屈で、会社や地域に中傷や脅迫行為を繰り返します。……浩三さん、あなたはこの山の権利書をお持ちでしょう」

指摘すると、浩三は顔を強《こわ》ばらせる。

「なにを言う！　おれは脅迫や暴力になんか――」

「あなただけなら負けはしないでしょう。けれどたとえば、通学途中のこどもたちや、農作業中のお年寄りに嫌がらせでもされたら？」

浩三ら雄々しい男たちなら、暴力に負けはしないだろう。だがもしも世慣れたやくざ者たちがこんな田舎町に来て、老人や子どもらを脅かす行動をしたらどうなるのか。臣の諭すような言葉に、誠実な男は唇を噛む。

「連中の手口は具体的な暴力だけじゃない。ひとのいちばん弱いところを突いて、神経を参らせる嫌がらせと脅迫が続き、思考能力をなくしたところで権利書や金を巻きあげる」

それはなにより浩三には耐え難いことだろう。青ざめた男に、臣はできる限りのことをすると、おのが力なさを知りながら告げる。

「裕介さんを逮捕すれば、少なくとも闇金関係のことは洗いざらい、警察側が調べ上げます。むろん、弁護士を立てることもできるし、その経過で法的に無効と認められた借用書関係については、やつらも追ってこられなくなる」

説得の声に、浩三の顔が歪んだ。ぐっと力のこもる手にした猟銃には、まだ安全装置がかかったままでいる。

「浩三さん。盗まれた金が戻らなくとも、やり直すことはできる。たとえ盗難事件が起きたとしても、あなたがたは被害者だ。そこを乗り越えさえすれば、充分にいろんなことは、取り返せるんです」

浩三の日焼けした顔は、さらにくしゃくしゃと歪んでいく。額に伝う汗はおそらく、冷たいものであるのだろう。

「……大月のおばあちゃんが、言っていました。百姓は、野良仕事をするべきだと。あなたはこれを、熊を狩るため以外に持ってはいけない」

臣の声に、浩三はがっくりとうなだれた。そして力ない目で見やったさきには、この場でひとり動じないままの、裕介の皮肉な笑いがある。

「おまえは、本当に昔から、無駄に責任感ばかりが強いよ」

嗄《か》れた声は、男のすごした荒《すさ》んだ年月を物語っていた。だがそれだけに、妙な悟りのようなものを滲ませてもいた。それに対して、浩三はうなだれたままその場にへたりこんだ。

「お巡りさんよ。早いとこ連れていくならそうしてくれ。話はそっからでいいんだろ」

腰をあげた裕介は、どうしてかこの場でもっとも堂々として見える。

皮肉なものだと思いながら、臣はうなずき、彼を捕らえたロープの端を握りしめた。

＊　＊　＊

県警から迎えが来るまでの間、駐在所に身柄を確保された裕介は、臣の質問にすべて答えた。クラウンの盗難についても、あっさりと認め、いっそ拍子抜けするほどに素直だった。

「では、容疑については否認しないということですね」

「ああ、ぜんぶおれがやった。鶏も野菜も食ったし、料理する道具も盗った」

町や畑で盗みをくりかえしたのはやはり、裕介だった。堂々と受け答えしたあげく「うまかった」と笑う男に臣は呆《あき》れるともつかない気分になる。

駐在所へと彼を連行するにあたり、運んできたのは慈英のサファリだ。連行前に一度、あまりの不潔さに着替えと風呂だけはすませたので、だいぶ姿はさっぱりとしていた。抵抗や逃亡する意思はいっさいないようだったが、念のため脱いだ服は証拠品としてすべて押収させてもらった。

風呂も着替えも提供したのは浩三だった。彼は無言で兄の身支度だけを調《ととの》えると、以後のことは頼むと臣に頭をさげ、この場にはいない。

慈英は駐在所の外で、やじうまを追い払う大月のおばあちゃんと尚子さんをねぎらっているらしい。結局あの男には最初から最後まで関わらせてしまったと、臣は内心ため息をつき、鈍い頭痛のはじまった頭を押さえた。

「山小屋から一時的にいなかったのは、なぜですか」

「あの金を市内に払い込みに行ってたのさ。それで戻ってみれば、誰かが踏みこんだあとはある、ロープは張られてる。こりゃやばいってんで、防空壕にしばらく隠れてた」

供述がはじまってから、裕介はじつに素直だった。県警に行っても同じことを話してもらうかもしれないと告げたが、べつに慣れているからかまわないとへらへら笑っていた。

「どうせ前科持ちだよ。まだそこまでは書類が見つかってないか？」

「いまきっと探してるところだと思います」

ある意味キモの据わった、それだけに手に負えないやつだと臣も苦笑する。

若いころから小悪党のちんぴらだった彼は、その当時からろくな生活をしておらず、ここ数十年、借金との戦いだった。

小ずるい犯罪をくりかえすうちに金に困り、悪質な金融業者に金を借り。借金取りに追われ、実家のあるこの町へと逃げこんだ。

盗んだ金は借金返済に使おうかと思っていたらしいが、公民館の金庫にあった百万程度では追いつかず、折りを見てまた盗みに入ろうと思っていたのだと白状した。

「これを言ってはなんだが、盗みをするならこんな町でなくともよかったんじゃないですか。それとも里心がついたとか？」

一部の悪徳業者に唆《そそのか》されるまま、戸籍と名義を売って金に換えたものの、自身の生活もなにもめちゃくちゃになったという裕介が、この町に来た理由はなんだったのだ。

そう問いかけると、裕介は皮肉な顔で嗤《わら》った。

「べつに里心もなにもねえよ。浩三に呼ばれたから来ただけさ」

呼んだ、という言葉に臣ははっとする。どういうことだと裕介を見れば、すさんだ表情を浮かべて彼は吐き捨てた。

「こんな生活をしているくらいなら、面倒を見てやるとさ。ばかなやろうだ」

偶然、長野市内に用事で出かけた浩三は、その日暮らしの兄と再会してひどいショックを受けた。いつぞやか、山を売って分け与えた金もすべて使い果たし、自堕落《じだらく》に生活する裕介を見ていられず、戻ってこないかと告げたのだそうだ。

「あいつは変に情がこわいんだ。それでいっつも貧乏くじを引く」

「貧乏くじ？」

「ひとのために、よかれと思ってやったことが裏目に出るんだ。そういうやつだ」

——あんたも、もういい歳だろう。兄ちゃんが、真人間になってくれればいい。

──ばかか。他人の名前使って暮らしてるような男、いまさら真人間になれるわけなかろうが。

一笑に付した裕介に、それでも浩三は食い下がった。どこまでも誠実で木訥《ぼくとつ》な弟に、嫌気がさしたと言いながら、裕介の顔は複雑そうだった。

「あんなちゃちな金庫に、俺の誕生日の暗証番号なぞ入れて。……それで俺を呼べば、盗まれることなんぞわかってただろう」

呟く声は、表情のわりに力ないものだった。屈折した感情がその顔には透けて見えて、臣はなんだかやるせなくなる。

もしかしたら裕介は本当は、やりなおそうと思っていたのだろうかと、弱く響いた声に思う。しかしその矢先に闇金に追われ、結局は弟に聞いていた公民館の支度金に手を出した。

「だまされるほうだって悪いんだ。だいたいおれをこの町に呼び戻して、あいつはどうするつもりだったんだ？　うしろ指さされる兄貴を庇《かば》って、悦にいるってか」

「浩三さんはそういうおひとじゃ、ないでしょう」

それは裕介のほうが知っているのではないかと臣が諭すと、彼の苛立ちはひどくなったようだ。いままで浮かべていた薄笑いをやめ、貧乏揺すりをする裕介に、臣は問う。

「あのひとの信頼を裏切ったことを、どう思ってるんです」

「信頼なんてもんは、もうちょっと上等な人間に向けるもんだ。おれにそんなものを預けるから悪い。あんただって、そう思うだろう」

洗ってもなお、もつれた、白髪の多い髪をぼりぼりと掻きむしり、裕介は言った。

「正しさの押し売りなんて、いらねえよ。おれはそれで哀れまれるのはまっぴらだ」

苛立ちの透ける声に、臣は調書を取りながら、ふと問いかけてみた。

「ひとつ、これは今回の件には関係ありませんが……山の事故について、聞かせてもらえませんか」

「事故？　いつのことだ」

「あなたのお兄さんが、亡くなったときのことです」

臣が問いかけると、裕介は、はっと鼻で笑った。

「おれはひとごろしはしてねえよ」

自分にかけられた嫌疑を、彼は正しく知っていた。堂々と言い放つ言葉に、不思議と嘘はないのだと臣は信じられた。だからかぶりを振り、「そうは言っていません」と告げる。

「ただ、ずいぶん悲惨な事故だったようなので、当時の状態を知りたいのです。しかし、賢治さんがお亡くなりになったときのことは、誰もご存じない」

「いまさら言ってどうする」

「どうにもなりませんし、どうもいたしません。けれどあなたはどうやら、誰にもその件を弁明なさっていないようだ」

それに、たとえ殺人を犯していたところで、現在の法では時効は二十年。彼がこの町を去ったときからとうに、すぎて久しい年月だ。

「まあいいか。それこそ、どうせ時効だろうからな。ひとりくらいはおれの言い訳を聞いてくれるやつがいたっていいだろう」

裏社会に関わりを持つ人間らしく、裕介はうそぶいた。それを聞いた臣は、この男が言葉のとおり、ひとを殺したようには思えなかった。

むしろ、ごくありふれたタイプの身の持ち崩しかたで、こういう手合いは法の抜け穴をくぐるために、やたらの民間人より法律に詳しい。それだけに、だいそれた犯罪には手を染められない人間のように思えてしかたなかった。

「おれと兄貴が揉めてたのは、この町の人間なら誰でも知ってる。どうせ、浩三の女をこましたのもあんた、知ってんだろう？」

肯定も否定もしないまま無言で目を見ると、裕介はにやりと嗤ってみせた。Vシネマにでも出てくる悪党のような、少し芝居がかった表情だった。

「けど、あの山に来るように言ったのはおれのほうじゃねえ。兄貴だ。……たしかに浩三の女はものにしたけどな。あれには、おれも惚れてはいたんだ。まあ、つれなくするから、ちと強引にしちまったけどよ」

女性に乱暴した件はともあれ、彼は賢治を殺したわけではなかった。むしろ呼び出されたのは裕介のほうだった。無言でさきをうながすと、裕介は堰《せき》を切ったように話しだした。

「賢治は見栄っ張りだからな。いつまでもおれみたいなごくつぶしがいるのが、耐えられなかったんだろう。金を渡すから出ていってくれと頼んできたんだ。大雨の、山のなかで」

どうでも町を出て行こうとしない弟にいいかげん業《ごう》を煮やし、情けをかけてやるから消えろと賢治は言ったのだそうだ。そして裕介は聞いていられるかと背を向けた。

「なぜ、わざわざ呼び出されたんでしょうか？」

「家に居座るって言ったところで、おれは市内をぶらぶらしてばかりだった。こんな町からは出て行きたかったし、べつに金をくれるなら消えてやったってよかったさ。ただ、言うなりになるのも癪《しゃく》だから、少し焦《じ》らしてやってただけさ。それがあいつの癇《かん》に障った」

話し合いの場に選ばれた山は、後日浩三が手放して金に換えた場所だった。賢治は裕介に、「金はやるから最後にこの山を見ていけ」と、言ったのだそうだ。

「先祖代々護ってきたんだとか、講釈垂れてたけどよ。林業に使えるわけでもねえ、なにか採れるわけでもねえ、ただの山だ。役にも立ちやしねえから、早く国に売れって言ってたのによ。変な体面、気にしやがって」

吐き捨てる言葉のなかに、妙な引っかかりを覚えて臣は問う。

「国に、とは？」

「いま、この町に市内からまっすぐ来る道路が通ってんだろう。当時はあそこもただの山だったのさ」

開発して道を拓《ひら》くにはあの山自体を買い取る必要があった。だがそれに反対していたのも賢治で、裕介はそんなこだわりをばからしいと言っていたのだ。

「くだらねえ、先祖の山がどうとかより、あの潰れかけた町に道をつけるほうがマシじゃねえかってな。けどあの頑固野郎は体裁を気にして売ることもできなかった」

現在ではこの町へと通じる道路になっているあの場所は、丸山家の保有していた土地だった。先祖から受け継いだものをおいそれと譲っていいものかと、そんなこだわりが賢治にはあったのだそうだ。

「源氏の時代から護った土地だとか、時代錯誤なことを言う連中も、まだあの時代はたくさんいたからな。おれのせいで手放したと言えば、むしろまわりには話がとおしやすかったんだろうよ」

理にかなった裕介の言葉に、臣は瞠目《どうもく》する。そして思い出したのは、太志の言葉だ。

――おまえのうちはれっきとした源氏の筋じゃ。もともとは戦《いくさ》や勢力争いに負けた武家の連中が、隠れ住んで村を作った。野にまみれても、誇りは捨てちゃあいかんのだ。

ああして主張するひとびとは、以前にはもっと多かっただろう。となれば、土地を売ることに対しての反対も、賢治自身の抵抗も、おいそれとしたものではなかったはずだ。

だが裕介は、自分で自分の言葉を嘲笑《あざわら》うようにこう続けた。

「だけどあの町で、そんなことを言ったところで誰も信じやしない。丸山の賢治の言うことは絶対だ。あいつがちゃちなプライドと体面で、町の開発を遅らせたなんて理解しない」

それは事実そうだろう。いま裕介がそうと告げるまで、賢治という人間のひととなりについては、品行方正な跡取りという、ある種型にはまったキャラクターのように語られていた。

「では賢治さんは、なぜあんな大雨のなかにあなたを呼び出されたんでしょう」

「あいつは外面《づら》はいいが、内弁慶で短気で癇癪《かんしゃく》持ちだった。それについちゃ浩三にでも聞けばわかるだろう。あの日、おれは町で飲んでた。だが手持ちがなくて、つけを払えと言うから兄貴に無心にいったら、ちょっと来いと山に呼ばれたのさ」

町の誰かが目撃した、揉めた現場というのはその飲み屋でのことだろう。

「賢治が『いま』だって言えば『いま』だ。あんたわかるかい？　こういう古い町の、古い家の長男ってのは、そこらの政治家より絶対君主なんだ。誰も自分に逆らうなんて思っちゃいねえ。だからおれは抵抗してやった」

そして山での話しあいはこじれ、裕介は兄を殴りつけてその場を去ろうとした。

待てと追いかけてきた賢治は、泥に足を取られてその場に転んだ。ざまあみろと吐き捨て、裕介は走って逃げた。

「考えてみりゃ、そこで足でもくじいたのかもしれない。おれはそのままなにもかも面倒で、家に戻ってふて寝をしてた。なんだかあたりが騒がしかったが、目が覚めてみりゃ、大月の孫も兄貴もみーんな山の水であの世いきだった」

そうして周囲は、裕介が賢治を殺したのではないかと騒ぎ立てた。どうせ誰も自分の言うことなど聞き入れまいと、面倒くさくて放っておいたと彼は語った。

「これはそれこそ誰にも言ってねえがな。山を見に来いと言った兄貴は、銃を持っておれにつきつけたんだ。さっさと死んでしまえ、そうでなければ出て行けと」

どうせこれも信じまい。笑い続ける裕介の奥目が光る。臣はただまっすぐ、彼の言葉だけに耳を傾け、そして問いかけた。

「……浩三さんは、どうだったんですか」

当時は高校生だったという彼に、どこまで状況が理解できていたかはわからない。けれどいま、あれほどに町おこしに熱心な彼が聡明な青年であっただろうことは想像がつく。

「あのひとは、あなたの言うことを信じませんでしたか」

問いかけると、裕介は苦いものを嚙んだように顔をしかめた。

「おれがこの町を追い出されるとき、浩三は山を売った金をおれに渡してきた。すまないがこれでどうにかこらえてくれと」

そのときの気持ちがあんたにわかるか。問われても臣には、答えるべき言葉がない。

「あいつは全部わかってたんだ。兄貴がおれになにをしようとしてたのかも。おれが泥をひっかぶればそれで済むことだと。だからこらえろと言い、山を売り、おれを追い出した」

当時、不動産の価格は上り調子で、裕介に渡された金額は十数年遊んで暮らせるものだった。それを元手になにか商売でもしてくれと言われたようだが、裕介はそれをきれいに遊んで使ってしまった。バブルの波はこんな地方都市にも押し寄せて、そしてすっかりはじけたのだ。

浩三がどうしてあそこまでこの事件を自分の手で片づけようとしたのか、ようやく理解できた気がした。彼はすべての泥をかぶった兄にどこかで申し訳なく思い、また自堕落な裕介に歯がゆくもあったのだろう。

そして引導を渡すならこの手でと、そう思っていたのだろう。

「一度大金が身につくとな、なんもかんも狂うんだ。そうしてあとのことは、言わなくたってあんたは警察のひとだ、想像がつくだろう」

こんな人間は掃いて捨てるほどにいるだろうと、裕介はどこか愉快そうに告げる。臣はやはり、無言でいた。

いま語られたことのすべてが真実かどうか、もはや知るすべはない。裕介も臣がそれを鵜《う》呑《の》みにするとも思ってはいないだろう、投げやりな口調だった。だが、その投げやりさこそが、この男の言葉が少なくとも嘘ではないと語っている気がした。

信じてくれるなどと、裕介はかけらも期待していない、それだけは理解できたからだ。

迷ったのち、臣はもうひとつ訊きたいことがあると裕介に告げた。

「あなたと同じ名前の男がこの間、市内で亡くなっていた。ただの同姓同名というにはおかしすぎるような証明書も持っていたのですが、なにか心当たりはないですか」

問いかけに、さあなと裕介は気のない声を発した。

「おれの名前を使ってるやつがいるかもしれないが、どこでどうしてるのかなんて知らない」

もうはっきりとは思い出せないが二十年以上前、仲介人をとおして戸籍を売ったという相手の顔も見たことはないと、裕介は言った。

「免許を売る仕事もしてたけどな……そんなやつは、案外といるもんだ」

やはり、権藤の持っていた修了証取得のための免許は、偽造されたものだったのだろう。

臣として気になるのは、ただひとつ。

「じゃあ……あの絵を持っていたのはどうしてなんですか」

「絵？　ああ、あの落書きか」

ふっと噴きだしたときだけ、いやに裕介は人のよさそうな顔に見えた。

「あれはなあ、あの鞄《かばん》は、全部、俺の名前を買ったやつのものなんだ。身分証や、証拠になるなにかを交換するってときに、なんでかあんなもんが入ってて。たぶん、『大事なもんは全部よこせ』つったから、間違えて入れちまってたんだろうな」

「……捨てようと思わなかったのですか」

大事なものという言葉に胸が軋《きし》み、問うときにほんのかすかに、臣の声が震えた。しかしそれには気づかなかったのだろう、裕介はどこかはにかむような笑みを浮かべて言った。

「思ったさ。思ったけど……あれは、きっと見たこともねえ『おれ』の、大事なもんだろうなと思った。たぶん、てめえのガキかなんかが描いたもんなんだろうなあ。へったくそな絵でよ、でも大事にしてんのはわかったんだ。だから、返せるわけもないけど、どっかでおれが捨てちゃいけないもんだろうって」

そう思ったら、捨てられなかった。一度捨て損ねたらどうしてか捨ててはいけないものなのだと感じられてしかたがなく。

「気づいたら、もう何度名前を売り買いしたかもわからないのに、あの落書きだけはいつも持って歩いてたさ」

妙にひとのいい顔をして、素直に呟く声に虚勢はなかった。その声に胸がつまって、臣は思わずうつむいた。

たぶん裕介は、根っから冷血であるとかひとが悪いタイプの人間ではない。むしろ情にもろいという意味では、ひとよりも甘い部分も強いだろう。

ひとの金を盗み、名前を売り、そのくせに見たこともない男の持っていた落書きを、何十年も捨てきれずにいる、矛盾の多い、弱い人間なのだ。

けれど、だからこそそこの手合いは、ずるずると犯罪に手を染めてしまう。しがらみや悪癖、誘惑という甘いぬるい水から抜けきれないのだ。

「あんたみたいに立派に生きてりゃ、わかんないだろうけどな。線一本の話さ。道路の向こうとこっちみたいなもんだ。踏んで越えれば、あっという間だ」

臣は立派に生きてなどいない。むしろときおり自分の無様《ぶざま》さに死にたくなることさえある。それでも線一本、それを踏み越えずにどうにか、いままでやってきている。

「なあ。正しいってのはそんなにえらいことかい。おれはだめなやつだが、それでも憐《あわ》れみを向けられるのはごめんなんだよ」

まっとうに生きるにはむずかしいのだと語った裕介の言葉尻に、パトカーのサイレンがかぶさってくる。

「お迎えの時間か。……おつとめすんのは何年ぶりかな」

呟いた言葉はいっそすがすがしく臣の耳に響く。

県警からのパトカーには、堺が乗ってきていた。無言で臣の肩を叩き、身柄の受け渡しをすませて気づけば、慈英がそっと近づいてきていた。

「終わりましたね」

「あー、うん……あれ？」

あらためて顔を見ると、なんだかほっとした。そうしてじわっと目が潤み、おかしいなと感じた瞬間には膝から力が抜ける。

「あ、なんか目ぇまわってる……？」

「おつかれさまです、臣さん」

予想どおりだとため息をついて、慈英が額を大きな手で覆う。ひんやりと感じた手のひらの心地よさに、ここが駐在所の真ん前で、街中であることもなにもかも、臣は忘れた。

頭を脈拍のリズムで殴られているかのようだ。そして意識した途端手足が震えだして、なんだこれはと思っていると、広い胸にもたれさせられた。

「まったく。具合悪いのも忘れて仕事するから、自分で熱出してるのも気づかないでいたんでしょう？」

「あー……これ、熱か。うわ、ひさしぶりに熱とか出た」

「気が抜けたせいで一気に来ましたね、これは」

どうりで身体が重かった。指摘されたとたん、どっと疲労が増した臣をねぎらうように、慈英は疲れ果てた身体を抱きしめて、まるで子どもにするように頭を撫でてくる。

「あれ、駐在さんはどうしたかね」

「ああ、おばあちゃん。申し訳ないんですけど、今日はこのひとを早引けさせますと、堺さんに伝えていただけますか」

「ああ、いいよいいよ」

なんだか慈英の声が遠い。目の前がなおのことぐらぐらとして、次第にすうっと瞼《まぶた》が落ちる。そういえば大雨に打たれたあとも、堺に連絡をして、ひたすら返事を待っていて、昨晩はろくに寝なかったのだ。

「うわこりゃすごい熱だ。早く休ませないと」

「お医者は隣町いかないといないよ。いっそ市内に連れてくかい？」

「じゃあ、このまま車に——」

力の抜けた身体を、あたたかくてたくましい腕が支えてくれている。臣を家に連れていくとか、往診の医者を頼むより市内に連れていったほうがいいだろうとか、そんな会話が細切《こまぎ》れに聞こえた気がしたが、もう瞼が開かない。

抱えあげられ、少し狭いところに寝かされたのはわかった。伝わってくる振動で、ああ慈英のサファリだなとそれだけはかろうじて判断し、臣は安心してしまう。

「……じえ……？」

「寝ていなさい。お説教は身体が治ってからにしてあげます」

汗ばんだ額を長い指で拭い、頬を撫でる慈英の声はどこまでも臣に甘い。だから臣はくたくたと、シートのうえで力を抜いた。

(うん。叱っていい。おまえはほんとに俺のこと、どう扱ってもいいんだ)

ずっと待っててくれて支えてくれて、協力してくれてありがとう。そう伝えたいのに声が出ない。ぼんやりと霞む目を凝らすと、車のエンジンをかける慈英の端整な顔が見えた。

「どうしたの」

やわらかく微笑んで問われて、どうにか指を伸ばした。真っ赤になった指先はすぐ、彼の繊細で長い手に捕らわれて、車高の高い車を囲んだ町のひとたちから見えないように、一瞬だけかがんだ慈英がキスをくれる。

「……もう、俺だけの臣さんですよね」

そっと囁かれ、うん、と素直にうなずいたら、慈英がひどく嬉しそうに笑った。きれいで、どこまでもやさしいような笑顔に苦しい息の下でときめきながら臣は言う。

「もっと、ちゃんと、キスしたい」

体調さえよければ、しがみついて顔中に口づけたいのに。なんだか悔しいと赤い顔のまま口を尖《とが》らせると、指先でそこをつついた慈英が静かに囁く。

「よくなったら、好きなだけしてください」

その声に果たしてなんと応《こた》えたのかは、熱と疲労に意識を失った臣は後日になっても思い出せなかった。

＊　＊　＊

意識朦朧《もうろう》としたまま市内の病院に連れていかれた臣は、そこで医師に大目玉を食らった。

自覚はまったくなかったのだが、もともと過労気味のところに大雨に打たれたため、病院に到着したときには熱は四十度を超えていた。おまけに肺炎も起こしかけ、これまた無自覚だったが山道で転倒した際に足首は捻挫《ねんざ》をこじらせていたのだ。

さすがに入院はせずに済んだものの、点滴を打たれた臣は数日間の安静を言い渡されたため、ふたりはひさしぶりに市内にある慈英の家へと戻ってきていた。

駐在所に関しては、嶋木がピンチヒッターを買って出てくれ、数日間の突発休の埋め合わせに今度おごることになっている。

そして市内の家に戻ってきて以来、慈英の眉間にはめったにない皺がずっと寄ったままだ。

「医者の話じゃ、熱は数日前からだったって感じですけど。気づいてなかったんですか」

「ああ、どうりで身体中痛いと思ってたんだよなあ。筋肉痛じゃなかったんだ」

向こうに行ってからは終日自転車を走らせていたし、あげくにこのところの捜査で無茶な山歩きだ。そのせいだと思い、気にもしていなかったと笑う臣を慈英は睨みつける。

「とにかく、強制的に休ませるようにって、これ堺さんと嶋木さんからの命令ですから。俺は監視役なので、出歩けると思わないでくださいね」

「ふあい……うぐ」

適当な返事をしたと同時に、口に突っこまれた電子体温計。検温終了のアラームが鳴り、まだ三十八度ある臣の体温を知らしめる。

「まだこんなに熱があるじゃないですか」

「べつに平気なんだけどなあ……」

慈英は確認するなり顔をしかめたが、病気の自覚のない病人は、不服そうに口を尖らせた。臣自身は頭痛も感じられないため、頭がぼんやりする以外にはどうということもない。おかげで暇でしょうがないのだが、今度という今度はベッドから出さないと告げる慈英のおかげで、寝たきり状態が退屈でしかたない。

「薬飲む前に、なにか食べないといけませんね。おかゆ作りますか」

「えー。なんか熱のせいで腹減ったから、こう、がつっと肉とか食いたいなあ……あ、あれ食べたいあれ。でっかいハンバーグ。おろしソースの」

「熱出してハンバーグですか……」

基本的に丈夫な臣は、高熱を出したところで胃腸もべつに弱っていない。慈英が作る手ごねのハンバーグがいいと告げると、彼は呆れたようにため息をつき、それでもリクエストをきいてくれた。

「挽肉《ひきにく》買ってきます。あと、なにか欲しいものありますか」

「んー……アイス食いたい。こてこてしたんじゃなくて、牛乳味のジェラートっぽいやつ」

「わかりました。でも帰ってきて起きてたり、仕事してたら怒りますよ。本も読まないで」

「はいはい。いってらっしゃい」

冷却シートを貼り替えられ、ベッドのなかからひらひらと手を振ると、心配顔の恋人はため息をつきつつ買いものに出ていった。大きな背中がなんとなく疲れて見えて、少しの申し訳なさとくすぐったさを覚えてしまう。

息をつくと口がひりついていた。首筋にあてられた、タオルでくるんだ冷却パックが心地よく、臣はふうっと長い息をつく。

裕介が連行されたのち、浩三らにも事情聴取が行われたことは、昨晩の堺からの電話で知った。その際、質疑応答の前に、とにかくよけいなことは言わないようにと言い含めておいたからと告げた上司に臣は感謝した。

――あのひとのことだ、いらんことまで自分の責任だとでも言いかねないからな。

裕介を町に呼んだ事実がある以上、浩三の良心の呵責《かしゃく》は拭えまい。けれどそうして、彼が共犯者として名乗りをあげてしまったり、裕介をリンチまがいの真似にあわせようとした事実を暴露して、誰が得をするのか考えろと堺は言ったのだそうだ。

――それよりあなたは、これからこのこじれた問題をどうするか、考えなさい。そして盗まれた金の補塡《ほてん》をして、この町をきちんと盛り上げるべきだ。

諭した堺の言葉に浩三は黙ってうなずいたそうだ。妙な興奮状態にあった青年団の面々も一緒に話を聞いていたというから、臣が体調を整えるころには、だいぶ落ち着いているのではないかと懐深い上司は言っていた。

あんな事件が起きてしまった以上、すべてがもとのとおりとはいくまいと思う。だが、それでもひとはタフなものだし、彼らならばきちんと立ち直れるはずだ。

むろん臣も、残りの任期の間中、その手助けができるものならばしたいと思う。

頭の芯が熱を持っている状態で、うつらうつらとしはじめた臣の耳に、電話の音が聞こえてきた。慈英がいないことに気づくまでに数コール、のろりと身を起こすとやはり全身がだるい。居間にある子機をとりあげると、相手は堺だった。

『俺だ。だいじょうぶか』

「あー、なんとか。どうしました？　携帯じゃないなんて」

家の電話にわざわざとはめずらしい。そう告げると、堺は呆れたように『そっちにもかけた』と言った。

『おまえ、あのままぶっ倒れてそっちに行っただろうが。携帯はあっちの家に置いたままじゃないのか』

指摘されて、それもそうだった、と気づくあたり、やはり多少熱で頭がぼけているらしい。

起きあがっているとだるく、どうせ相手に見えはしないだろうと臣はベッドに転がった。

「仕事用も私用のも駐在所だったかも。慈英にとってきてもらいます、すみません」

『いや、そりゃかまわん。これは事件の話とは、少し違うし』

手短に詫びると、いずれにしろ用件は私用だと堺は言った。どういう意味だろう、と天井を眺めつつ臣が考えていると、彼は少しだけ声をひそめた。

『あのな、臣。安曇《あずみ》さんと連絡が取れた』

「安曇さん……？」

誰だっけ、とぼんやり考えたのち、権藤の持っていた預金通帳の主だと理解した。

「えっ、あの安曇さんですか。海外から戻られたんですか」

一気に覚醒《かくせい》した頭で臣が飛び起きると、ぐらっと目が回る。だがそんなことにもかまっていられず、臣はそわそわと堺の言葉を待った。

『一時的な帰国らしいんだが、ちょうど里帰りでこっちにいるそうだ。それで、とくになんの関係もないってのに、権藤の話をしたらおまえと話がしたいとおっしゃるんだ』

「会ってくださるんですか？」

『ああ。これから夜までは空いているそうだ。だが明日には東京に戻って、そのあとすぐまた、仕事で飛んでいくそうなんだが。おまえ、どうする』

「行きます！」

熱などかまっていられるか、とベッドから跳ね起きた臣は、クロゼットの着替えをひっつかむ。おたおたと子機を片手に着替えをしながら、駅前の喫茶店で待ち合わせたいという安曇からの伝言をメモにとった。

裕介の盗難事件のおかげであやふやになっていたけれど、これであの通帳の謎が解ける。

体調の悪さも忘れ、電話を切った臣が飛び出そうとすると、そこには腕を組んで立ちはだかる慈英がいた。

「あ」

「あ、じゃありません。どこに行くつもりですか」

どうやらだいぶ前に帰ってきていたようだ。ひんやりした微笑のまま答えを待つ慈英に、数日前にも同じようなやりとりをしたと思いつつ臣は首をすくめた。

「えーと、あの、ちょっと用事ができて」

「電話の内容は、なんとなく聞こえてました。……それで？　臣さんは俺になにか言うことは、ありませんか」

深々とため息をついた慈英の長い指にはサファリの鍵が引っかけられている。くるくるとそれをまわしながら、もうあきらめたと笑う恋人に、臣はお願いしますと手をあわせた。

「帰ったら今度こそ、ちゃんとおとなしくします。だから慈英さま、駅前まで送ってってください。ハンバーグも作ってください」

眉を下げ、えへ、と小首をかしげて笑ってみせると、慈英に頭を小突かれた。

「その前に、上着あと一枚、着なさい。ダウンのあったかいやつ」

「はいはい」

「はいはいじゃありません。ほんっとに、このひとは……言うこと聞いてくれやしない」

まるっきり子ども扱いの口調も気にせず、臣はいそいそと慈英の指定するままにダウンコートを羽織る。

ボタンをかけようとするとうまく指が動かせず、やはり熱はあるらしいなと他人事《ひとごと》のように考えていると、火照《ほて》ったままの赤い顔を両手で包んだ慈英が全部留めてくれた。

「なあなあ。慈英、なんかお母さんみたい」

「……やめてください。お母さんって、なんですかそれは」

「えー、じゃあ、お父さん？」

自覚はないけれど、やはり熱のせいで微妙にねじが飛んでいる臣は、子どものように首をかしげてみせる。

「どっちも勘弁してください……」

恋人のぼやきは聞こえないふりで、早く車を出してくれと急かし、臣は玄関へと急いだ。

＊　＊　＊

駅前にある喫茶店には、安曇がすでに待っていた。堺の告げた特徴のとおり、メガネをかけた穏やかそうなエリートという雰囲気の人物で、年齢は臣と同じ程度らしいが、いくつか年かさにも見えた。

「あなたが、小山臣さんですか」

「はい。本日はお忙しいなか、わざわざありがとうございます」

「いえ、こちらこそお会いしたかったです。どうぞ、おかけになってください」

堺は、彼に臣が警察官だということを告げず、権藤の関係者だということだけ伝えてあったそうだ。

慈英は、自分がいると話しにくいこともあるだろうからと、臣をここに送ってきたあと一度家に戻ると言った。話が終わったら呼び出してくれと言われている。

「こちらにいらしたのは、里帰りだとか？」

安曇は見た目には静かそうなタイプで、物腰はやわらかいが、メガネ越しの視線は鋭かった。これはかなりの切れ者かもしれないと思っていると、案の定いらぬ話は省いて本題に入る。

「ああ、いまは中南米とアジア方面をまたにかけていましてね。任期はまだ残っているんですが……実家の家族から、権藤さんの話をうかがったので、休暇を利用して戻りました」

「わざわざ、それのためにですか」

さらりと告げられた言葉に、臣は目を瞠る。安曇は臣の反応に微笑み、静かにコーヒーを口に運んだのち、言った。

「さきほど、市役所のほうで他人でも供養は出せるのかとお伺いしてきたところなのです」

「あなたが、供養……ですか」

肉親でもないのにどうして、と目顔で問えば、安曇は自分でもおかしいと思う、と笑った。そうするとクールな印象が薄れ、人好きのする感じになる。

「正直に言えば、権藤さんの話については、あの警部さんからお話を伺うまで忘れかけていました。けれど、わたしの青春時代において、やはり恩人であったひとであるなら、なにかできることはないかと思いまして……」

「けれど、さほど親しいというほどでもないのでしょう？」

忘れていた程度の人間だというのなら、ますますわからない。困惑を隠せない臣の前で、安曇はくすくすと笑った。

「いま、あちらですごしていると言ったでしょう。私の仕事は建設業なのですが、現場の人間たちと関わっていると、どこかなつかしいところがあるのです。その日その日を生きているひとたちに、なにとはつかないシンパシーを覚える。そのおかげで、現場でもうまくやれているのですが……それが、あのひとのおかげでもあったんだと、思い出しましてね」

「おかげ、ですか？　だって、通帳の名義まで貸してあげたりして、……あんな危ない真似をして、彼のほうがよほど、あなたには恩義があるのでは」

「現象だけ見ればそうだと思います。じっさい、いまのわたしからすれば、なんてばかなことをしたのかとも思っていますよ」

だが後悔はないと知らしめる笑顔に、臣は言葉もない。

「わたしは、堺さんからお伺いかもしれませんが当時、奨学生制度で新聞配達をして大学に通っていましてね」

それから安曇は、簡単に自分のことを話した。

いまでこそ会社で安定した給料をもらえているが、その当時は親の会社が傾き、進学した大学の授業料が払えないほどつらかったこと、それによって周囲の人間関係や環境が一変してしまったこと。

「自分で言いますが、案外といいうちのお坊ちゃんだったんですよ。あのままでいれば、現在の仕事をやっても、ここまで粘れたかどうかわかりません。そういうことを、権藤さんに……というわけじゃないが、あの時代にわたしは学んだ。その象徴が権藤さんです」

「権藤さんは、あの……あなたに、いったいなにをしたんです？」

問いかけると、安曇はまず権藤について「いいひとでしたよ」と穏やかに言った。

「そのころのわたしは、本当につらくて、毎日やさしい声をかけられるのは、とてもありがたかったんです」

朝の三時には出勤し、冬の雨の日も凍えながら配達をしたあと、必ず権藤は「おい、元気にやってるか」と声をかけてきたのだそうだ。

「出会った当時は、うさんくさい小父《おじ》さんだな、という程度の印象でした。正直、権藤さんは、配達所でもヤクザ扱いされていた。でも、それにしては彼はひとがよくて……たぶん、彼自身も寂しかったんでしょうね」

顔見知りから、気づけば食事に誘われるほどの親しさになっていた。どこか、惨めな生活をしている者同士の疵の舐《な》めあいもあったのだろうと安曇は分析してみせた。

「おまえは頭のいい大学に行ってるんだから、俺みたいになるなっていうのが権藤さんの口癖でした。自分もお金がないのに、見栄を張っておごってくれたり……まあ、安い飲み屋だとか、鮭弁当だとか、その程度ですが」

苦学生の自分にとっては、たかが鮭弁当だけでもありがたかった。なにより、そんなものをごちそうする余裕もないくせに、妙にひとのいい権藤が、そう悪いひとには思えなかったのだと、安曇は誠実な声で語る。

「でも、こう言ってはなんですが。その程度のことで、通帳までというのはどうかと」

臣が口を挟むと、安曇は苦笑した。やわらかい、懐の深さを思わせる笑みに、彼はそんなことは重々承知だったのだと思い知らされた。

「わたしもね、当時まだ十代だったとはいえ、さすがにとは思いました。けれど、一度として金を出せだの、無心のような真似もしなかったあのひとが、土下座せんばかりの勢いで『おまえにしか頼めないんだ』とおっしゃいまして。けっして迷惑はかけない。ただ自分は通帳を作ることがもう、できないのだと」

「……どういう、意味ですか」

臣の問う声に、安曇は少しだけ痛ましい顔をした。

「権藤さんはその時点で、すでに名前を三回変えていらしたんですよ。権藤という名前は、ななしのごんべえの『ごん』から連想して、本人が勝手につけたのだそうです」

権藤という名前の由来を聞き、そんな意味があったのかと臣は絶句した。そしてまた、なぜ安曇が権藤に同情してしまったのかも、おぼろに理解した。

なにひとつ持たない男を前にして、若い安曇は手を貸す以外になかったのだろう。

「通帳については、ある意味では軽い気持ちで作ってあげました。本当にいまではずいぶん危なっかしいことをしたとは思うけれども、当時の住所は下宿で、大学を出るころにはいずれ引っ越してしまうし、そうすれば自分とは関わりもないからかまわないと、そんなあさはかな気持ちはあったかもしれませんね」

安曇自身、浅慮だったと告げる声が濁っていた。ふと見れば、なにかを悔いる顔で彼は眉をひそめている。

「ありがとう、ありがとうって、自分の父親ほどの大人の男に頭を下げられて、わたしはつらかった。礼を言われるような立派なことをしたわけじゃない、それを知っていたから」

どうしようもなくつらかったと、悔悟《かいご》の滲む声は繰り返す。

「這《は》いつくばるようにして頼みこむあのひとの姿に、なんというか……そこまで惨めになりたくないと、そんな気分もあったんです。だから、その通帳を渡したとき、もうこれで関わらないでくれと、言ってしまった」

二度と関わりたくないと、吐き捨てるように言ってしまった。そう呟く安曇の顔は、言葉どおり、ひどくつらそうだった。臣もまた、想像だけで苦い気持ちがこみあげ、声を低くしてしまう。

「それで、権藤さんはどうしたんです」

「……本当に、わたしの前から消えてくれました」

ため息をついて安曇はメガネをはずし、眉間を揉んだ。疲労の滲んだ仕種に、痛ましいと思う。もう一度長く息をついて、メガネをかけなおした安曇は「失礼」と力なく笑った。

「あのひとがどれほど追いつめられ、どれほどひどい人生を歩んでいたのか、のちになって理解しました。ああして頭を下げる彼を情けないと思った自分がどれほど傲慢《ごうまん》なことだったか、恥ずかしくてたまらなかった」

権藤には、べつに迷惑をかけられることもなかった。むしろそのたった一度の頼み以外には助けてもらうことも多かったくせに、ひどい縁切りをしたと安曇は言った。

「わたしは、あのひとは悪いひとじゃなかったと思う。ただ弱かったのかなと、いま、大人になったら思います。もっとやさしいことを言えればよかったと、のちのち悔やんだこともありました」

それでもそのころにはなにもわからず、妙な頼みをする彼が不気味にすら思えて逃げたかったと吐露《とろ》する安曇は、胸のつかえが降りたような顔をしていた。

「こんなひどいわたしに、別れ際、いいんだよと彼は言いました。こんなみっともない親爺《おやじ》にこれ以上関わることはない。その代わりおまえはきちっと勉強してえらくなってくれと。おれの……もうひとりの息子のようだ、楽しかったと笑って」

感傷的になった自分をこらえるように、安曇はそこで言葉をきり、笑ってみせる。臣はその言葉のなかで、どうしても引っかかるひとことに声を震わせた。

「もうひとりの息子、ですか」

「ええ。もう本当の名前なんて、もう忘れちまった。いまのおれは権藤だ、って言いながら、彼はあなたの話をするときだけ、本当に、……とても嬉しそうだった」

「え……」

さらりと本題に入った安曇は、なぜかなつかしいようなまなざしで臣を見た。それはそのまま、権藤が臣へと向けた視線のようにあたたかい、やさしいものだった。

「わたしもいま、子どもがふたりいるんです。とてもかわいい。小さいころに海外に連れていってしまうのはどうかと、妻ともさんざんもめましたが、あちらの日本人学校に通わせています。だからわかる、権藤さんは本当に、臣というその子と離れたことがつらかった」

静かな父親の声で語る安曇が、なぜ自分より年上に思えるのかその言葉でわかった気がした。彼の目線が、保護者の、誰かを護る立場でものを見る人間であるからだ。

いまだに、寂しい子どものままで居続ける臣とは、もう立っている位置が違う。

「あのひとは、酒に酔うと息子さんのことをいつも話していましたよ。その、臣という男の子と、年齢があまり変わらないからという理由で、お金がないのに奢《おご》ってくれたんです」

本当に楽しそうに臣の話をしたのだと、どこかおもしろそうに安曇は語った。そして、安曇が聞いていた権藤の息子の話は、かつての同僚が小耳に挟んだというものよりも詳細なものだった。

「親ばか丸出しでね。臣って言うんだ、本当にかわいいんだって。本当の息子さんじゃないのに、ああいう子はきっと大きくなったら賢く育つんだと」

「息子じゃないって……言ってたんですか」

どうしてそこまでと臣が震える声を発すると、安曇は深くうなずいた。

「ええ。むしろ自分なんかと血のつながりがなくてよかったと。きれいで頭のいい子で、絵だけは少しへたくそだけれど、おとうさんと書いてくれたのがとても嬉しかったと」

目頭が、つんと熱くなった。もともと発熱している身体のせいで潤んでいた視界がさらに霞み、臣はあわててうつむく。その姿を、安曇はあたたかな目で見守っていた。

「いろいろあって、その絵はどこかに行ってしまったけれど、いまも覚えている、そう言っていました」

「……あんな、適当な落書きを」

臣をかわいがってくれた、妙に穏やかな男は、やはり権藤だった。幼いころに絵を描いたエピソードも安曇は知っていた。

もしかすると彼はこの日、臣にこの話をするためだけに来たのだろうかと、じんじんと痛む目を喫茶店のおしぼりで押さえながら思う。

「できるならちゃんと育ててやりたかったと……でも自分がだめな人間だから、れいかに愛想をつかされてしまったと、悔やんでいました。彼女は奔放《ほんぽう》なひとで、あのままでは臣が可哀想だと再三ね。いまはわたしもひとの親だから、その気持ちはわかります」

肩を震わせる臣に、安曇はどこまでもやさしい声を発した。

「臣とすごしたあのときの自分だけは、まっとうな人間でいられた気がすると、そう語っていました。嘘はないでしょう。そのころの名前はまだ、本当の名だったようですから」

安曇の言葉が重ければ重いほどに、臣にはわからない。どうして権藤が、そこまで自分を想っていてくれたのかが、なにひとつ理解できないとかぶりを振った。

「あのひとは寂しいひとだったんです、きっと。だから情をかけられる相手がいるだけで、よかったんじゃないでしょうか。かつてはあなたに、その代理の、わたしにと」

せつないほどに、情を求めているひとだった。そのくせどうしても、まともに生きるにはむずかしい男だったのだろうと安曇は言った。

そんな権藤に、自分がなにをしてやれたのか。ほんの数ヶ月、父親代わりに甘える相手を得て、ただただかわいがってもらうばかりで。

「すっげえ……短い間しか、いっしょにいなかったんですよ」

思えば、あの男にだけ臣は子どもらしいわがままも言えた。腹が減った、眠い、とぐずれたのも、あの顔もおぼろな相手にだけだった。

「俺はなんにも、あのひとにそんな、してあげたわけじゃないのに」

臣が、どうしてそこまで思い入れられたかわからないと呟くと、安曇はやわらかな声で、自分はわかる気がすると言った。

「甘えられるのはね、嬉しいものなんです。頼られて、自分がこの子どもをどうにかして、ちゃんと育ててあげたいと。それが生き甲斐《がい》にもなります。わたしも事実、そうだ」

いま外国でがんばれるのも、自分の子どもたちのためだと安曇は誇らしげに言った。

「子どもは、かわいいだけでいいんです。うろおぼえですが、たしか三つまでの間、まだひととしての自我も確立されないその間、精一杯かわいらしい姿を見られただけで親は満足して、その残り時間を子どもに尽くせるのだと、そんな話を聞いたことがある」

「でも、俺は本当の子どもじゃない」

涙声で小さく叫ぶと、安曇は笑顔のままゆるやかにかぶりを振った。

「それでかまわなかったのでしょう。あのひとは、自分をあまりお好きではなかった。だから、ただただかわいがれるあなたのことが、大事だったんじゃないでしょうか」

慰めでもなく、ただそう思うと安曇は言う。臣は耐えきれず唇を噛んで、呼吸をひきつらせた。ひとことずつ噛みしめ、懺悔《ざんげ》でもするように、臣は涙声を発する。

「俺は、あのひとの名前も覚えてないんですよ。俺と暮らしたころの、本当のあのひとの名前も。顔も。俺はなにも覚えてない」

月単位と言っていいほど頻繁に、何人も何人も入れ替わる母親の恋人たち。幼い臣の記憶力では、どれが誰で、どんな名をしていたのかいちいち覚えてもいられなかった。けれどそれをいま、強く悔いる。

（どうして思い出せない……）

せめてあの折り、なんと彼に呼びかけたのかだけでも、思い出したかった。権藤茂などという嘘の名前ではなく、彼の本当の名を。そうできない自分が、たまらなく歯がゆかった。

「ちゃんと思い出せればいいのに、あのひとは、俺を覚えていてくれたのに……！」

頭のなかをかき回してでも思い出したいと思った。けれど眼裏《まなうら》にはおぼろな残像だけがよぎるばかりで、追憶の名を摑もうとあぐねても、幻のような姿は儚《はかな》く消えてしまう。

だが、うつむく臣へと安曇はやわらかく微笑み、語りかけた。

「おとうさんと、きっと呼んでいたんじゃないですか。彼はそう言っていましたから。父親という役割を、あのひとはあなたにもらった。それで、充分だったんじゃないですか」

穏やかな声に思い出すのは、あのよれた画用紙の絵だ。『おとうさん』たしかにそう、臣は拙《つたな》い字で似顔絵のそばに綴《つづ》っていた。

「親はね、子どもを得て、育てて苦労して、はじめて親になれるんです。実感として、自分がそうだ。誰かのために、なんて、若いころには思いもしなかった。そういうことをあなたはきっと、そこにいるだけで権藤さんに、教えたんじゃないですか」

静かに語った安曇の前で、どんな顔をしていいかわからないままに臣はうつむいたままだった。ぎゅっと顔におしあてたおしぼりが熱いもので湿って、とてもではないが顔をあげられはしなかった。初対面の相手の前で、泣きたくはなかった。けれど泣けてしかたがなくて、どうしていいやらわからなかった。

「今日、あなたに会えて、そして話ができてよかった。それから……権藤さんについては、市の納骨堂に永代供養《えいたいくよう》のお願いをするつもりなのですが」

これがそうです、と安曇は書類を取りだした。本当に彼は、まったく関係もない権藤について の供養をするつもりのようだ。はっとして臣が顔をあげると、安曇はひとつだけ頼みがあると言った。

「ときどきでいい。手をあわせに行ってもらえませんか。わたしはきっと、このまま日本にはろくに戻れないので、これだけが心残りなんです」

臣は無言で何度もうなずいた。そしてやはりこの安曇は、ひとがいいのだなと思うと同時に、自分よりも本当にいろいろな意味で、大人なのだと感じられた。

「縁もないのに、そこまでなさるんですか」

「縁は、あるんでしょう。袖振り合うも……と言いますから。少なくともあなたは子ども時代に、わたしは青春時代に、この、ななしのごんべえさんと知りあいだったのですから」

そうでしょう、と微笑んで、安曇はつけくわえた。

「それに、本当の名前にこだわらなくたっていい。ちゃんと、戒名をつけて頂くつもりですから。あのひとのあちら側での名は、それになるのだから。あなたはただ……お父さんと、そう呼んであげればいい」

「……そうですね」

赤い目で臣は微笑んだ。それを見つめて笑う安曇の目は、幼いころ、自分を抱いてあやしたあの男の表情と、きっと同じなのだと思えた。

＊　＊　＊

安曇と別れたあと、臣はしばらく喫茶店で惚《ほう》けていた。慈英に迎えに来てくれと頼むのも忘れ、日がとっぷりと暮れたころに彼が店までやってきて、ようやく正気に戻った。

真っ赤な目で、迎えに来た恋人の車に乗せられた臣に、慈英はなにを問うこともしなかった。ふたりきりになる車の中でいきなりぼろぼろと泣きはじめても、ただ無言で臣の頭を何度か撫でただけだった。

安曇に聞いた話を口にできたのは、慈英の家に戻り、リクエストどおりの夕食を食べながらのことだった。

慈英の手製のジャガイモのスープとハンバーグをしっかり平らげ、あたたかいそれが腹に落ちたらまた涙が出た。ぽつりぽつりと、安曇が教えてくれた話を咀嚼《そしゃく》しながら泣く臣に、慈英はやはり無言だった。

「……俺ずっと、誰にも、愛されてないって思ってた」

食事を終え、洟《はな》をすすった臣がごちそうさまの代わりに呟くと、慈英はそっとミルクを入れた紅茶を差し出す。

「風邪には紅茶がいいから。飲んでください」

こくんとうなずいた臣がそれを啜ると、軽く息をついた慈英は立ちあがり、臣を背中から抱きしめて髪に何度もキスをした。

「俺のこと大事にしてくれるひとなんて、誰もいなかったって……そう思ってたんだ。だから寂しかった」

そして、ぽつりとこぼした言葉に対して応えるように、こんなことを言った。

「前から思っていたんですけどね。臣さんは本当に誰にも大事にされたことがないわけじゃ、ないんじゃないかって」

「そう、なのか？」

「ええ。そういうすさみを抱えたひとにしては、あなたはずいぶんやわらかいから」

どういう意味だろうと真っ赤な目で見あげた恋人は、ふわりと微笑んでいる。

「堺さんのおかげかと思ったけれど……どこか、その、小さなころの権藤さんの記憶が忘れられないんじゃないかと。今回の話を聞いて思いました」

本当になんの愛情も知らないひとは、こんなに甘えられない。もっとかたくなに、むしろすれていくだろうと語る慈英に、よけい臣は落ちこんでしまう。

「そうなのかな……？　じゃあ俺、ただ思いこんでただけなのかな」

それはそれで、ずいぶん薄情で情けないのではなかろうか。どうにもやるせないまま臣がまた目を潤ませると、そういう意味ではないと慈英は笑う。

「逆でしょう。そういうことがあったから、あなたはいろいろあってもすさまずにいられたんじゃないかと、俺は思いますが」

「そうか？　俺、かなりだめなやつだったけど……」

「熱のせいでずいぶん、弱ってますね」

すべてを知っている恋人は、臣の過去を悔やむ発言について苦笑しただけだった。そして、紅茶のカップをとりあげると、膝にかけさせていた毛布ごと抱きあげてベッドに運ぶ。

身体がだるいのも実際で、臣はふだんなら照れてしまうような慈英の甘やかしを黙って受け入れた。

「悪いように悪いように考えてしまうから、具合の悪いときには考えてはだめですよ」

「うん、それは、わかってるけど……大事なこと忘れたままでいたのが、なんか」

取りこぼしてしまった大きななにか。いままで何十年も気づかずに来てしまったことが悔やまれてならない臣をベッドに横たえ、慈英はそっと熱っぽい髪を梳く。

「きっと権藤さんは、あなたに思い出してもらえて嬉しいと思います。それと……きっと、ずっとあなたに会いたかったんでしょうね」

「どうしてだ？」

肩まで布団をかけられながら、臣が気の抜けたあどけない声で問うと、慈英は「憶測でしかないけれど」と前置きをして言った。

「ああして、名前を変えたり、ひどい生活をするひとたちは、正直いって東京にはもっと多い。なのに彼は苦しい暮らしのまま、それでもここに留《とど》まり続けていた」

東京や、都会に逃げる手もないわけではない。じっさい、そんな人間はたくさん知っているだろうと指摘され、臣はうなずく。

「都会のほうがもっと楽に生きられるのに、なぜ権藤さんはこの街に居続けたんだろうと、話を聞いてずっと思っていました。だからこの町で死んだのは、なにか心残りがあったのではないかと。むろんそういう発想や、機会がなかっただけと言われれば、そこまでの話ですが」

あくまで自分の想像の話でしかない。けれど真実など誰にもわからないことなら、やさしい夢でもいいじゃないかと慈英は語る。

「堺さんがたまたま、権藤さんの死を知った。そして、権藤さんに名前を売った丸山さんが、あなたのいる場所に逃げてきた。これは、たしかに偶然とも言えますが、なにかが呼んだように も、俺は思えるんですけどね」

勝手な想像だから、戯言《ざれごと》だと思ってくれていい。けれどこの一連のできごとに意味があるのなら、そういうことがあってもいいんじゃないか。

そんなふうに、慈英はやわらかなまなざしで告げる。

「……呼んだ、のかな」

「見つけてほしかったんじゃないですか。あなたに」

「俺で、いいのかな……?」

潤みきった目でじっと見つめた慈英は、額に唇を落として言う。

「あなたがいいんでしょう。俺と同じで。……生きていらしたら、最大のライバルだったかもしれないですね。ななしのごんべえさんは」

「ばかだろ……あは、は」

穏やかな声に、胸につかえていたやるせなさが、とろりと溶けた。口づけたままの言葉ひとつで、この男は、自分の全部を救ってしまうのだと臣は思う。

「臣さんの寂しがりは、あなたは自分ではすごくいやなようだけれど。俺にはとても嬉しい」

「そう？」

「このひとには、俺が必要なんだとちゃんと教えてくれる。それがいいんです。だから、亡くなったそのひとの気持ちは、わかる気がします。ただ……父親ではないけれど」

かける情の質は違うが、臣を大事にしたい気持ちは同じだからと、熱のある頬を撫でて彼は言った。

「俺はあなたをひとりにしない。どこまでも、名前が変わっても、顔を変えても、追いかけて捕まえて、絶対に離さないでいるから」

「……うん」

「籍を入れる話も、あきらめない方向ですので」

冗談めかして告げる慈英に、臣はようやく笑った。とたんほろりと目尻から漏れた水滴は、やわらかい唇が吸い取っていく。

「臣さんの弱いところも、強いところも、きれいなところもそうじゃないところも全部、俺だけのものだと思ってる」

手の甲に口づけながら、慈英はなにひとつ揺るがないまなざしで言った。

「誰にも渡さないしどこにも行かせない。そんなことはもう、知ってるでしょう」

「うん。知ってる」

何度も何度も捨てられてきた臣を拾いあげ、怖くなるほどの執着と愛情で包んでくれる男は、いつまでも待っていると臣に告げる。

「返事は急がない。あなたが本当に、それでいいと思えたときでいい。それまで俺は、ずっと隣にいて、なにも疑えないくらいに愛し続けるから」

抱きしめる腕のなかで、臣はもうなにも疑ってはいないと思う。けれど、小さく震えたそれを怯えと勘違いしたのか、慈英は声をやわらげて、冗談めかしたことを言った。

「まあ、少なくともあと五十年くらいは考える時間がありそうですから。のんびり考えてください」

「気のなっげー話だな……」

笑いながら、声が震えた。目尻からこめかみまでやさしく撫でる唇のせいで、臣は熱と涙に温度をあげた息をゆるやかに吐く。

「……慈英、口、熱い。なんかざらざらする」

「ああ。アイス食べますか？」

熱があがったかな、と額をあわせてくる恋人に、臣はゆるやかにかぶりを振る。そして、精悍《せいかん》な頬を少し痺《しび》れているような両手で包んで、ちゅっと音を立てた唇で囁いた。

「アイスいらないから、ここ舐めて。風邪、感染《うつ》るのやじゃないなら」

臣はわざとらしく、甘えきった誘う声を出した。少しだけ鼻声になっているのは涙のせいかあやしいけれど、臣のおねだりを聞かない慈英ではない。

「感染ってもかまいませんけどね。……キスだけでいいんですか？」

冗談めかしたそれに小さく噴きだし、臣は覆《おお》い被《かぶ》さってくる広い背中を抱きしめる。

「慈英お父さんがいいとこまでして」

「……その呼び方、勘弁してください。さすがに萎《な》えます」

ふざけあいながら抱きあって、唇をあわせた。しっかりとキスをするのはずいぶんひさしぶりに思えて、熱に鈍《なま》っているはずの腰のあたりが甘くなった。

舌を絡ませながら、慈英の長い髪を指に絡め、耳のうしろからうなじを撫でる。いつもよりひんやりと感じるおかげで、自分が発熱しているのを自覚するけれど、咎めるように唇を軽く噛んできた慈英が「こら」と言った。

「本当に洒落《しゃれ》にならないでしょう。やめてください」

「萎えるんじゃないのかよ」

「意地の悪いことを言いますね」

お返しに耳を噛まれて、びくっと臣は身体を跳ねさせる。すぐに離れるかと思えば、耳殻《じかく》をなぞった慈英の舌はそのまま首筋にと這い、顎との境を何度かさまよって頬に辿りつく。

あらがわず、軽くのけぞった臣は息をついて、もっと欲しいとみずから寝間着のボタンをはずした。

「ん……舌、冷たくて、気持ちいい」

こっちも、とさらした胸に長い指を誘い、鎖骨《さこつ》に歯を立てられるとぞくぞくした。

「こんな火照った肌で。寝てないといけないのに」

「だったら、慈英が冷まして。汗かいたら熱引くかもしれないだろ？」

屁理屈で対抗すると、慈英は呆れたような顔で、それでも笑った。軽口ばかり叩く臣の指がかすかに震えていることに、彼はとうに気づいているのだろう。

「よけいに熱があがったら、どうするんです」

脚を撫でられて、ぞくぞくしながら臣は答える。

「それ、も……楽しみ……っ」

負けたと笑って、臣を甘やかすことだけに全身全霊をかける男は、もう一度濃厚なキスを贈ってきた。火照った口腔《こうこう》には恋人の舌は冷たく甘い。

「ん……ん」

口づけに夢中になっている間に、慈英は胸の上をなぞってきた。期待感だけで張りつめた小さな乳首は、ふつりと尖ったまま指に押しつぶされ、抵抗するようにさらに勃《た》ちあがる。

「いつもより、熱い」

「そ、かな？　こんなもんじゃねえ……？」

覆い被さってきた男の手が布越しに内腿《うちもも》のラインをたどり、湿った熱をたしかめる。けれど、それはこの日の臣の体調が悪いからというだけではないことくらい、わかるだろう。

(絶対わざとだろ)

ふだんより触れかたが焦れったい。過敏な内腿をゆっくりとなぞり、鼠蹊部《そけいぶ》を軽く押して甘い呻きをあげさせたあと、期待に熱を持った部分へとようやく触れた。

「もう濡れてる。汗じゃないでしょう。指が滑る感じがする」

「や……だ、ばか」

湿りを帯びた脚の間を大きな手のひらに包みこんで、やわらかに撫でながら右の胸だけをいじられ続け、どんなふうに変化していくのかを言葉でも教えこまれた。

「も……早く、脱がせて」

「それから？」

「それから、って……」

「脱がせて、どうしてほしいか、ちゃんと言ってください」

なにをどうされたいのか、全部口で言う。それが数日前に慈英の言った『あとのことは覚悟しろ』の中身なのだと知らされ、臣はふてくされそうになった。

「ちょ……あれは、身体、治ったらって言ったくせに」

「無茶をして長引かせてるほうが悪いでしょう。だいたい、誘ったのは誰ですか」

「んんっ」

そんな会話をする合間にも、もうさんざんに高ぶらされている。濡れた下着の気持ち悪さも、中途半端な愛撫《あいぶ》も、ほとんど拷問のようでしかない。

「あ、あ、やだ、それっ」

そこの形をたしかめるように、指一本だけでやわらかな膨らみをそっと押して去る。長い指を二本使って交互に動かし、くすぐるように根元の膨らみをたわめる、曖昧で卑猥《ひわい》な愛撫。慈英の指がどれだけ繊細な感覚を持っているのか熟知している臣は、たまらない羞恥《しゅうち》を覚えた。

(指で、形、描いてる……)

ラインを描くような動きは間違いなくわざとだ。慈英は真っ赤になった耳朶を噛みながらくすりと笑い、臣の羞恥を悦《よろこ》んでいる。

「あ、やだ、もっと――」

そのくせ、火をつけるだけつけておいてすっと手を引くたちの悪さに唇を尖らせながら、臣は小さくねだる。だが、もっとなんだと言いたげな目で覗きこまれて、やけくそになった臣は自分で下衣《したぎ》を蹴りさげ、恋人の前に身体をさらした。

「……舐めて」

「どこを？」

だが、その程度のことでは足りないと意地悪く笑われる。このやろうと思うものの、ひくひくと濡れている場所がこらえきれない。汗ばんだ肌がすうっと冷えるようで、身震いをしながら腿を開くと、自分の脚の間に手を添える。

「ここ……いっぱい……舐めて」

願いを口にすると、じわっと涙が滲んだ。その顔をじっと眺め、髪を撫でた慈英は頬を舐めてくる。

「震えるくらい恥ずかしい？　臣さん」

「うん……恥ずかしい……っ」

問われれば、ますます羞恥はひどくなる。それでも、震えながら開いた腿を支える手は離さず、臣はこくこくとうなずいた。それでも許さず、慈英はさらに意地悪く問う。

「でも、舐めてほしい？」

確認され、閉じた唇の間から細い甘い悲鳴が漏れた。言葉でなぶられただけで、限界の来ている性器のさきから、とろとろと雫《しずく》が溢れたからだ。

「うん、うん、早く……もう、だめ、出ちゃうからっ」

お願いだとねだると、微笑んだ慈英はそこに顔を伏せて、まずは挨拶とばかりに音を立てて先端にキスをした。濡れた音、感触——ちくりと触れる髭と唇のやわらかさに、瞬間的に腰が跳ねる。そして動きに逆らわぬよう、ゆったりと口腔に飲みこまれる。

「はふっ……あぁっん……あん！」

口腔の中で舌をまわされながら、根元をやわやわと揉まれた。張りつめきったそこから会《え》陰《いん》に続く、皮膚のひきつれたような場所はとくに過敏で、そこを指でなぞったり舐めたりされると、腰ががくがく弾んでしまう。

（あ、舐めまわされてる……っ、すご、い）

ぬらぬらとした慈英の舌に、舐め溶かされそうだった。我慢できずに腰を揺すると、あたたかい唇からぬるんと抜き出され、心許《こころもと》なくなるとまたくわえられる。

胸がせつなくて、もう腿を支えることもできない手でぎゅっと自分の肩を抱いていると、わななく手首を取られた。

「……自分で乳首いじって、臣さん」

「そ、そんなの……慈英が、すれば、いいじゃんか」

「手が足りない」

うしろと前とをいじるのにいっぱいいっぱいだから、胸は自分でしなさいと唆《そそのか》される。今日の彼はとことんまで臣をいじめるつもりらしく、笑っている目が少し怖い。

「や、あん……っ！　やだやだっ」

「いやじゃない。好きでしょう？　いつもは自分でするくせに」

言われてするのと、自分が無意識でやるのとはかなり違う。わかっているくせに意地悪く、慈英は「して」と囁いてきた。甘く響く声の使いかたを熟知した囁きに、臣はぞくぞくしながらささやかな反論を試みる。

「この間は、いたずらするなって、言ったくせに……」

「今日はいい。乱れてみせてください。いやらしくして、俺を誘ってみせて」

「も……ばか……」

ぎゅっと縮こまったそれに手の先をあてがわれ、唆されればもうだめだ。我慢できずに小さな粒をくりくりと両手でいじる。

「んん、んんんっ」

こうするとくわえられたところまで微弱な電流が流れるようで、つい止まらなくなった臣は、腰を揺らしながら淫猥に胸をいじりまわした。その間も、敏感な部分への愛撫はやまず、尻を揉まれながら中心を舐められると、顎があがって声が漏れる。

「あとは、どうしてほしい？」

「あ、も、もっと、なめて……いっぱい、なめて」

気持ちよすぎて、もう恥ずかしさも吹き飛んだ。自分で乳首をこねまわしながら、恋人に脚の間を舐めてもらう。淫猥で、恥知らずな、けれど甘い時間。

「あん、あ、いい、あっ⁉ や……あっ」

うっとりと快感に浸っていた臣の脚がさらに広げられ、うしろのほうにぬるりとしたものが触れた。前を舌であやしながら、濡らした指を入れられている。性急なそれに少し驚いたけれど、拒む気もないまま、埋まってくる硬いそれを臣は許した。

「すごい熱ですね」

「ん……」

「やけどしそうだ。こんなになってて、つらくはないんですか」

「ない……きもち、い」

体内の温度の違いを指先でたしかめられ、ひどく恥ずかしい気がした。平気だと首を振ると、それからどうしたいのと耳を噛まれる。

「なかの、どこが気持ちいいんです？」

「も……知ってるくせに……っ」

「知ってるけど、たしかめたい」

そんなやりとりを、何度も繰り返した。かき回され、淫《みだ》らに泣きながらぐずぐずになった身体の奥の餓《う》えは、この行為がかなり久々であることを臣に実感させた。

「も、いいかげん……意地悪、すんなよっ」

「ずっとお預けにされてたから、少しくらいやり返させてください」

しゃくりあげてねだると、そんな切り返しをされる。ばか、と平手で広い肩を叩き、四肢を絡みつけ、甘えるように慈英の形いい耳を舐めながら臣は言った。

「欲しいから、それ……欲しい、から」

風邪を引いているから息苦しいはずだと、臣の好きな口淫も拒まれた。そのせいか、慈英のあの強烈な熱が欲しくて欲しくてたまらない。身体の奥が涎《よだれ》を垂らす勢いでうねっているのに、いつまでも焦らさないでほしい。

「入れて、お願い……」

「わかってないですね、臣さん」

欲していたのはどちらのほうかと、そんな声が聞こえた気がしたけれど、脚を抱えられ、しっかりと胸をあわせるころには、もはや言葉に意味はなかった。

ひたりと、指で開かされた部分に慈英のそれが触れる。幾度か、馴染《なじ》ませるようにスライドする動きにむず痒《がゆ》さを覚え、腰をよじって悶《もだ》えた瞬間突き入れられた。

「あ……う、んん！」

「あ……っつ」

抱きしめた背中が、びくりと震える。思わずといった感じで漏れた慈英の呟きに、臣は潤んでうつろな目を向けた。

「臣さん、本当に平気？」

「な、んで……？」

はふはふと息を切らして問うと、つながった部分に指を触れられた。

「いや、ここが」

「あう！」

「ほんとに熱い……やけどしそうだ。つらくないですか」

心配そうに問われて、臣はたまらずかぶりを振る。ただでさえ挿入されていると全身が過敏になってしまうのに、そろりと結合部を撫でる指にも感じさせられる。

「この、まんまじゃ、つら……い」

「え？」

「もう、動いてっ……突いて、はやく！」

我慢できないと腰を揺すると、慈英は眉をひそめて歯を食いしばった。詰めていた息をゆっくり吐き出し、知りませんからねと呟いた気がするけれど、もうそんなことはどうでもよかった。

「あ、ああ……ん、いっ、いっ、慈英……っ」

耳元で、荒い息が聞こえる。ふだんから取り乱すことの少ない、穏やかで清潔な印象の男が、自分の身体を使って興奮しているのだと思うと、臣は泣きそうなくらい嬉しくなった。数えきれないくらいに寝て、それでも毎回たまらない気持ちになる。胸が甘く軋んで、広い背中を抱く腕が強まる。奥深くに恋人を挟みこんだ脚をきゅっと折り曲げ、もっと来てほしいと言葉ではなく訴えた。

体内はもう、溶鉱炉のようだった。熱く赤く燃えて、溶けている。慈英が腰を送るたびに塗りこめたジェルと体液が混ざりあったものが、少量ずつ隙間から溢れた。激しくて、強い律動のせいだ。

「ひっ……ひ……う」

情けなく声をうわずらせ、臣は身悶えた。よすぎて感情が混乱し、身も世もなく泣き出すしかない臣の頬を慈英が高い鼻筋でこする。

「いいの？」

「いっ、い、いいー……」

揺さぶられながら返事をすると、変なふうに声が途切れる。おぼつかない、幼児のような口調をかわいいと笑って、慈英はあえぐ口元を舐める。舌が唇のうえを動くだけでぞくぞくと震えた臣は、慈英にしがみついて高ぶった性器を腹部へと押し当てた。

ぬるみを帯びたそれが引き締まった腹筋にこすられて、限界を訴えるようにひくひく震える。察した慈英にそれを握られると、ひときわ高い声をあげて臣はのけぞった。

「臣さん、いきそう？」

「いや、まだ、やだっ」

すぐにのぼりつめたくないとしがみつけば、ベッドの軋みがやわらいだ。息を切らした臣の背中に手のひらを触れさせ、汗を拭うようにした慈英が耳元に囁いてくる。

「少し、ゆっくりしましょうか」

「ん……っ」

うん、ともううん、ともわからない曖昧な唸りを喉で転がし、臣はねっとりと濡れたそこで慈英を締めつけた。終わりたくないと思ったのはたしかだが、止められればそれはそれでもどかしい。とはいえ、こうしてつながっているだけでも感じてしまう。

（いい……びくびくしてる……）

脈打つものを入れたままの状態で、腰の動きをやめた慈英の手があちこちを撫でてくる。過敏に反応して震えながら、臣の粘膜は慈英のそれを揉みくちゃにするように痙攣《けいれん》した。

突きあげられると、そこで生まれた快楽は全力疾走で脳まで駆け抜け、臣をどこか遠くへ追いやろうとする。けれどこうしてゆるく穿《うが》つだけにされると、爪先《つまさき》まで甘いなにかが満ちていって、身体が破裂しそうだと思う。

「こういうのと、さっきの……どっちがいいの、臣さん」

「やあ……わかん、ないっ」

激しいのもいいけれど、ゆるやかなそれにも弱い。見透かした慈英の問いには答えられず、臣は力なくかぶりを振る。

「あっ……うそ、やだ」

声もなく震えていると、慈英がゆっくり腰を引いた。いやだと目で訴えるのに、抜け落ちるぎりぎりまでそれを臣から奪って、どうするのかと視線で問う。

「いや、やだ、抜くな」

「抜くのはいや？」

「いや……」

くすりと笑って問われる。意地悪くされていることも、もはやどうでもいいと臣は何度も子どものようにうなずいた。

戻ってきて、ここにいて、もっと入れて、揺さぶって。うわごとのように訴え、背中に回した腕を強め、自分から腰をあげて彼を追う。

「抜かないで、抜いちゃ、やだ……っ」

半ばほどまでは熟れた体内にずっしりとしたそれが埋まった。けれどまだ、臣のなかには空隙《くうげき》がある。足りなくてもどかしくて、焦れる。

（いやだ、もっと、もっと欲しいのに）

触れてもらえない場所が、むずがゆいようなせつなさを持てあます。本当は奥の奥まで入りこまれると苦しいくせに、臣の貪婪《どんらん》な粘膜はすべてを埋め尽くされなければ満たされない。

「なか、いっぱい、いっぱいにして」

「いっぱいって？」

血が逆流しそうだ。粘膜が腫《は》れて膨らみ、脈がひどく鮮明になる。どくどくと震えるのは、半端に入りこんだ慈英なのか、自分なのかもはや、わからないまま臣は叫んだ。

「いやだ、慈英……焦らさないで、奥まで、……ああ！　あ……！」

泣きそうになりながらねだると、ひといきに突きこまれた。不意打ちのそれに、焦れに焦れていた臣の性器ははじけてぬめった液体を吐き出す。けれど、衝撃で起きた射精では少しも満たされず、腰に両脚をまわして二度と抜けないように全身でしがみついた。

「臣さん、これじゃ動けない」

「うそ、つくな……こんなに、っこんな、に」

腰を揺らすことをしなくても、脈打って震えるそれが臣のなかをいじめている。こらえきれずに突きだした腰をまるく揺らすと、ぐるりと全部を抉《えぐ》られるようでたまらなかった。

「こんなに、なに？」

「いっぱいに、してる、くせに……」

全部奪って、全部与えたくせに。空っぽの自分の中身を、慈英という男で埋め尽くして、それ以外なにもなくしたくせに。目で訴えると慈英は意地悪く笑って、また抜こうとする。だから臣は痛いほど締めつけてやり、もう奪《と》るなと耳を噛んだ。

「痛い、臣さん。そんなに締めないで」

「やだ……俺のなんだから……これ、俺の、だから、あ」

絞るように腰を使って、汗に濡れた鎖骨と胸を舐める。引き締まったそこへ痕を残すように吸いついていると、髪を撫でた慈英が耳のくぼみに指を差し入れてきた。

「んあうっ」

短く叫んでのけぞると、ぐずぐずになった臣の身体を抱き起こし、つながったまま座りこんだ慈英が上下に軽く揺すってくる。広い肩にしがみつき、臣もまた腰をうねらせて恋人の身体を貪《むさぼ》った。

（ぞくぞくする）

こうしていると、脊髄《せきずい》の位置がわかる気がする。純度の高い官能がそれに添って何度も走るからだ。そして臣の身体はくねり、男の思うままにしなって淫奔《いんぽん》に跳ねる。

「ん……っキスも、なあ、キスも……っ」

「あげるから、焦らないで」

長い髪を指に絡めて引き、上を向かせた慈英に口づけた。男の口のなかに舌を入れ、自分がされているのと同じリズムで動かすと、肉厚の舌に反撃される。臣の薄い小さなそれを絡めとり、あやすようにくすぐってくるキスにも、腰の下から絶え間なく与えられる律動にも狂わされ、唇の隙間からは切れ切れに甘い声がこぼれ落ちた。

「んうぅ、んっ、んっ、んっ」

これは誰にもやれない。この男の声も髪も、脈動する熱塊も――そして、胸の奥ひそんだ強すぎて激しい恋情も、全部が臣だけのものだと思う。

(慈英、……慈英、俺の慈英)

あわさった胸から、身体の奥から、力強い鼓動が響いてくる。生きているのだなと、どんなことより思い知る。臣の脈と慈英の脈が、粘膜でつながって重なる。

このままひとつになりたい。離れたくない。けれど抱きあうふたりでありたい。不器用に壊れかけた、いびつななにかをふたつに揃えて、溢れそうな愛をつくりたい。

(あ、だめ、もう……っ)

きんと耳のうしろが痺れたようになって、臣はたまらずにのけぞった。限界を示す反応に、慈英は痙攣する尻を軽く揉んで問いかけてくる。

「……いきそう?」

「いやだ……まだ、だって、慈英が」

「俺はいいから、いって」

「だめ、だめだって、そこ突いたらすぐ……っあ、ああ、んん!」

まだいやだと訴える唇を塞がれた。身の内に取りこんだそれを包んで甘く蕩《とろ》けた粘膜は蠢《しゅん》動《どう》し、細い腰は愛情と快楽を貪るように複雑に淫猥に揺らいで男の目を楽しませる。

「んん……や、んー……!　んく!」

逃げる舌を咬《か》まれて、くらりと脳が揺れた気がした。かぶりを振って口づけから逃れると、顎を取られて指を食《は》まされる。

「……しゃぶって」

「うう――……っ」

いとおしげに細めた、そのくせどこか嗜虐《しぎゃく》性を帯びた目で見つめられ、泣きながら臣は指をくわえ、舐める。ずるい、こうされるとなにも逆らえないと知っているくせに。

（いく、いく、もういく）

視線でそう訴えると、指を口腔に残したまま、薄く開いた唇の隙間に舌を入れられた。

「うう、う――……っん、い、うっ、うくっ！」

数回激しく揺さぶられたとたん、ひどく唐突にやってきた絶頂をこらえきれず、卑猥で強引なキスをほどかれないままに、臣は震えて射精する。じん、じん、と全身が脈打ち、臣はぶるぶると震えて泣きじゃくった。

「そんなに泣かないで」

「ん……っや、だって、言ったのに」

ひどいと肩に嚙みつくと、やわらかな抱擁でなだめられてしまう。

「よさそうだったから。べつに我慢しなくていいでしょう」

「だって、一緒、いきたかった……」

引き締まった慈英の腹筋を汚したそれが、てろりと肌を落ちていく。きつく窄《すぼ》まった奥では、まだ終わりきれない恋人の性器が脈打っているのに、苦笑した慈英が抜こうとするからさらに食いしめた。

「まだ、いや……」

「息があがってますよ。少し休むだけ」

「でも、抜いたらやだ」

だだをこねてしがみつくと、くすくすと慈英が笑い出す。なんだ、と上目に見れば汗ばんだ頬に唇を落とされた。

「いや、知らなかったと思って。熱を出した臣さんは、いつもより子どもっぽい」

「んー……だって、なんかぼーっとすんだもん」

頭が痛いとか気持ちが悪いとかそういうのはまったくない。ただ熱くて、慈英の身体がひんやりとして気持ちがいいと、しがみついた臣は彼の肩に頭を乗せる。

「ずっと、こうしてたい……」

ひどくふわふわした気分のまま呟くと、どうしてか小さくあくびが出た。セックスの最中にこんなことははじめてで、自分で驚くと慈英が小さく噴きだす。

「眠いんですか？」

「ん、なの、かなあ」

とろりとしたまま、脱力した身体を抱えられ、背中から倒れこんだ慈英の上に寝かされる。いやだと言ったのに結局抜かれて、臣は寝ぐずる子どものように口を尖らせた。

「やだ、する……慈英、まだ」

「少し寝てからにして。俺は、いいから」

どこがいいんだと睨むと、泣いたり眠かったりで腫れぼったくなった瞼にキスをされた。

「いまの顔が見られれば、充分です」

「意味、わかんな……」

あやすような手つきに、唇のやさしさに、だめだと思うのにどんどん眠くなる。臣はもう一度小さくあくびをして、なあ、と恋人の肩を揺すった。

「ごめん、限界っぽい。起きたら、……また、して」

「喜んで」

「なんなら、俺、寝てもやっちゃっていいから……」

「さすがに、それはちょっと」

朦朧とした臣の言葉に慈英は声をあげて笑った。めずらしい笑い声になんだかふわふわと幸せな気分で、臣は睡魔に身を委《ゆだ》ねる。

「……ねえ、臣さん。俺の前でそうやって無防備に眠ってしまうことが、あなたが緊張しないでいてくれるのが、どれだけ嬉しいかわかりますか」

髪を撫でる恋人の声は穏やかで、自分ひとり終わって、セックスも中途半端にしたことが申し訳ないと思うのに、やさしすぎるすべてが臣を眠らせてしまう。

「やっとここまで、来たんだから……もう、焦らないでいいんでしょうね」

ひどく満ち足りたその声に、なにも心わずらうことはないのだと教えられ、臣はゆるゆるとした夢の中に落ちていった。

＊　＊　＊

目が覚めて、すでに身体の始末も着替えも済まされていた臣は、恥ずかしさと複雑さにひとしきり拗《す》ねたけれど、汗をかいたおかげかすっかり熱も引いていた。

強制的に与えられた公休はまだ残っていた。病み上がりが無理をするなと小言を言う恋人の唇を塞ぎ、せがんで誘って、一日中ベッドのなかから出さないと宣言すると、しっかりと返り討ちにあって声が嗄れるまで泣かされた。

おかげさまで、休み明けにも臣の喉はぼろぼろだ。

「なんだね駐在さん。結局治りきらんで仕事に出たのかね。ショウガ湯飲むかい？」

「あはは……大月のおばあちゃん、ありがとう。でもだいじょうぶ」

久々の駐在所勤務に戻り、心配して訪ねてきてくれた老女に返す臣の微笑みはひきつっている。気を遣わなくとも、と断ったが聞かないおばあちゃんは健脚で家へととって返し、保温ポットになみなみと甘いショウガ湯を作ってきてくれた。

ありがたくそれを啜っていると、今度は尚子が泥のついた芋などを抱えて訪ねてくる。

「駐在さん、風邪はどうかね。この間中は、いろいろ悪かったねえ。うちのひとにも謝れって言ったんだけどさ、あわす顔がねえって言うから……これ、詫びだけど」

公務員は物品を受けとってはいけないなどと、四角四面なことを言ってもこの町ではしかたない。ざるにいっぱいの取れたて野菜を手に、臣は苦笑してみせる。

「尚子さん、ありがとう。気にしないでって言ってくれるかな」

朝からこの調子で、ひっきりなしにあれだこれだと差し入れ攻撃をされ、駐在所のなかには農作物や食べものが山と積まれている。当面、食べるものに苦労しなさそうだと思いつつ、臣は唯一顔をださない浩三のことが気になっていた。

あの事件のあと、浩三は堺の読みどおり、青年団団長を辞退しようとしたらしい。だがそれを押しとどめたのは、青年団の面々や、町のひとびとだった。

――丸山裕介なんて男は、もうどこにもいないんだ、浩三さん。本人が、そう言ったじゃないかね。

兄の起こした事件の責任を取り、町を出るとまで言った浩三を、皆でそうやって説得したらしい。むろん堺も、悩む彼へと個人的に助言をしたそうだ。

町で逮捕された男は、最後まで丸山裕介とは名乗らなかった。偽名として使った、現在での身分証明書をもとに調書は作成され、しかるべき刑罰に処されることになるだろう。

そして刑期を終えたあと、あの男はどこへと流れていくのだろうか。おそらくこの町には、二度と戻ってくることはあるまいが——いずれ、権藤のように行旅死亡人として、どこかで静かに消えていくつもりでいるのは、間違いがなかった。

（それもまた、あのひとの選択です。浩三さん）

臣はまだしばらく、浩三と会えることはないだろう。けれど彼が落ち着き、また穏やかな会話を交わすことができたなら、根無し草の人生を選んだ男のことを、彼なりの選択を認めてやってくれと言おうと思う。

名前のない男と深く関わった臣からの、精一杯の助言だ。なにかを捨てるしかない人間に、過去を無理に押しつけても、互いにつらくなる。

ならば、そのときどきに交わした情だけで、許しあえればいい。

「お大尽《だいじん》ですねえ、臣さん」

「あれ……慈英」

考えるうちに、少しぼんやりとしていたようだ。声をかけられて気づけば、手には野菜入りのざるを抱えたままだった。制服のままの自分が、野菜を抱えて惚けているさまはいかにも間抜けな図だったなと、臣は照れたように笑う。

「どしたんだ。散歩？」

「それもありますけど、様子見に。具合はもう、平気？」

「風邪ならもう全快したって、知ってるだろ」

つきっきりでこまめに看病したあげく、臣の熱が下がりきるまで仕事に出さないと宣言したのはどこの誰だ。きょとんとしたまま慈英を見ると、ふっと彼は声をひそめる。

「それもですけど。……一日立ってられるかなと思いまして」

「んな、やわじゃねえよ」

思わず赤くなるのは、休みの終わりを惜しんだ自分が、結局昨晩も誘ってしまったせいだ。久々の市内の家、数日べったりでいたせいか、離れがたくなった臣は慈英の制止も聞かずにさんざん彼を求めたのだ。

風邪のせいで体調はあまりよくなかったが、子どもに返ったように甘えて、甘やかされて、ひどく幸せな休暇だった。この町に戻れば、あんなにも一日中くっついていることはむずかしいから、よけいにそう思ったのかもしれない。

「その、世話かけて、ごめんな」

「いいえ。かわいかったですから」

赤くなりつつぼそぼそと謝ると、いけしゃあしゃあと言ってのける。慈英の面《つら》の皮は、臣が思うよりさらに厚いらしいと軽く小突いて、真っ赤になった臣は話を変えた。

「あのさ、ところでこれあちこちからもらっちゃったんだ。少し持ってかないか？」

「少しって。どうせあなたが食べるんですから、全部うちで持っていって料理しますよ。あ、根菜が多いな……うーん、けんちん汁と豚汁どっちにします？」

「豚汁食べたい」

わかりましたと微笑む恋人に夕飯のリクエストをしたところで、なんだか妙におかしくなった。結局どこにいようが、慈英に甘やかされる自分というのは変わらないらしい。

（けど、こういうのが俺たちなんだろうなあ）

本当に馴染んでしまったとおかしくなって、臣はふと目をあげた。

恋人の広い肩越しに、見あげる空は紺碧《こんぺき》。その青さはまるで、慈英の描く絵のようにどこまでもあざやかだ。

「なあ、慈英」

「なんです？」

「すんげえ、愛してる」

つくろわず、意図せず、気負わない声でこぼれた言葉が、男の目をやわらかく細めた。

ふたり揃って眺めた山は、終わりゆく秋の日に染まって赤く燃えている。

並び立ち、こっそりと身体のうしろで手をつなぐと、強く握り返された。

互いの手のひらのなかに包んだのは、年月に深められた恋と、すべてを許しあうような情のすべてだった。

# Papillon de chocolat

いまだちらほらと降る雪に、臣《おみ》はかじかんだ手をこすりあわせる。二月の中盤、北信の街は今日も寒い。ここ数日は異常気象のおかげで春のような日が続いていたけれども、あっという間に崩れたようだ。

そして耳にはめたままのイヤホンからは、ざざっというノイズのあとに、容疑者を尾行中の同僚の声が聞こえてくる。

『マル対、動きました』

「りょーかいっと……」

小さく呟《つぶや》いて、臣は歩き出す。本日の衣服はふかふかのボアつきダウンにいかにも若者ふうなルーズデニム。耳にはめたイヤホンも、臣のルックスのせいでｉ－ｐｏｄにしか見えないのが皮肉だ。あちこちに残る雪かきのあと、薄汚れた雪だまりを横目に、臣はひたすら歩く。

本日のお仕事は窃盗《せっとう》殺人の容疑者の尾行。某《ぼう》広域指定暴力団の構成員らしい彼は、密輸品の横流しで荒稼ぎをしており、上の組織からも警察からも追われている。

（っとに、ただの窃盗のはずがひとは殺すわ、そのうえ薬だなんだでマル暴まで絡んできち

や、ややこしいったらねえよ）

へたに対立組織の連中に捕まってもらっては、ここまでの捜査がパーになる。そのため県警総出で対象となる青年を、ここ数日追いかけ回しているのだ。

『マル対、パチンコ屋の角を曲がりました。やや挙動不審。周囲に神経を張っています』

（見えてますよ）

臣はいかにも適当な通行人を装って、へろへろとした足取りで歩く。ふだんは顔の印象が強く、また刑事としては舐《な》められがちの優男《やさおとこ》で、あまり役に立つことのないルックスながら、夜の街を流し歩くには最適でもある。

（つーか、無理してオヤジっぽくするよか、このほうが浮かないわな）

尾行のための変装は、本来『目立たなくする』のが最適だ。そのため大抵捜査員は、薄汚れたそこらのオヤジ的な風体《ふうてい》を装う。だが臣の場合は顔が派手なもので、へたに地味な服を着れば浮いてしまう。そのうえ顔の印象を変えようと髭《ひげ》を生やそうにも、体毛が薄いのでむずかしい。だったらいっそ逆転の発想をしてはどうかと、この変装を考えたのだ。

地味でダメならド派手にいくというわけでこの日のために髪を金髪に染め、エクステンションをつけ、色の派手なサングラスをかけた。ついでに東京の若者よろしく、化粧まで薄くしてみたもので、その姿はどこをどう見ても遊んでいる大学生かホスト、もしくはニートの若者にしか見えない。

「いまならショート五千円！　五千円ですよ！　バレンタイントクベツサービス！」

「あー、間に合ってるから、あんがとね」

くちゃくちゃとガムを噛《か》んで、臣は手を振り、しつこいポン引きの兄さんをあしらう。ちらっと横目でうかがった尾行対象者の姿はちゃんと捉《とら》えている。バブルガムを膨らませては割り、じりじりと距離をつめていくと、臣のすぐ前に張っていた刑事からの焦《あせ》った声が聞こえた。

『女性と接触。おそらくは匿《かくま》っている関係者かと……あっ、逃げた！』

「ちっ！　アホ！」

どうやら、前方の刑事が尾行に気づかれたらしい。いきなり走り出した男に、臣もまた地面を蹴《け》る。エクステンションが頬《ほお》を叩《たた》いて邪魔だと思いつつ、駿《しゅん》足《そく》にまかせて追いついた男に体当たりをした。

「うわあああああ！」

「確保――っ！」

かなり体格のいい男ではあったのだが、名残《なごり》雪は臣の味方をしたらしい。ずるりと脚を滑らせた相手はそのままアスファルトにつんのめり、いっせいに飛びかかってきた捜査員らに押さえこまれる。しばらくはじたばた抵抗していたが、数でものを言わせて手錠をかけた。

「あー、終わった……じゃねえや。えっと」

うん、と伸びをした臣は、目立たないように地味な服装をした捜査員らの中でひたすら浮いている自分にげんなりしつつ、付け毛に重たい頭をぼりぼりと掻《か》き、時計を見て宣言した。

「二月十四日、二十三時四十三分、対象、確保しました」

背後から寄ってきた堺《さかい》は、臣の派手な風体に微苦笑を嚙み殺しながら、おつかれさん、と肩を叩いた。

「おまえ、ほんっとに似合うなあ……似合いすぎるほど似合うぞ」

「嬉《うれ》しかないっすよ……」

「三十路《みそじ》なのになあ」

「ほっといてください！」

好きで金髪が似合うわけでもないと臣は歯を剝《む》いて、それでも長かった捜査の終わりに、晴れ晴れとした顔をみせたのだった。

＊　＊　＊

数週間ぶりの休みが確定した夜、ぐったりした身体《からだ》を風呂からあがらせてきた臣の前に、慈英《じえい》はマグカップを差し出す。

「――お仕事、お疲れさまでした」

「うーい……あー、やっとこの鬱陶《うっとう》しい頭やめられる……」

臣が呻《うめ》いてぶるぶるとかぶりを振るのは、編み込んだエクステンションが重たいからだ。

だがタオルで挟みこんで濡れたそれを拭《ぬぐ》うのは自分ではなく、器用な恋人の指まかせ。

「慈英も面倒かけて、ごめんな」

「いえいえ。さすがにこれは、美容師じゃないときれいにはずせないですからねえ。明日まではは我慢してください」

くすくすと笑いながら、ここ数日臣の代わりにこまめに付け毛の手入れをしていた男がひと房をつまむ。地毛をくくったさき、細かい三つ編み状になった金色の髪は案外重くて、肩が凝ってしかたがないと臣は首を回した。

「肩、揉《も》みましょうか?」

「んー、いい。……それよか、だっこして」

「はいはい」

ん、と腕を差し出し、長い腕に抱えこんでもらう。ああ帰ってきたなあ、と思える広い胸。頬を押し当ててくすぐったい髭の感触を堪能しつつ、臣はふうっと息をつく。

守秘義務があるため、捜査の詳《くわ》しいことはなにも話せない。けれどとんでもない見た目になった臣の状態で、常ならぬことだというのは理解してくれていたのだろう。

事件が立てこんだあとには慈英はことさら甘くなる。臣もまたひどい甘ったれになる。今回はとくに凝った変装までして長期間張り込み続け、しかも相手が暴力団関連だったものだから、危険はひとしおだった。

それだけに、慈英の抱擁に包まれてぼんやりとできるいまが、臣にはこの上ない至福の時間だ。

「ほら臣さん、冷めますよ」

「ん……」

反対向いて、と今度は背中から抱きしめられつつ、慈英の淹《い》れてくれたマグカップに口をつける。においでわかっていたけれど、甘くとろりとした飲み物の色は、濃いブラウン。

「うまいね、このココア。どこの？」

ふだんあまり飲むものではないけれど、洋酒を少しきかせてあるそれは、終日外を歩き回って冷えた身体に染みていった。

「ココアじゃなくて、ホットチョコレートです」

「……？　なんか違うのか？」

「材料から違いますよ。あとはまあ、気分がね」

気分？　と首を傾《かし》げた臣は、そこでようやく思いいたる。

「あ。昨日、バレンタインか」

ポン引きの兄さんがそういえば声を張り上げていた。イメクラのぼっきり五千円。むなしいサービスだなと思って聞き流す以外、なんの感慨もなかった臣だ。

「署内でもらったりしませんでした？」

「署に顔出してねえもん。ずーっと外張りで車ん中だったし……」

人間座椅子にもたれた状態で甘いチョコレートを啜《すす》りつつ、臣は苦笑する。淳子《じゅんこ》あたりからの義理チョコは署の机の上にでも載っているだろうが、たぶんただの非常食として処理されるだけだ。

「ってか、俺おまえになんも用意してないや。ごめん」

「時間あったら、くれたんですか？」

「欲しいなら……」

振り仰いだ先の端整な顔が近くて、臣はどきりとする。

（あ、なんかやさしい顔してる）

やわらかく笑っている慈英の顔にはやはりどうにも慣れなくて、頬を赤らめつつ甘さに渇いた唇を舐めると、無意識の誘いに気づいた彼がキスをくれる。

甘ったるくなった口の中が、慈英の舌で丁寧《ていねい》に拭われていく。マグカップを持ったままの手にきゅっと力が入ると、キスの心地よさを損ねないよう注意した動きで、そっとそれがテーブルに置かれた。

「んー……」

今日の慈英の口づけは、妙にやわらかく感じる。なぜだろう、と思いつつも巧みな舌を堪能していると、うなじのあたりに長い指が触れた。

「……変な感じですね」

「んー？」

「髪の色が違うだけなんだけど。……ちょっと不思議な気がする」

エクステンションをつけるため、臣は少しだけ髪を伸ばしていた。編み込んだ髪をひとつにゆわいているのだが、首筋あたりのおくれ毛は地毛になっている。

「金髪、変？」

自分でもかなりけばけばしい風体になっていることを自覚するだけに、臣の声は気弱になる。その頰を撫《な》で、慈英は静かに笑った。

「これも似合ってるんですけどね。いつもの色が、俺は好きかな」

「やっぱ、変なんだろ……速攻戻す」

惚れた男に違和感をもたれるのは複雑だ。そう思って臣が眉《まゆ》を下げると、慈英はしゃらしゃらとする髪を弄《もてあそ》びながら言った。

「変じゃなくて、……なんだかね。きれいすぎるから」

「え、髪？」

「じゃなくて、臣さんが」

ちゅ、と音を立ててうなじに吸いつかれる。小さく震えると腰にまわった腕が強くなった。言葉にも、抱擁にも、臣は赤くなる。

「首筋、無防備になってるのがね……困る」

「困るって、なに」

「俺の前だけでなら、どんな格好しようといいんですけどね」

歯をあてて、軽く齧《かじ》られる肌が震える。なめらかな舌、あたたかい呼気、低い声が臣の疲れた身体にじんわりと染みていく。

「……変なのに声かけられたりしませんでした？」

「ポン引きの兄ちゃんがいいとこ……って、こら。痕《あと》つけたらまずい」

だいたい尾行中にナンパされてもどうしようもないし、その最中の臣ときたら柄の悪さ全開だったのだ。色目を使うより殴られまいと避けていく輩《やから》が大半だった。

薄い胸をマッサージするかのように揉まれ、凝った乳首を服の上から撫でられる。くう、と子犬の鳴くような声をあげた臣は、半身をよじって口づけた。

「ん、な……慈英……っ」

突き出された舌をしゃぶるようにしてキスするうちに、ほかのものがくわえたくなってくる。うずうずする腰をくねらせながらソファから降り、慈英の長い脚の前にひざまずいた。

「なあ、なんか……欲しいのない？　俺も、ちゃんとなんか、あげたい」

「そうですねえ、とくには……」

まださほど硬くないそれを手の中で弄びながら問いかける。慈英も余裕の顔で受け答えをしながら、臣の頭を撫でた。

「考えふぉいふぇ」

「……っ、じゃあ、臣さんが今度お休みの日に、一日俺に好きにさせるのは？」

「ふぉんらの、あげふぁこふぉにらんらい《そんなの、あげたことになんない》……」

いつだって好きにできるものをもらって嬉しいものだろうか。もぐもぐと慈英のそれを丁寧に食べつつ上目に問うと、耳をいじられる。

「まる一日、お仕事なしで、俺に全部面倒見させて」

「だから、それじゃいつもと同じじゃん」

「同じじゃないですよ。臣さんは、なにひとつ自分でやっちゃいけない」

黒いやさしい目の奥に、獰猛《どうもう》な光が見える。どういう意味だ、と慈英を見つめた臣の身体が軽く床に倒され、寝間着の前を長い指があっさりとひらいた。

「慈英、なに……？」

「じっとして。熱くはないと思うけど」

ほとんど飲み終わっていたホットチョコレートのマグの中に、慈英は指を入れる。底にたまった、溶けたチョコレートをひとすくいすると、臣の胸の上にすうっとラインを引いた。

じんわりあたたかいチョコレートが乳首をかすめ、なにをする気だと言いかけた臣は、すぐにその指先の描いたものに感嘆のため息をもらした。

「わ……すげえ」

食べ物で遊ぶなと言いたいところだったけれど、希代《きだい》の画家が描くチョコレートの絵はあまりにうつくしすぎる。幻想的な、花のような紋様が次々と臣の身体に描かれ、指先一本で創りあげられるその世界に思わず見惚《みと》れてしまった。

「……こういう遊びをちょっと、やってみたいかな。もちろん、肌にやさしい画材で。食紅あたりなら平気かと思いますけど」

ぺろりと指を舐め、できばえに満足したらしい慈英は言う。

「ああ、ボディペインティングってやつか」

身体をキャンバスにするアートがあることは臣も知っている。ただ慈英が遊びというからには本当に遊びなのだろうし、こういうおふざけにつきあうのは悪くない。

なるほど、とうなずいた臣は自分の身体を見下ろし、ため息をつく。

「まあそれはいいんだけど……口で言ってくれりゃいいんじゃね？　これ、また風呂に入らないとじゃん」

流してしまうのももったいない気がするけれど、と思っていると、チョコレートコーティングされた臣の乳首に、長い指がつんと触れる。

「風呂はいいでしょう。俺が食べるから」

「は？　え？」

にっこりと微笑《ほほえ》んでとんでもないことを言った男は、そのまま自分が描いたラインの上に舌を這《は》わせてくる。うわそうくるか、と目を丸くして、臣は思わずため息をついた。

「おまえときどき、高尚なのかベタなのかわかんない……」

「ただの遊びでしょう。高尚なことなんかしてません」

うつくしくなめらかなブラウンの絵が、舐め取られていく。肌の立てる水音に臣は息をついて、ゆるやかにかぶりを振った。

「……いいですね、金と茶色。上品な色味だ」

「へ……？　なに？」

丁寧に花を溶かす舌の持ち主が、くすくすと笑って肩に歯を立ててくる。全容を見ることがかなわない臣は意味がわからないと首を振ったが、しゃらしゃら言う音で「これか」と付け毛をつまんだ。

「なあ、やっぱ金髪好きなのか？　って……なあ、そこ、……あんっ。なにも、描いてない、ってば……」

「ん？　もう、どこにもなにもありません」

いつの間にか、チョコレートアートは慈英の舌できれいにされていたようだ。気を取られている間に下も脱がされている。あ、と思ったときにはさきほどのお返しというように腰のあたりを舐められて、だめだとかぶりを振ったらまた音がした。

甘ったるいにおいが、まだ身体に染みついているようでくらくらする。それに無理やり編み込んだエクステンションは、床に横たわっていると頭皮を引っぱるようでけっこう痛い。

「慈英……するなら、ベッド……」

「身体、平気？」

疲れていないのかと問われて、ばか、と臣は顔を赤くした。いまのいままで口の中にしていたそれが、どんなことになっているのかいちばん知っているのは慈英のくせに。

「ここまでされたら、しないほうがきつい……」

手を伸ばし、同じような状態になっているそれに触る。持てあましそうな質量にこくりと喉を鳴らして、臣は冷えた身体を慈英に縋《すが》らせた。

＊　＊　＊

寝室に向かってまず臣は、さきほど強引に中断させられたオーラルでの愛撫《あいぶ》を仕掛けた。

「ん、ん、んん」

ベッドヘッドにもたれて座る慈英の、長い脚の間に顔を伏せ、音を立てて啜りあげる。裸の肩に振りこぼれる長い髪の感触が、どうしても違和感を覚えさせる。けれどそれだからこそか、妙に大胆な気分になった。

「慈英、……のんでいい？」

ばらばらと散ってくる細かい三つ編みのカーテンが顔を隠してくれるので、思いきり舌を出して舐めまわしながらせがんだ。慈英はいいとも悪いとも言わないまま、半身をよじった臣の胸をずっと撫でている。

「しゃぶったまま、自分で、していい……？」

限界の来た性器をぎゅっと握っていたけれど、さっきから腰が疼《うず》いてしかたがなかった。むずむずする、と小さな尻を揺すると、そちらにも大きくあたたかい手のひらが乗せられる。

「今日は、そういう気分？」

「ん、なんか……俺、変……」

「見ててほしいの？」

うん、とうなずいて、了承を得る前に自分のそれをいじり出す。我慢していた分だけ手つきはすぐに大胆になり、臣は息を切らしながら倒錯的な行為に夢中になった。

「いつもは、見られるのいやがるくせに」

「だって、なんか……なんか……」

この髪のせいだろうか、妙に自分が自分ではないような気分になっている。流れ落ちたエクステンションの隙間《すきま》から彼をうかがうと、こちらもふだんより酷薄に映る笑いで臣を見下ろしている。

「うしろに、指は？」

「ほし……」

「じゃ、入れてあげるから自分で動いて」

「んんー、ん……」

甘やかすような声と同時に、ぬぐっとあの場所が押し広げられる。濡れた指は最初から大胆に出し入れされて、臣は慈英のそれに吸いつきながら甘い鼻声を漏らし続けた。

「そんなに吸ったら出ちゃいますよ」

「だし、て……っ」

くちゅんくちゅんと音を立てて奥をかき混ぜられる。届かないと腰を持ちあげられ、慈英の膝《ひざ》に半身を乗せる状態でいじられながら、必死に男の性器を吸った。

「あ、あ、あ、んんう、ん、んむ――……っ」

目線だけで合図を交わし、同時に射精する。口の中に溢《あふ》れたそれをためらいもなく飲み干しながら、臣は奥に入りこんだ指をうんと締めつけ、手の中を濡らした。

「おしまいにする？」

「や……もっと……」

ぐったりした身体でシーツに横たわり、自分で這いつくばって腰をあげる。涙目のまま、ちょうだい、と唇の動きだけで訴えると、指を抜き取ったあとに触れたのは舌だった。

「ああ、や……舐め、るの、だめっ」

敏感な入り口付近をいたずらされ、あっという間に腰が強《こわ》ばる。ぬるぬるしたやわらかいそれに身悶《みもだ》えるけれども、いま欲しいのはそれじゃないと臣は小さな尻を振ってみせた。

「い、いれて……おっきいやつ……」

「……ホントに今日は素直ですね」

背中にはりついたエクステンションがちくちくした。むず痒《がゆ》さに身をよじるとそれはそのまま、挿入をねだるような尻の動きになってしまう。

「だってなんか、すごい、すごく今日、……」

「すごく？」

切羽詰まった臣の身体に熱を押し当てる慈英は、ずいぶんと余裕な顔のままだ。かといって冷めているわけでもなく、なんだか包みこまれるようで、ひどく気分が甘くなる。

「いじめてほしい……意地悪いこと、されたい……」

「しませんよ」

「ふあっ……あー……でも、なんか、今日っ……慈英っ……」

慈英は慈英でいつもよりもゆったりして見える。どうしてだろうと思いながらかぶりを振ると、さらさらこぼれるそれを慈英の長い指が絡めた。

「……これのせいかな。臣さん、いつもより子どもっぽい気がします」

「え、そう、かな……？」

たしかにここ数日はずせなかったエクステンションのおかげで、自分でも見るたびに若造というか小僧という感じでいやだなと思ってはいた。おまけに外に出たままだったので、見た感じ二十歳そこそこ、という夜遊び青年のふりをし続ける羽目になっていたのだが。

「見た目って案外本人にも影響しますよ。思ってる以上にね」

「ん、そう……なん？　あ、あふ……あん」

「……ここもすごく素直だ」

「やぁん……！　あ、ああ！」

腰を揺り動かされ、ゆるんで火照《ほて》った粘膜を指で辿《たど》られ、臣は甘えきった声をあげた。自分でもびっくりするような高い声にはっとすると、慈英は背後から胸を撫でながら耳を噛む。

「今日は、甘えて。かわいい顔でいて」

「な、なんかそれじゃ、いつも……かわいくねえ、みたいな……」

「いつもとかわいいの種類が違うんです。ほら、いいから感じて」

やさしく揺すられて、あん、とまた声が出る。ひとつ突かれるごとにとろりとろりと臣は溶けて、シーツに突っ伏したまま腰をうねうねと揺すり続けた。

（ああ、もう、ばかになる……）

背中を舌でなぞられながら突かれると、腰が砕けてどうしようもなくなる。尾骨のあたりを指でくすぐられ、奥を締めたまま前後に揺さぶられ、啜り泣きながら臣は訴えた。

「慈英、いっちゃうよ……俺、いっちゃうよ……」

「いいですよ、いって。ほら」

「あんん……！　いっく、いくっ、いく！」

ぴったりと背中に覆《おお》い被《かぶ》さる慈英の身体が、いつもより大きく感じた。全身をあたたかく包まれて、大きな手には性器をくるまれ、焦《じ》らされることもないまま到達した臣は、骨が溶けたかと思うほどに自分の身体がやわらぐのを知る。

「お……俺だけ……やだ……」

ぐったりしたまま呻くのは、身体の奥の慈英がまだ終わっていないせいだ。恨みがましい目で見ると、微笑んだ男は一度それを引き抜き、臣の身体を仰向《あおむ》けにしたあとにゆっくりまた挿入してくる。

「あ……ん、ん、きもちい……おっきい……っ」

ゆるやかに、形の全部を教えこむような動きにぞくぞくして、抱えあげられた脚が痙攣《けいれん》する。無意識にこぼれた淫《みだ》らな呟きに、慈英は獰猛《どうもう》に微笑んだ。

「俺は、これから。……つきあって、臣さん」

「うん、する……いって……っあ、あああん、あん！」

ゆったりしたキスを交わしたあと、一変して激しく動かれるそれに臣は身悶えた。蹂躙《じゅうりん》するような動きに翻弄《ほんろう》されつつ、こんなふうに蕩《とろ》けきってしまわない限り、強引に動こうとしない慈英に胸が痺《しび》れる。

「あ、慈英っ、好きっ……すきぃっ、もっと……もっと、キスも」

「……ほんとに今日はかわいい」

せがんだとおり唇を塞《ふさ》がれながら、振り落とされそうな動きで中を攪拌《かくはん》された。しゃらしゃら揺れる髪ももう気にならなくなって、臣はひたすら逞《たくま》しい肩にしがみつき、官能を貪《むさぼ》る。

「はっ、はっ、あっ、いいっ」

弾む性器を下からすくうようにもたれて、根元をやわらかにいじられる。涙目で甘ったるくあえぎながら、臣はつながったところを撫でた。もつれた下生え、ぬめるほど濡れたそこが、きゅうきゅうと窄《すぼ》んで慈英を愛撫する。

「俺も、いい……」

「ほん、と？　ほんとに？　ね、い、いって？　慈英、いって？」

なかがじわじわ濡れてくるのは、もう彼の限界も近いからだろう。自分が感じさせているのだと思うと臣もまたのぼせあがり、恥ずかしいくらいに脚を開いて身体をはずませた。

（もう、どっか飛んじゃいそう）

ぎゅっとそこを握られて、びくっとのけぞった。体内にあるあれもすごい勢いで膨らんで、もう射精して、と臣は叫ぶ。

「あふ、慈英、も、出してっ！　いっぱい、出してっ」

「……出していい？　奥に？」

「うん、うんっ」

いやらしいことを言うと慈英が興奮したようにぶるりと震えた。その一瞬、ふだんは穏やかなまなざしが刺すように鋭くなるのがたまらず、臣は激しく腰を上下させる。

「あ……もう、お願い、中に、なかにっ……あっ！」

「く、うっ……」

なかに出して、いっぱい出して。啜り泣いてせがむと、息をつめた慈英のそれが体内でぐうっと膨らむのがわかった。あ、出るんだ、とぼんやり思った臣の中で、なにかが弾《はじ》ける。

最高潮に感じた瞬間、奥の奥へ叩きつけるように射精されて、悲鳴が溢れた。

「あう、い、いく、いく……っん、ん！」

その声さえも口づけで強欲に奪い取られて、臣はただ、幸せだった。

びゅく、となかに溢れたそれは、いつもよりすごかった。おまけに慈英は動きを止めず、射精しながら臣をさんざん揺さぶり、なかに塗りこめるようにして最後まで放つ。

「あ……あ……」

いったあともしばらく動かれ続けて、ぬるぬるとすべる熱に臣はずっと夢見心地だった。はふ、と息をついたあとぐったりと倒れこむと、汗ばんだ背中を撫でられる。

「まだ、中がびくびくしてる」

「うん……」

お互いの官能の波がゆるやかに下がり、じんわりと余韻に浸る時間のほうが、感覚として心地いいと素直に感じられる。ピークを迎えるエクスタシーは、ときおり苦痛にも近い。けれど、そこまで行き着かなければもう、臣の身体は満たされないのだ。

慈英が、どこまでも臣を貪欲《どんよく》にした。彼と知りあう前にも飢えていたけれど、満ちることを知ったからこそ、欲求はさらに強くなる。

（俺、どうなっちゃうんだろ……）

求めすぎて怖いとも思うし、それを全部埋め尽くす慈英もまた、少し怖い。けれどいまさら手放せるわけもないのは、言うまでもない。

息を整えながらじっと抱きあっていると、慈英がぽつりと呟く。

「今度は背中に、翅《はね》を描きたい。紫と青と、黒い輪郭を取って……蝶《ちょう》の翅」

「ん……いいよ」

「胴の部分は背骨に添って……あと翅脈《しみゃく》は筋肉にあわせる。尾状突起は、ここに入る——」

するりと尻を撫でられ、あん、と臣は震える。まだ濡れたままの場所へ指を入れられながら、ぼんやりとした慈英の声を聞いた。

「きれいな、俺だけの蝶々を作る。……写真を撮ってもいい？」

「誰にも……見せ、ない、なら」

「見せませんよ」

含み笑って口づけ、長い中指が骨をなぞる。ふわりと微笑んだ臣は深く息をついて、薄い肩胛骨《けんこうこつ》を翅のようにゆるやかに開き、髪を揺らした。

さて、またもお目見えしました慈英と臣です。読み切りシリーズですが、これで初、という方はできれば前二作も見て頂けると嬉しいです。

今回は『ひめやかな殉情』で問題となっていた、昇進試験後の話になっています。無事試験は合格しましたが、昇進据え置きの駐在さんです。この『昇進後、駐在所勤務』の件については友人から聞いた実話がもとではあるんですが、どういうシステムでそうなっているのかについては教えてくれた本人も「よくわからない人事」と言っていたので、想像でいろいろ補っています。ただどうも、レアケースではあるようで、調べてもあまり例が出ませんでした。できる限り資料で調べもしましたが、お話の都合上あえてついた嘘もあり、相変わらずのなんちゃって警察、なんちゃって長野ということで、よろしくおねがいします（笑）。

ルチル文庫さんでは三冊目の慈英と臣、ある意味ではこの話で一区切り、という展開かもしれません。そして三作目にして、もっとも事件性の高い話になったかな、と思います。じつは、いわゆる探偵と助手ものといいますか、慈英にも事件に関わらせてみたかったんですね。彼らふたりを作ったときからずっとこういうの書きたかったんですが、ラブ方面を描くので精一杯だったのと、設定上いままでなかなか書けなくて。今回はどうあってもひとりで動かねばならない駐在さんという立場から、いけるか！　と思い好き放題動かしてみました。

身元証明書が不確かな行旅死亡人については、テレビの報道番組で観た特集が元ネタです。むろん大幅に脚色しておりますが（番組では結局そのご本人が何者で、どういう事情があったのかはすべて謎だったので）、いつかこの話を書こう書こうと思っていました。予想以上に膨らんで大変でしたけど、精一杯やれて満足です。

キャラクターについては、『ひめやか〜』である種、ふたりの関係性については行き着くところまで行ってしまい、あとは年月が解決するしかない部分が多々ある彼らをどう描こうかと、執筆前にはあれこれ考えたのですが、いざ書いてみると思った以上にまとまっちゃったふたりに自分がいちばん驚きました。臣の不安定さや慈英のエキセントリックさ、思いつめた青さという、年月が解決するしかなかったことを、長い時間一緒にいることで、ゆっくりひとつひとつの問題を解決していって。自然に年月とともに落ち着いたふたりなんだろうと思います。まあそれにしちゃ、お熱いですが。ふたりの変化は、最初に彼らに名前をつけてから六年を経た、いまの私の変化でもあったりするのかなと思います。『ひめやかな殉情』あとがきで、一年早くても遅くてもあの話にならないと言いましたが、今回もそうかなと。

そもそも慈英のバックボーンについては、出会い編である『しなやかな熱情』文庫版でだいぶ描き、『ひめやか〜』ではさらにその内面的な部分も掘り下げた感じでしたが、じつのところ臣自身の根幹に関わる話は案外ときっちり描いていなかった。前二作は慈英の物語であったけれど、今回は臣の物語であったんじゃないのか、とは初稿を読んだ友人の談ですが、仕上がってみるとたしかにそうだったかも、と思います。

とりあえずこんな形になったふたりですが、経年変化（笑）を起こしていく合間の出来事、出会う前の過去など、ぼちぼちと書きたい話もあったりしますし、趣味で書いた短編もあるので、あれをもう少し煮つめて形を作り、いずれ発表できればいいなと思っています。

あと番外編は、本年二月にサイトで企画し配信したバレンタインショートストーリーの再録です。じつは配信後、メール等々で『金髪臣を蓮川先生の絵で見たい』という意見が多いわ多いわで（笑）ものは試しと担当さんに収録はＯＫかと問えばあっさり太っ腹に許可いただきました。これは時期的には、まだ駐在所異動前くらいかなと思います。慈英の危ないっぷりが全開になってる話ですね。そもそも、趣味で書いたので相当エロエロしいですが、まあこれもサービスと思っていただければいいなあと（笑）。

今回もいろんな方にお世話になりました。まず、執筆中の怪我でスケジュール調整をお願いした担当さま、申し訳なかったです。毎度のご協力、Ｒさん坂井さんもありがとう。

そしてすばらしく美麗なカバーならびに本文カットをくださった蓮川先生、お忙しいなか本当にありがとうございました。華やかかつたしかな画力のおかげで、慈英と臣に完璧なビジュアルを持たせることができていると思います。慈英のアトリエが見れて感無量でした。

シリーズを待っていると気長に言ってくださる読者さまにも感謝です。またいつかどこかで、慈英と臣、もしくはそれ以外の本でも、お目にかかれたらと思います。

それまで皆様、お健やかに。

✦初出　あざやかな恋情……………………書き下ろし
Papillon de chocolat……………サイト配信作品を加筆修正

崎谷はるひ先生、蓮川愛先生へのお便り、本作品に関するご意見、ご感想などは
〒151-0051 東京都渋谷区千駄ヶ谷4-9-7
幻冬舎コミックス　ルチル文庫「あざやかな恋情」係まで。

幻冬舎ルチル文庫

あざやかな恋情

2006年11月20日　第1刷発行
2011年7月20日　第7刷発行

✦著者　崎谷はるひ　さきや はるひ

✦発行人　伊藤嘉彦

✦発行元　株式会社 幻冬舎コミックス
〒151-0051 東京都渋谷区千駄ヶ谷4-9-7
電話 03(5411)6432［編集］

✦発売元　株式会社 幻冬舎
〒151-0051 東京都渋谷区千駄ヶ谷4-9-7
電話 03(5411)6222［営業］
振替 00120-8-767643

✦印刷・製本所　中央精版印刷株式会社

✦検印廃止


ISBN4-344-80874-6　C0193　Printed in Japan